UM CASO DE

Miss Marple

Publicado originalmente em 1930

ASSASSINATO NA CASA DO PASTOR

AGATHA CHRISTIE

· TRADUÇÃO DE ·

Samir Machado de Machado

Harper Collins

Rio de Janeiro, 2025

Título original: *The Murder at the Vicarage*

Copidesque	Luiza Vianna
Revisão	Suelen Lopes e Isis Batista
Produção editorial	Anna Clara Gonçalves
Design gráfico de capa e miolo	Túlio Cerquize
Tratamento de imagem	Lucas Blat
Produção de imagens	Buendía Filmes
Produção de objetos	Fernanda Teixeira e Yves Moura
Fotografia	Vinicius Brum
Diagramação	Abreu's System

Dados Internacionais de Catalogação na Publicação (CIP)
(Câmara Brasileira do Livro, SP, Brasil)

Christie, Agatha, 1890-1976
Assassinato na casa do pastor / Agatha Christie; tradução de Samir Machado de Machado. – 1. ed. – Rio de Janeiro: HarperCollins Brasil, 2025.

Título original: The Murder at the vicarage
ISBN 978-65-5511-798-1

1. Ficção policial e de mistério (Literatura inglesa)
I. Título.

25-296445.0 CDD-823.0872

Índices para catálogo sistemático:

1. Ficção policial e de mistério: Literatura inglesa 823.0872

Bibliotecária responsável: Maria Alice Ferreira – CRB-8/7964

HarperCollins Brasil é uma marca licenciada à Casa dos Livros Editora Ltda. Todos os direitos reservados à Casa dos Livros Editora LTDA.

Rua da Quitanda, 86, sala 601A – Centro
Rio de Janeiro/RJ – CEP 20091-005
Tel.: (21) 3175-1030
www.harpercollins.com.br

Para Rosalind

Capítulo 1

É difícil saber ao certo por onde começar esta história, mas me decidi por uma quarta-feira, em um almoço na casa paroquial. A conversa, ainda que bastante irrelevante para o assunto em questão, conteve um ou dois incidentes sugestivos que influenciaram acontecimentos posteriores.

Eu havia recém-terminado de destrinchar um bife cozido (bastante duro, por sinal) e, ao me sentar novamente, declarei, com um humor pouco apropriado a meu hábito, que quem quer que assassinasse o Coronel Protheroe estaria fazendo um favor ao mundo em geral.

Meu jovem sobrinho, Dennis, disse na mesma hora:

— Isso vai pesar contra o senhor quando o velhote aparecer banhado em sangue. Mary irá depor, não é, Mary? E descrever como o senhor empunhou a faca de destrinchar de um jeito vingativo.

Mary, que trabalha na casa paroquial como mero trampolim para coisas melhores e salários maiores, apenas disse em voz alta, em um tom pragmático, "as verduras", e de um modo truculento, estendeu-lhe uma travessa trincada.

Minha esposa falou, muito simpática:

— Ele tem sido *muito* cansativo?

Não respondi de imediato porque Mary, largando as verduras na mesa com um baque, em seguida enfiou um prato de bolinhos particularmente úmidos e desagradáveis debaixo de meu nariz. Eu neguei e agradeci. Mary largou o prato na mesa com um estrondo e saiu da sala.

— É uma pena que eu seja uma dona de casa tão ruim — disse minha esposa, com um toque sincero de arrependimento na voz.

Fiquei tentado a concordar. O nome de minha esposa é Griselda — um nome muito adequado à esposa de um pastor. Mas a adequação acaba aí. Ela não é nem um pouco dócil.

Sempre fui da opinião que um pastor deveria ser solteiro. Por que pressionei Griselda a se casar comigo 24 horas após tê-la conhecido é um mistério para mim. Sempre considerei o matrimônio um compromisso sério, a ser assumido apenas após longa consideração e reflexão, e a compatibilidade de gostos e aptidões é a coisa mais importante a se levar em conta.

Griselda é quase vinte anos mais jovem do que eu. Ela é bonita de um modo perturbador e encontra bastante dificuldade de levar algo a sério. É incompetente em todos os sentidos e muito cansativa de se conviver. Trata a paróquia como uma espécie de piada feita para seu divertimento. Eu me propus a tentar mudar seu comportando e falhei. Estou mais do que convencido de que o celibato seria o ideal para o clero. Com frequência, faço insinuações quanto a isso para Griselda, mas ela apenas ri.

— Minha querida — falei —, se você ao menos tentasse…

— Eu tento às vezes — respondeu Griselda —, mas, no geral, acho que as coisas ficam piores quando faço isso. É evidente que *não sou* uma dona de casa por natureza. Acabo achando melhor deixar as coisas com Mary e me conformar em ficar desconfortável e ter coisas horríveis para comer.

— E quanto a seu marido, minha querida? — perguntei, em tom de reprovação. E, seguindo o exemplo do diabo em citar as Escrituras com segundas intenções, acrescentei: — "Ela vigia o comportamento dos criados…"

— Pense no quão sortudo você é em não ser despedaçado por leões — disse Griselda, interrompendo rapidamente. — Ou queimado na fogueira. Comida ruim, um monte de poeira e marimbondos mortos realmente não são motivos de preocupação. Fale-me mais do Coronel Protheroe. Ao menos os primeiros cristãos tiveram sorte o bastante em não ter administradores.

— Velho grosseirão pomposo — disse Dennis. — Não é de admirar que a primeira esposa tenha fugido dele.

— Não vejo o que mais ela poderia ter feito — comentou minha esposa, em concordância.

— Griselda — falei, severo. — Não vou aceitar que você fale dessa maneira...

— Querido — disse ela, com afeto. — Fale-me dele. Qual foi a confusão? Será que foi Mr. Hawes gesticulando, acenando e se persignando toda hora?

Hawes é nosso novo auxiliar. Ele está conosco há apenas três semanas. Ele tem a mentalidade da Igreja Alta e jejua às sextas-feiras. O Coronel Protheroe se opõe fortemente a qualquer tipo de ritual.

— Não dessa vez. Ele mencionou isso de passagem. Não, o problema todo surgiu da bendita nota de uma libra de Mrs. Price Ridley.

Mrs. Price Ridley é uma devota membra de minha congregação. Ao vir à missa no aniversário da morte de seu filho, a mulher colocou uma nota de uma libra na caixa de coleta. Depois, ao ler sobre o montante coletado, ficou chocada ao ver que o item de valor mais alto mencionado era uma nota de dez xelins, ou seja, metade do valor.

Ela reclamou comigo a esse respeito, e eu, bastante razoável, disse-lhe que devia ter se enganado.

— Nenhum de nós é mais tão jovem quanto éramos — falei, tentando contornar a situação com tato. — E precisamos pagar o preço da idade avançada.

Por mais estranho que pareça, minhas palavras pareceram apenas irritá-la ainda mais. Ela disse que as coisas estavam muito estranhas, e que estava surpresa que eu não tivesse pensado o mesmo. Mrs. Ridley saiu batendo pé e, imagino, foi se queixar ao Coronel Protheroe. Ele é o tipo de homem que gosta de arranjar confusão em qualquer situação possível. E ele armou uma confusão. É uma pena que tenha feito isso em uma quarta-feira: eu leciono na escola da paróquia às quartas-feiras pela manhã, uma tarefa que me causa muito nervosismo e me deixa agitado pelo resto do dia.

— Bem, imagino que ele precise se divertir de algum modo — disse Griselda, com ares de quem tenta concluir tudo de modo imparcial. — Ninguém fica ao redor dele o chamando de "meu caro pastor", ou bordando chinelas horríveis para ele, ou lhe dá meias de lã no Natal. Tanto sua esposa quanto sua filha já não suportam mais sua presença. Imagino que o faça feliz sentir-se importante em algum lugar.

— Mas ele não precisava ficar agressivo quanto a isso — insisti, com certa veemência. — Acho que o coronel não compreendeu bem as consequências do que estava dizendo. Ele quer passar a limpo toda a contabilidade da Igreja. "No caso de desfalques", foram as palavras que usou. Desfalques! Ele está desconfiado de que eu esteja me apropriando dos fundos da igreja?

— Ninguém suspeitaria de você, querido — argumentou Griselda. — Você está tão claramente acima de qualquer suspeita, que realmente seria uma oportunidade maravilhosa. Quisera eu que você maquiasse o orçamento da SPG. Eu detesto missionários, sempre detestei.

Eu a teria repreendido por se sentir assim, mas Mary entrou naquele momento com um arroz-doce apenas parcialmente cozido. Fiz uma leve reclamação, mas Griselda disse que os japoneses sempre comem arroz malcozido e, por consequência, têm cérebros maravilhosos.

— Eu me arrisco a dizer — falou ela — que, se você comesse arroz-doce como esse todo dia até domingo, faria os mais maravilhosos sermões.

— Que Deus não permita — comentei, com um arrepio. — Protheroe vem amanhã ao final da tarde e vamos revisar a contabilidade juntos. Preciso terminar de preparar minha fala para a C.E.M.S. hoje. Fui buscar uma referência e fiquei tão absorto lendo *Reality*, de Canon Shirley, que não me dediquei tanto quanto deveria. O que você irá fazer esta tarde, Griselda?

— Meu dever — respondeu ela. — Meu dever como esposa do pastor. Chá e fofocas às 16h30.

— Quem virá?

Griselda as contou nos dedos com um brilho virtuoso em seu rosto.

Mrs. Price Ridley, Miss Wetherby, Miss Hartnell e a terrível Miss Marple.

— Eu gosto bastante de Miss Marple — falei. — Ao menos, ela tem senso de humor.

— Ela é a maior fofoqueira do vilarejo — disse Griselda. — Sempre sabe cada coisinha que acontece... e tira as piores conclusões.

Griselda, como falei, era muito mais jovem do que eu. Na minha idade, aprendemos que o pior costuma ser a verdade.

— Bem, não esperem *por mim* para o chá — disse Dennis.

— Bandido! — exclamou Griselda.

— Sim, mas olha só, os Protheroe *realmente* me convidaram para jogar tênis hoje.

— Bandido! — repetiu Griselda.

Com isso, Dennis, sábio, bateu em retirada e Griselda e eu fomos juntos até meu escritório.

— Eu me pergunto qual será o assunto de nosso chá — disse Griselda, sentando-se em minha escrivaninha. — Dr. Stone e Miss Cram, imagino, e talvez Mrs. Lestrange. Por sinal, fui visitá-la ontem, mas ela havia saído. Sim, certamente falaremos de Mrs. Lestrange no chá. É tão misterioso, não acha, ela chegar assim e alugar uma casa aqui, e raramente botar o nariz para fora? Faz a gente pensar em histórias de detetive. Você sabe... "*Quem era ela, a mulher misteriosa do belo rosto pálido? Qual era a história de seu passado? Ninguém sabia. Havia algo levemente sinistro a seu respeito.*" Creio que o Dr. Haydock saiba alguma coisa sobre ela.

— Você lê histórias de detetive demais, Griselda — comentei, calmamente.

— E quanto a você? — retrucou ela. — Outro dia estive procurando em toda parte por *A mancha na escada*, quando você estava escrevendo um sermão. E quando enfim vim aqui perguntar se você o havia visto em algum lugar, o que foi que eu encontrei?

Tive a decência de ficar vermelho.

— Eu o peguei por acaso. Uma frase ocasional me chamou a atenção e...

— Conheço essas frases ocasionais — disse Griselda. Ela recitou: — "*E então uma coisa muito inusitada ocorreu... Griselda levantou-se, cruzou a sala e beijou seu marido idoso afetuosamente.*"

Ela fez jus a suas palavras.

— Isso é uma coisa muito inusitada? — perguntei.

— É claro que é — disse Griselda. — Você já se deu conta, Len, de que eu poderia ter me casado com um ministro de Estado, um baronete, um empresário rico, três subalternos ou um pilantra muito jeitoso, e que em vez disso escolhi você? A escolha não o deixou deveras surpreso?

— Na época, sim — respondi. — E com frequência me pergunto por que fez isso.

Griselda riu.

— Isso me fez sentir tão poderosa — murmurou ela. — Os outros simplesmente achavam que eu era maravilhosa, e claro que teria sido muito bom para *eles* terem ficado *comigo*. Mas eu sou tudo o que você não gosta e desaprova, e mesmo assim você não conseguia resistir a mim! Minha vaidade não conseguiu resistir a isso. É muito mais agradável ser um pecado secreto e agradável para alguém do que ser só mais uma conquista. Eu o faço se sentir terrivelmente desconfortável e o deixo constrangido o tempo todo, e ainda assim você me ama loucamente. Você me ama loucamente, não é?

— Como é de se esperar, gosto muito de você, minha querida.

— Ah! Len, você me adora. Lembra-se daquela vez em que tive que ficar na cidade e lhe enviei um telegrama que você nunca recebeu, porque a irmã da funcionária dos correios estava tendo gêmeos e ela se esqueceu de enviar? O estado em que você ficou… Ligou para a Scotland Yard e fez uma confusão terrível.

Há coisas de que a gente detesta ser lembrado. Eu havia sido estranhamente tolo na ocasião em questão. Falei:

— Se você não se importa, querida, eu preciso terminar o discurso para a C.E.M.S.

Griselda soltou um suspiro de intensa irritação, bagunçou meu cabelo, então o alisou de novo, e disse:

— Você não me merece. Não mesmo. Vou ter um caso com o artista. Vou sim… de verdade. E então pense no escândalo na paróquia.

— Já temos bastante — falei, calmo.

Griselda riu, soprou-me um beijo e saiu pela porta de vidro.

Capítulo 2

Griselda é uma mulher muito irritante. Ao deixar a mesa do almoço, estava de bom humor para preparar uma fala de fato contundente para a Church of England Men's Society. Agora, já me sentia inquieto e perturbado.

E bem quando eu estava me acalmando, Lettice Protheroe entrou, graciosa.

Uso a palavra "graciosamente" de modo consciente. Já li romances em que jovens são descritos como se explodissem de tanta energia — *joie de vivre*, a magnífica vitalidade da juventude... E, em minha experiência, todos aqueles com quem cruzei tinham um ar amigável.

Lettice estava particularmente pálida naquela tarde. Trata-se de uma moça bonita, muito alta, loira e distraída. Ela entrou pela porta de vidro, tirou de modo descuidado a boina amarela que estava usando e murmurou, de modo vago, com certa surpresa distante:

— Ah! É o senhor.

Há uma trilha vindo do Casarão pelo bosque que dá perto do portão de nosso jardim, de modo que a maioria das pessoas que vêm de lá o cruzam e passam pela porta do escritório, em vez de tomar o caminho mais longo ao redor da rua e entrar pela entrada principal. Portanto, não fiquei surpreso com a aparição de Lettice, mas me ressenti um pouco de sua postura.

Se você vai a uma casa paroquial, espera encontrar um pastor.

Ela entrou e se jogou em uma de minhas grandes poltronas, puxando a esmo seu cabelo e olhando para o teto.

— Dennis está em algum lugar por aqui?

— Eu não o vejo desde o almoço. Entendi que ele ia jogar tênis em sua casa.

— Ah! — disse Lettice. — Espero que não, pois não vai encontrar ninguém lá.

— Ele disse que você o convidou.

— Imagino que sim. Mas isso foi na sexta. E hoje é terça.

— Hoje é quarta — falei.

— Ah, que horror — comentou Lettice. — Isso significa que me esqueci de encontrar alguém para o almoço pela terceira vez.

Por sorte, isso não pareceu incomodá-la muito.

— Griselda está em casa?

— Creio que irá encontrá-la no estúdio, no jardim, posando para Lawrence Redding.

— Tem havido um grande fuzuê por causa dele — disse Lettice. — Com meu pai, sabe. Homem terrível.

— O que foi esse fu... qual o motivo? — perguntei.

— Mr. Redding ia fazer uma pintura minha. Papai soube. Por que eu não poderia ser pintada em trajes de banho? Se vou à praia com eles, por que não poderia ser pintada usando-os?

Lettice fez uma pausa e então continuou:

— É realmente absurdo.... papai proibir um rapaz de entrar na casa. É claro, Lawrence e eu apenas rimos disso. Virei a seu estúdio para ele fazer meu retrato.

— Não, minha querida — falei. — Não se seu pai proibiu.

— Ah! Céus... — disse Lettice, suspirando. — Como as pessoas são cansativas. Eu me sinto exausta. Definitivamente. Se ao menos eu tivesse algum dinheiro, iria embora, mas sem isso não tenho como. Se ao menos o papai tivesse a decência de morrer, eu ficaria bem.

— Você não deve dizer coisas do tipo, Lettice.

— Ora, se meu pai não deseja que eu o queira morto, ele não deveria ser tão inflexível com dinheiro. Não me surpreende que mamãe o tenha deixado. Sabe, por anos achei que ela estivesse morta. Com que tipo de rapaz ela fugiu? Ele era legal?

— Foi antes de seu pai vir morar aqui.

— Eu me pergunto que fim ela levou. Imagino que Anne irá ter um caso com alguém em breve. Ela me odeia... É bastante decente comigo, mas me odeia. Está ficando velha e não gosta disso. Essa é a idade em que se foge, você sabe.

Eu me perguntei se Lettice iria passar a tarde inteira em meu escritório.

— O senhor ainda não viu meus discos de gramofone por aí, viu?

— Não.

— Que aborrecimento. Sei que os deixei em algum lugar. E o cachorro está à solta. E meu relógio de pulso também está perdido, mas isso não importa muito, pois não funciona. Ah, céus, estou com tanto sono. Não consigo imaginar o motivo, pois não levantei da cama antes das onze horas. Mas a vida é muito cansativa, o senhor não acha? Ah, céus. Preciso ir. Vou ver a escavação do Dr. Stone às três da tarde.

Olhei o relógio e observei que já eram 15h35.

— Ah! É mesmo? Que droga. Eu me pergunto se eles estão esperando ou se partiram sem mim. Imagino que seja melhor eu ir lá e fazer algo a respeito.

Lettice se levantou e saiu graciosamente de novo, murmurando por sobre o ombro:

— O senhor vai avisar Dennis, não vai?

Respondi de maneira mecânica que sim, apenas me dando conta quando já era tarde que eu não fazia ideia do que exatamente deveria avisá-lo. Mas concluí que muito provavelmente não importava.

Dediquei-me então à questão do Dr. Stone, um conhecido arqueólogo que havia se hospedado recentemente no Javali Azul, enquanto supervisionava a escavação de um túmulo circular na propriedade do Coronel Protheroe. Já haviam ocorrido várias discussões entre ele e o coronel. Fiquei surpreso com seu compromisso em levar Lettice para visitar o sítio arqueológico.

Ocorreu-me que Lettice Protheroe era um tanto coquete. Fiquei imaginando se ela iria se dar bem com Miss Cram, secretária do arqueólogo, uma jovem saudável de 25 anos, meio barulhenta, muito corada, de excelente instinto e uma boca que parece sempre ter mais dentes do que o normal.

A opinião do vilarejo está dividida quanto a seu caráter; se é duvidoso ou se trata-se apenas de uma jovem virtuosa com intenção de se tornar Mrs. Stone na primeira oportunidade. Ela em tudo contrasta bastante com Lettice.

Eu podia imaginar que a situação no Casarão não devia ser das melhores. O Coronel Protheroe tinha se casado de novo havia cinco anos. A segunda Mrs. Protheroe era uma mulher notavelmente bonita, e de um modo bastante incomum.

Sempre imaginei que a relação dela com a enteada não fosse muito feliz.

Meus pensamentos foram interrompidos de novo; dessa vez, por meu auxiliar, Hawes. Estava em busca dos detalhes de minha conversa com Protheroe. Contei-lhe que o coronel detestava as "tendências católicas romanas", mas que o verdadeiro propósito de sua visita havia sido uma questão bem diferente. Ao mesmo tempo, apresentei-lhe uma queixa minha e disse-lhe de modo claro que deveria se conformar com minhas regras. De modo geral, Hawes reagiu bem a minhas observações.

Senti um pouco de remorso com sua partida, por já não conseguir mais gostar dele. Esses gostos e desgostos irracionais que a gente tem pelas pessoas, tenho certeza, são bem pouco cristãos.

Com um suspiro, me dei conta de que os ponteiros no relógio sobre minha escrivaninha indicavam as 16h45, sinal de que na realidade eram 16h30, e me encaminhei à sala de estar. Quatro de minhas paroquianas estavam reunidas no cômodo, com xícaras de chá. Griselda estava sentada atrás da mesa de chá tentando parecer natural em seu ambiente, mas apenas conseguiu se mostrar mais deslocada do que o habitual.

Cumprimentei a todas e me sentei entre Miss Marple e Miss Wetherby.

Miss Marple é uma senhora grisalha de modos gentis e simpáticos, Miss Wetherby é uma mistura de azedume e rompantes. Das duas, a primeira é muito mais perigosa.

— Estávamos agora mesmo conversando — disse Griselda, em um tom doce — sobre Dr. Stone e Miss Cram.

Uma frase muito dita por Dennis me passou pela cabeça. "Miss Cram está pouco se lixando."

Tive o súbito impulso de dizer isso em voz alta e observar seu efeito, mas felizmente me contive.

Miss Wetherby disse, muito seca:

— Nenhuma boa moça faria isso. — E fechou os lábios finos em desaprovação.

— Fazer o quê? — perguntei.

— Ser secretária de um homem solteiro — disse Miss Wetherby em um tom horrorizado.

— Ah! Minha querida — respondeu Miss Marple. — *Eu* acho que os casados são os piores. Lembre-se da pobre Mollie Carter.

— Homens casados que vivem separados de suas esposas são, claro, notórios — disse Miss Wetherby.

— E até mesmo alguns dos que vivem com suas esposas — murmurou Miss Marple. — Eu me lembro…

Interrompi essas reminiscências desagradáveis.

— Mas, certamente — falei —, hoje em dia uma moça pode aceitar um emprego da mesma forma que um homem.

— E vir para o interior? E se hospedar no mesmo hotel? — indagou Mrs. Price Ridley com tom severo.

Miss Wetherby murmurou para Miss Marple em voz baixa:

— E com quartos no mesmo andar...

Elas trocaram olhares.

Miss Hartnell, a mais alegre e curtida pelo tempo, e muito temida pelos pobres, observou em um tom de voz alto e caloroso:

— O coitado será pego antes mesmo de saber onde está. Ele é tão inocente quanto um bebê ainda em gestação, é notável.

É curioso o tipo de expressões que usamos sem pensar. Nenhuma das senhoras presentes teria sequer sonhado em aludir a um bebê de verdade até que ele estivesse em segurança no berço, visível a todos.

— É nojento, eu diria — continuou Miss Hartnell, com sua habitual falta de tato. — O homem deve ser pelo menos 25 anos mais velho que ela.

Três vozes femininas se ergueram ao mesmo tempo, fazendo comentários desconexos sobre o passeio dos meninos do coro, o lamentável incidente na última reunião de mães e as correntes de ar na igreja. Miss Marple piscou para Griselda.

— A senhora não acha — disse minha esposa — que Miss Cram pode apenas gostar de ter um emprego interessante? E que considera o Dr. Stone apenas seu patrão?

Todas se calaram. Era evidente que nenhuma das senhoras concordava. Miss Marple quebrou o silêncio dando um tapinha no braço de Griselda.

— Minha querida — disse ela —, você é muito jovem. Os jovens têm uma mentalidade muito inocente.

Indignada, Griselda disse que não tinha uma mentalidade inocente.

— Naturalmente — disse Miss Marple, ignorando o protesto —, você pensa o melhor das pessoas.

— Acha mesmo que ela quer se casar com aquele careca sem graça?

— Pelo que sei, ele é bem rico — contou Miss Marple. — Infelizmente, tem um temperamento bastante agressivo. Teve uma briga séria com o Coronel Protheroe outro dia.

Todas se inclinaram para a frente, curiosas.

— O Coronel Protheroe o acusou de ser um ignorante.

— Que típico do Coronel Protheroe, e que absurdo — disse Mrs. Price Ridley.

— Muito típico, sim, mas não sei se absurdo — comentou Miss Marple. — Deve se lembrar da mulher que veio aqui e disse que representava o Serviço Social, e depois de colher assinaturas desapareceu por completo e se descobriu que ela não tinha nada a ver com o Serviço Social. Estamos sempre inclinados a confiar nas pessoas e a tomá-las pelo que dizem ser.

Eu nem sonharia em descrever Miss Marple como alguém que confiasse nas pessoas.

— Houve uma confusão com aquele jovem artista, Mr. Redding, não houve? — perguntou Miss Wetherby.

Miss Marple assentiu.

— O Coronel Protheroe o expulsou de sua casa. Ao que parece, ele estava pintando Lettice em trajes de banho.

As mulheres ficaram escandalizadas.

— Sempre *achei* que havia algo entre eles — disse Mrs. Price Ridley. — Aquele rapaz está sempre rondando o local. Uma pena a garota não ter mãe. Uma madrasta nunca é a mesma coisa.

— Ouso dizer que Mrs. Protheroe faz o melhor que pode — disse Miss Hartnell.

— As moças são muito fingidas — censurou Mrs. Price Ridley.

— Mas que romântico, não é? — disse Miss Wetherby, de coração mole. — Ele é um jovem muito bem-apessoado.

— Mas muito soltinho — falou Miss Hartnell. — Tem que ser. Um artista! Paris! As modelos! Os nus!

— Pintando Lettice em trajes de banho — repetiu Mrs. Price Ridley. — Não é muito correto.

— Ele está me pintando também — comentou Griselda.

— Mas não em trajes de banho, querida — disse Miss Marple.

— Pode ser até pior — disse minha esposa, solene.

— Menina levada — provocou Miss Hartnell, levando na brincadeira.

Todas as demais pareceram um tanto chocadas.

— Nossa querida Lettice falou sobre isso com o senhor? — perguntou Miss Marple.

— Comigo?

— Sim. Eu a vi passando pelo jardim e dando a volta pela porta do escritório.

Miss Marple sempre vê tudo. A jardinagem é uma boa cortina de fumaça, e o hábito de observar pássaros com binóculos poderosos pode sempre se tornar uma vantagem.

— Ela mencionou isso, sim — admiti.

— Mr. Hawes parece preocupado — disse Miss Marple. — Espero que ele não esteja trabalhando demais.

— Ah! — exclamou Miss Wetherby, empolgada. — Havia me esquecido. Eu sabia que tinha novidades para vocês. Eu vi o Dr. Haydock saindo do chalé de Mrs. Lestrange.

Todas se entreolharam.

— Talvez ela esteja doente — sugeriu Mrs. Price Ridley.

— Deve ter sido muito repentino, então — disse Miss Hartnell —, pois eu a vi andando pelo jardim às três horas da tarde de hoje, e ela parecia estar em perfeita saúde.

— Mrs. Lestrange e o Dr. Haydock devem ser velhos conhecidos — disse Mrs. Price Ridley. — Ele não mencionou nada a respeito.

— É curioso — disse Miss Wetherby — que ele nunca tenha *mencionado* isso.

— Na verdade… — falou Griselda em voz baixa e misteriosa, e parou.

Todas se inclinaram para a frente, empolgadas.

— É de *conhecimento geral* — continuou Griselda, impressionada. — O marido dela era missionário. Uma história horrível. *Ele foi devorado*, sabiam? Devorado de verdade. E ela foi forçada a se tornar esposa do chefe. O Dr. Haydock estava em uma expedição e a resgatou.

Por um momento, a agitação tomou conta de todas, então Miss Marple disse em tom de reprovação, mas com um sorriso:

— Menina levada!

Ela deu um tapinha de reprovação no braço de Griselda.

— Uma coisa muito imprudente de se fazer, minha querida. Se você inventa essas coisas, é bem possível que as pessoas acreditem nelas. E às vezes isso causa complicações.

A constatação foi como um balde de água fria na reunião. Duas das senhoras se levantaram para se despedir.

— Eu me pergunto se há alguma coisa entre o jovem Lawrence Redding e Lettice Protheroe — disse Miss Wetherby. — Parece haver. O que acha, Miss Marple?

A idosa pareceu pensativa.

— Eu não diria isso. Não com *Lettice*. Eu diria que é *outra* pessoa, bem diferente.

— Mas o Coronel Protheroe deve ter pensado…

— Ele sempre me pareceu um homem bastante estúpido — disse Miss Marple. — O tipo de homem que coloca uma ideia errada na cabeça e teima a respeito disso. Vocês se lembram de Joe Bucknell, que costumava tomar conta do Javali Azul? O coronel criou todo um burburinho sobre a filha estar saindo com o jovem Bailey. E o tempo todo era aquela esposa sirigaita dele.

Miss Marple estava olhando diretamente para Griselda enquanto falava, e senti um súbito ímpeto de raiva.

— A senhora não acha, Miss Marple — falei —, que estamos todos inclinados a falar mais do que deveríamos? A caridade não vê o mal, a senhora sabe. Um mal inestimável pode ser feito por uma língua solta dizendo tolices em fofocas mal-intencionadas.

— Meu caro pastor — disse Miss Marple —, o senhor tem um espírito tão elevado! Receio que, após ter observado a natureza humana por tanto tempo quanto eu, a gente aprende a não esperar muito dos outros. Ouso dizer que fofocas são algo muito errado e pouco gentil, mas com frequência são verdadeiras, não acha?

Aquele último "disparo parto" acertou em cheio.

Capítulo 3

— Que velha venenosa — disse Griselda, assim que a porta se fechou.

Ela fez uma careta na direção das visitas que iam embora, então olhou para mim e riu.

— Len, você realmente suspeita que eu esteja tendo um caso com Lawrence Redding?

— Minha querida, é claro que não.

— Mas você achou que Miss Marple estava insinuando isso. E veio em minha defesa de um jeito lindo. Como... como um tigre furioso.

Fui tomado por um desconforto momentâneo. Um clérigo da Igreja Anglicana nunca deveria se colocar na posição de ser descrito como um tigre furioso.

— Senti que não poderia deixar passar a ocasião sem um protesto — falei. — Mas Griselda, eu gostaria que você fosse um pouco mais cuidadosa com o que diz.

— Você se refere à história do canibal? — perguntou ela. — Ou à sugestão de que Lawrence estava me pintando nua? Se ao menos soubessem que ele está me pintando em uma grossa casaca com gola de pele bem alta... o tipo de coisa que se poderia vestir para ver o papa... nem um traço de pele pecaminosa aparecendo! Na realidade, é tudo maravilhosamente puro. Lawrence jamais tentou me seduzir... não consigo entender por quê.

— Certamente por saber que você é uma mulher casada.

— Não finja que acabou de descer da arca de Noé, Len. Você sabe muito bem que uma mulher atraente com um marido idoso é uma espécie de presente dos céus para um homem jovem. Deve haver outras razões... não é por eu não ser atraente, pois sou.

— Certamente você não gostaria que ele a seduzisse, certo?

— N-não... — disse Griselda, com um pouco mais de hesitação do que seria adequado.

— Se ele está apaixonado por Lettice Protheroe...

— Miss Marple não parece achar que ele esteja.

— Miss Marple pode estar errada.

— Ela nunca está. Esse tipo de velhota está sempre certa. — Griselda fez uma pausa e então disse, com um longo olhar de soslaio para mim: — Você acredita em mim, não acredita? Digo, que não há nada entre Lawrence e eu.

— Minha querida Griselda — falei, surpreso. — É claro.

Com essa resposta, minha esposa veio até mim e me beijou.

— Gostaria que você não fosse tão fácil de enganar, Len. Você acredita em qualquer coisa que eu diga.

— Ainda bem. Mas, minha querida, eu imploro para que você segure a língua e seja mais cuidadosa com o que diz. Essas mulheres são particularmente carentes de senso de humor, lembre-se, e levam tudo a sério.

— O que elas precisam — disse Griselda — é de um pouco de imoralidade em suas vidas. Se tivessem isso, não ficariam tão ocupadas procurando na vida dos outros.

E com isso saiu da sala. Olhando para meu relógio, me apressei a fazer algumas visitas que eu deveria ter feito mais cedo.

A programação religiosa da noite de quarta-feira teve pouca gente, como de costume, mas quando eu saía, após tirar as vestes na sacristia, a igreja estava vazia exceto por uma mulher que ficou parada olhando para uma de nossas janelas. Nós temos algumas belas janelas de vitral antigas, e de fato a igreja em si merece ser admirada. Ela se virou ao escutar meus passos, e vi que era Mrs. Lestrange.

Ambos hesitamos por um instante, e então falei:

— Espero que goste de nossa igrejinha.

— Eu estava admirando o retábulo.

Sua voz era agradável, baixa, porém muito clara, com uma dicção precisa.

— Sinto muito por não ter visitado sua esposa ontem — acrescentou ela.

Conversamos um pouco mais sobre a igreja. Mrs. Lestrange era evidentemente uma mulher de cultura, que conhecia um pouco da história da Igreja e de arquitetura. Nós saímos do edifício sozinhos e caminhamos pela estrada, uma vez que o caminho até a casa paroquial passava por sua casa. Assim que chegamos ao portão, a mulher disse, de modo muito agradável:

— Entre, por favor, e me diga o que acha do que fiz na casa.

Aceitei o convite. Pequenos Portais havia pertencido a um coronel anglo-indiano, e não pude deixar de sentir alívio com o desaparecimento das mesas de latão e dos ídolos birmaneses. Estava mobiliada agora de maneira muito simples, mas com bom gosto. Havia um ar de harmonia e descanso no lugar.

Contudo, eu me perguntava mais e mais o que poderia ter levado uma mulher como Mrs. Lestrange para St. Mary Mead. Era notoriamente uma mulher viajada, e parecia estranho que se isolasse em um vilarejo do interior.

Sob a luz clara de sua sala de estar, tive a oportunidade de observá-la de perto pela primeira vez.

Ela era uma mulher muito alta. Seu cabelo era loiro com um toque avermelhado. Suas sobrancelhas e cílios eram escuros, mas, se eram naturais ou não, eu não sabia dizer. Se os havia pintado, como eu pensava, o trabalho fora feito com muita habilidade. Havia algo de esfinge em seu rosto quando estava em repouso, e Mrs. Lestrange tinha os olhos mais interessantes que já vi — eram quase dourados.

Suas roupas eram perfeitas, e a mulher detinha a naturalidade de uma pessoa bem-nascida, contudo, existia algo nela que era incongruente e desconcertante. Sentia-se que era um mistério. Ocorreu-me a palavra que Griselda havia usado a seu respeito: *sinistra*. Um absurdo, é claro, e mesmo assim... Por que era absurdo? Uma ideia surgiu de súbito em minha mente: "Nada deteria essa mulher."

Nossa conversa foi a mais normal possível — fotos, livros, igrejas antigas. Mesmo assim, tive a forte impressão de que havia algo mais, algo de natureza bem diferente que Mrs. Lestrange queria me dizer. Peguei-a olhando para mim uma ou duas vezes com uma hesitação curiosa, como se fosse incapaz de se decidir. Ela continuou falando, percebi, estritamente de assuntos impessoais. Não fez menção alguma a um marido ou parentes.

O tempo todo, porém, havia um apelo urgente e estranho em seus olhos. Pareciam dizer: "Devo contar? Gostaria de contar. Será que ele vai me ajudar?"

E no fim das contas, o assunto foi chegando ao fim — ou talvez tenha sido impressão minha. Tive a sensação de estar sendo dispensado. Eu me levantei e me despedi. Olhei para trás e a vi olhando para mim com uma expressão intrigada, hesitante. Em um impulso, voltei:

— Se houver algo que eu possa fazer...

— É muita gentileza de sua parte... — disse ela, hesitante.

Nós dois ficamos em silêncio, até que Mrs. Lestrange falou:

— Quem me dera. É difícil. Não, eu não acho que alguém possa me ajudar, mas obrigada por se oferecer.

Isso pareceu definitivo, então parti. No entanto, ao fazê-lo, fiquei pensativo. Não estamos acostumados a ter mistérios em St. Mary Mead.

E tanto isso é verdade que, assim que atravessei o portão, fui agarrado. Miss Hartnell é muito boa em segurar as pessoas de um modo brusco e incômodo.

— Eu o *vi*! — exclamou ela, com seu humor de mão pesada. — E fiquei *tão* empolgada. Agora o senhor pode nos contar tudo a respeito.

— A respeito do quê?

— Da mulher misteriosa! Ela é uma viúva ou tem um marido em algum lugar?

— Eu realmente não saberia dizer. Ela não me contou.

— Que peculiar. Era de se pensar que mencionaria casualmente. Quase chega a parecer que Mrs. Lestrange tem um motivo para não dizer, não acha?

— Eu realmente não vejo desse modo.

— Ah! Mas como nossa querida Miss Marple diz, o senhor é um espírito muito elevado, meu caro pastor. Diga-me, ela conhece o Dr. Haydock há bastante tempo?

— Ela não o mencionou, então não sei.

— É mesmo? Mas sobre o que vocês conversaram, então?

— Pinturas, música, livros — falei, sincero.

Miss Hartnell, cujos únicos assuntos em conversas são os puramente pessoais, ficou incrédula e com suspeitas. Tomando vantagem de uma hesitação momentânea da parte dela sobre como proceder em seguida, eu lhe desejei boa-noite e caminhei, me afastando com rapidez.

Visitei uma casa mais afastada do vilarejo e voltei para a casa paroquial pelo portão do jardim, passando, pela zona perigosa do jardim de Miss Marple. Contudo, não vi como seria humanamente possível que as notícias de minha visita a Mrs. Lestrange tivessem chegado a seus ouvidos, então me senti um pouco seguro.

Ao trancar o portão, veio-me a ideia de apenas dar uma passada no galpão no jardim, que o jovem Lawrence Redding estava usando como estúdio, e ver eu mesmo como estava indo o retrato de Griselda.

Aqui acrescento uma pequena planta do local, que será útil à luz dos acontecimentos posteriores, traçada apenas nos detalhes que são necessários.

Eu não fazia ideia se havia alguém no estúdio. Não havia nenhuma voz vindo de dentro para me avisar, e suponho que meus próprios passos não fizeram nenhum barulho na grama.

Abri a porta e então parei desajeitado na soleira, pois havia duas pessoas no estúdio, e os braços do homem estavam ao redor da mulher e ele a estava beijando apaixonadamente.

As duas pessoas eram o artista, Lawrence Redding, e Mrs. Protheroe.

Recuei de modo precipitado e bati em retirada para meu escritório.

Ali me sentei em minha poltrona, peguei meu cachimbo e fiquei pensando em tudo. A descoberta foi um grande choque para mim. Sobretudo após minha conversa com Lettice naquela tarde, eu estava muito certo de que havia algum tipo de envolvimento surgindo entre ela e o rapaz. Mais do que isso, eu estava convencido de que a própria pensava assim, e tive certeza de que não fazia ideia dos sentimentos do artista por sua madrasta.

Uma confusão terrível. Meus cumprimentos a Miss Marple. Ela não havia sido enganada, mas havia evidentemente suspeitado da verdadeira natureza das coisas com uma boa dose de precisão. Eu havia interpretado sua troca de olhares com Griselda de maneira equivocada.

Eu nunca havia sonhado em considerar Mrs. Protheroe na questão. Sempre houve certos ares de "esposa de César" sobre Mrs. Protheroe — uma mulher quieta e contida, da qual não se suspeitaria haver grande profundidade de sentimentos.

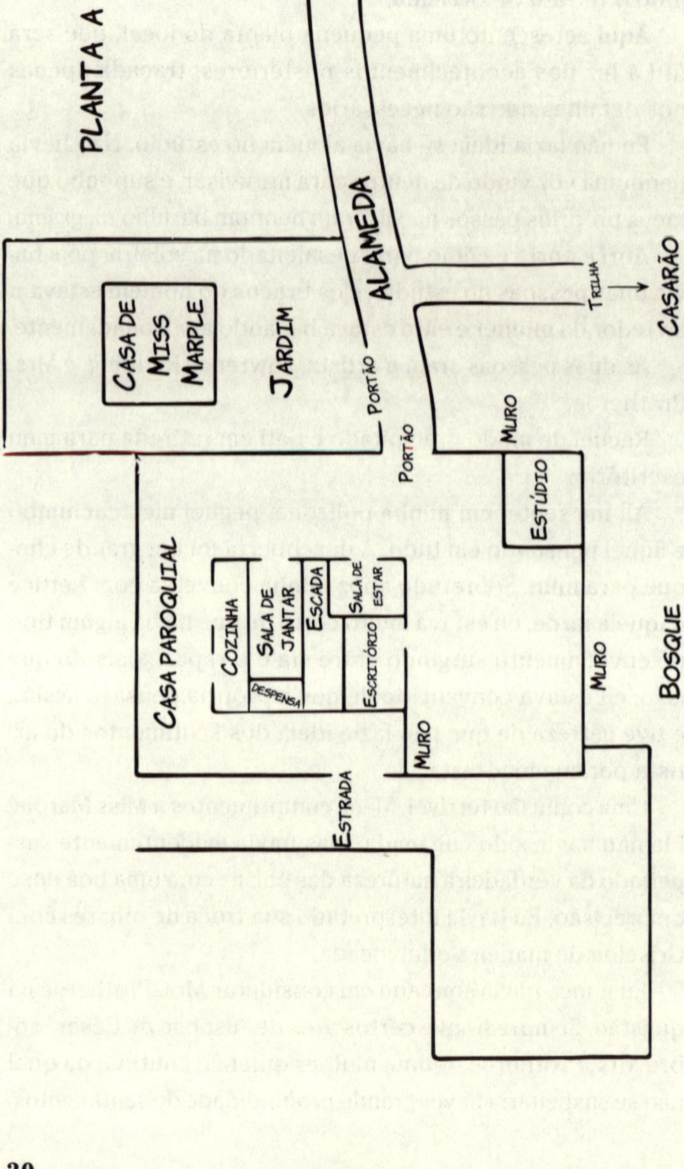
PLANTA A
ALAMEDA
CASARÃO
TRILHA
CASA DE MISS MARPLE
JARDIM
PORTÃO
PORTÃO
MURO
ESTÚDIO
CASA PAROQUIAL
COZINHA
SALA DE JANTAR
ESCADA
SALA DE ESTAR
ESCRITÓRIO
DESPENSA
MURO
MURO
BOSQUE
ESTRADA

Cheguei a tal ponto em minhas reflexões que uma batidinha à porta de vidro de meu estúdio me deixou sobressaltado. Eu me levantei e fui até ela. Mrs. Protheroe estava de pé do lado de fora. Abri a porta e a mulher entrou, sem esperar um convite de minha parte. Ela cruzou a sala de um fôlego só e se deixou cair no sofá.

Tive a sensação de que eu nunca a havia visto antes. A Mrs. Protheroe quieta e contida que eu conhecia havia desaparecido. Em seu lugar havia uma criatura desesperada e ofegante. Pela primeira vez me dei conta de que Anne Protheroe era bonita. Era uma mulher de cabelos castanhos, rosto pálido e olhos profundamente verdes. Estava corada, e seu peito arfava. Era como se uma estátua tivesse subitamente ganhado vida. Eu pisquei diante da transformação.

— Achei melhor vir — disse ela. — O senhor... o senhor viu?

Eu assenti. Mrs. Protheroe disse, muito baixinho:

— Nós estamos apaixonados...

E mesmo no meio de sua evidente agitação e incômodo, ela não pôde evitar um pequeno sorriso nos lábios. O sorriso de uma mulher que vê algo bonito e maravilhoso.

Ainda assim, permaneci em silêncio.

— Suponho que para o senhor pareça muito errado — acrescentou.

— A senhora espera que eu diga alguma outra coisa, Mrs. Protheroe?

— Não... não, suponho que não.

Eu continuei, tentando fazer minha voz parecer o mais gentil possível.

— A senhora é uma mulher casada...

Ela me interrompeu:

— Ah! Eu sei... eu sei. O senhor acha que não pensei nisso várias e várias vezes? Eu não sou uma mulher realmente má... não sou. E as coisas não são... não são... como o senhor pode imaginar que são.

— Fico feliz por isso — falei, seriamente.

— O senhor vai contar ao meu marido? — perguntou Mrs. Protheroe, de modo bastante tímido.

— Parece haver uma ideia geral de que um clérigo é incapaz de se comportar como um cavalheiro. Isso não é verdade — respondi, seco.

Ela me lançou um olhar de gratidão.

— Eu estou tão infeliz. Ah! Tão horrivelmente infeliz. Não consigo continuar. Simplesmente não consigo continuar. E não sei o que fazer. — A voz dela elevou-se com um tom ligeiramente descontrolado. — O senhor não sabe como é minha vida. Tem sido terrível com Lucius desde o começo. Nenhuma mulher poderia ser feliz com ele. Gostaria que ele estivesse morto... é horrível, mas eu gostaria... estou desesperada. Estou dizendo ao senhor, estou desesperada.

Mrs. Protheroe se levantou e olhou para a porta de vidro.

— O que foi isso? Acho que escutei alguém. Talvez seja Lawrence.

Fui até a porta, que eu não havia fechado como pensei que tivesse feito. Dei um passo para fora e olhei para o jardim, mas não havia ninguém à vista. Contudo, estava quase convencido de que também havia escutado algo. Ou talvez fosse a certeza dela que havia me convencido.

Quando voltei para o escritório, a mulher estava reclinada à frente, com a cabeça abaixada. Parecia o retrato do desespero.

— Eu não sei o que fazer. Não sei o que fazer — repetiu.

Eu me aproximei e me sentei a seu lado. Disse as coisas que julguei serem meu dever dizer, e tentei dizê-las com a convicção necessária, o tempo todo desconfortavelmente ciente de que, naquela mesma manhã, eu havia dado voz ao sentimento de que um mundo sem o Coronel Protheroe seria um lugar melhor.

Acima de tudo, implorei que ela não fizesse nada precipitado. Deixar seu lar e seu marido seria um passo muito sério.

Não creio que a tenha convencido. Vivi o bastante nesse mundo para saber que discutir com uma pessoa apaixonada é quase inútil, mas acho que minhas palavras trouxeram alguma dose de conforto.

Quando Mrs. Protheroe se levantou para ir embora, ela me agradeceu e prometeu pensar a respeito do que eu havia lhe dito.

Mesmo assim, quando partiu, me senti muito inquieto. Percebi que eu havia julgado mal o caráter de Anne Protheroe até então. Dava-me a impressão agora de ser uma mulher bastante desesperada, do tipo que não hesitaria uma vez que suas emoções fossem despertadas. E ela estava desesperada, selvagem e loucamente apaixonada por Lawrence Redding, um homem muitos anos mais jovem do que ela.

Não gostei disso.

Capítulo 4

Eu havia me esquecido de que tínhamos convidado Lawrence Redding para o jantar naquela noite. Quando Griselda entrou brigando comigo, apontando que faltavam dois minutos para a hora do jantar, fiquei bastante surpreso.

— Espero que dê tudo certo — disse ela, subindo as escadas atrás de mim. — Pensei no que você disse no almoço, e em alguns pratos gostosos para comermos.

Devo dizer brevemente que nossa refeição naquela noite confirmou a afirmação de Griselda de que as coisas saem piores quando ela tenta do que quando não se esforça. O cardápio foi ambicioso, e Mary pareceu ter sentido um prazer perverso em perceber o quanto ela conseguia alternar alimentos crus com cozidos em excesso. Algumas ostras que Griselda havia pedido, e que pareciam estar fora do alcance da incompetência, não foram, infelizmente, nem sequer provadas, pois não tínhamos nada na casa com o que as abrir — uma omissão que só foi descoberta quando chegou o momento de comê-las.

Eu duvidava que Lawrence Redding fosse aparecer. Não seria difícil ter inventado uma desculpa.

Contudo, ele foi pontual, e nós quatro fomos jantar.

Não há como negar: Lawrence Redding tem uma personalidade atraente. Ele tem, suponho, cerca de 30 anos de idade. Tem cabelos escuros, mas seus olhos são de um azul brilhante, quase perturbador. Ele é o tipo de rapaz que faz tudo com perfeição. É bom nos esportes, um atirador excelente, um bom ator amador e um contador de histórias de primeira. Ele é capaz de animar qualquer festa. Creio que tenha ascendência irlandesa. Lawrence não é, nem um pouco, o que se espera de um típico artista, mas creio que seja um pintor habilidoso no estilo moderno. Eu mesmo sei muito pouco sobre pintura.

Era muito natural que, naquela noite em particular, ele parecesse um pouco distante. Em resumo, Lawrence conduziu as coisas muito bem. Não creio que nem Griselda, nem Dennis tenham percebido algo de errado. É provável que mesmo eu não teria percebido, se não soubesse de antemão que algo o perturbava.

Griselda e Dennis estavam particularmente alegres, cheios de piadas sobre o Dr. Stone e Miss Cram, o escândalo local! De repente me ocorreu, com uma espécie de mágoa, que Dennis fosse mais próximo em idade de Griselda do que eu. Ele me chamava de tio Len, enquanto ela era chamada apenas de Griselda. Isso me causou, de algum modo, um sentimento de solidão.

Imagino que eu estava incomodado por Mrs. Protheroe. Em geral, não sou dado a tais reflexões pouco proveitosas.

Vez ou outra Griselda e Dennis iam longe demais, mas não tive coragem de ficar chamando-lhes a atenção. Sempre achei que era uma pena que a mera presença de um clérigo devesse ter um efeito inibidor.

Lawrence participou alegremente da conversa. Mesmo assim, eu percebia seus olhos se voltando com frequência para mim, e não fiquei surpreso quando, após o jantar, ele deu um jeito de estar comigo no escritório.

Assim que ficamos sozinhos, seus modos mudaram. O rosto ficou sério e ansioso. Ele parecia quase exausto.

— O senhor descobriu nosso segredo — disse ele. — O que vai fazer a respeito?

Eu poderia falar de modo mais direto com Redding do que era capaz com Mrs. Protheroe. Foi o que fiz, e sua atitude foi receptiva.

— É claro — comentou, quando terminei. — O senhor é obrigado a dizer tudo isso. O senhor é um pastor. Não digo isso como ofensa. Por sinal, eu acho que o senhor provavelmente está correto. Mas o que há entre Anne e eu não é assim.

Respondi-lhe que as pessoas dizem esse tipo de frase em específico desde o início dos tempos, e um sorrisinho estranho surgiu em seus lábios.

— O senhor quer dizer que cada um pensa que seu caso é único? Talvez sim, mas a gente precisa acreditar em algo.

Lawrence Redding me garantiu que, até o momento "não houvera nada de errado". Anne, disse ele, era uma das mulheres mais sinceras e leais que já existiu. O que iria acontecer, no entanto, o artista não sabia dizer.

— Se isso tudo fosse apenas um livro — disse ele, taciturno —, o velho morreria... e todos viveriam felizes.

Eu o repreendi.

— Ah, não estou dizendo que eu iria meter uma faca nas costas dele, embora ofereceria meus cumprimentos a qualquer um que fizesse isso. Não existe vivalma no mundo que tenha algo de bom para dizer sobre aquele homem. Às vezes, me surpreende que a primeira Mrs. Protheroe não tenha lidado com o assunto com as próprias mãos. Eu a conheci, anos atrás, e ela parecia bem capaz de fazê-lo. Uma dessas mulheres calmas e perigosas. Mr. Protheroe sai tumultuando por aí, criando problemas em todo lugar, mau como o diabo, e com um temperamento desagradável. O senhor não sabe o que Anne já teve que aguentar dele. Se tivesse algum dinheiro, eu a levava embora sem pensar duas vezes.

Então falei-lhe com toda a sinceridade. Implorei que fosse embora de St. Mary Mead. Ao ficar ali, Lawrence poderia trazer ainda mais sofrimento para Anne Protheroe do que a mulher já enfrentava. As pessoas iriam falar, o assunto chegaria aos ouvidos do Coronel Protheroe... e as coisas poderiam ficar infinitamente piores para ela.

Lawrence protestou.

— Ninguém mais sabe algo a respeito disso além do senhor.

— Meu caro rapaz, você subestima o instinto detetivesco da vida de um vilarejo. Em St. Mary Mead todos sabem dos assuntos alheios mais íntimos. Não há detetive na Inglaterra que se compare a uma solteirona de idade incerta com muito tempo livre nas mãos.

Comedido, ele afirmou que não havia questão alguma. Todos pensavam que seu envolvimento fosse com Lettice.

— Já lhe ocorreu — perguntei — que a própria Lettice talvez pense o mesmo?

Lawrence pareceu muito surpreso pela ideia. Lettice, falou, não se importava nem um pouco com ele. Tinha certeza disso.

— Ela é uma mulher estranha — disse ele. — Parece estar sempre nas nuvens, e, contudo, por baixo disso creio que seja bastante pragmática. Creio que essa coisa toda seja apenas pose. Lettice sabe muito bem o que está fazendo, e há um curioso ar vingativo nela. O esquisito é que odeia Anne. Simplesmente a detesta. E, no entanto, Anne tem sido sempre um perfeito anjo com ela.

Eu não lhe dei crédito, claro, quanto a essa última parte. Para rapazes apaixonados, suas amadas sempre se comportam como anjos. Mesmo assim, até onde pude observar, Anne sempre se comportou com gentileza e justiça em relação à enteada. Eu mesmo fiquei surpreso naquela tarde com a amargura no tom de Lettice.

Tivemos que parar a conversa nesse ponto, pois Griselda e Dennis entraram de repente e disseram que eu não iria fazer Lawrence se comportar feito um retrógrado.

— Minha nossa — disse Griselda, atirando-se em uma poltrona. — Como eu gostaria de alguma coisa emocionante. Um assassinato... ou mesmo um assalto.

— Não creio que haja alguém que valha a pena assaltar — disse Lawrence, tentando entrar em sintonia com ela. — A não ser que roubemos os dentes falsos de Miss Hartnell.

— Eles rangem de um jeito horrível — lembrou Griselda. — Mas você está enganado quanto a não ter ninguém que valha a pena. Há uma prataria antiga maravilhosa no Casarão. Saleiros e uma taça de Carlos II... coisas assim. Valem centenas de libras, acredito.

— O velho provavelmente lhe daria um tiro com um revólver do Exército — disse Dennis. — É o tipo de coisa que gosta de fazer.

— Ah, nós o pegamos primeiro e então o seguramos — falou Griselda. — Quem tem um revólver?

— Eu tenho uma pistola Mauser — disse Lawrence.

— É mesmo? Que empolgante. Por quê?

— Lembrança de guerra — explicou Lawrence, sucinto.

— O velho Protheroe estava exibindo a prataria para Stone hoje — acrescentou Dennis. — O velho Stone fingiu estar muito interessado.

— Achei que eles tinham brigado por causa do túmulo — disse Griselda.

— Ah, eles fizeram as pazes! — exclamou Dennis. — Não consigo imaginar o que as pessoas querem com túmulos, de todo modo.

— Esse tal Stone me intriga — disse Lawrence. — Acho que ele deve ser muito distraído. Eu poderia jurar que às vezes o homem parece não saber nada a respeito dos próprios assuntos.

— É o amor — disse Dennis. — Gladys Cram do coração, você não faz armação. Com seu belo sorriso, eu perco o juízo. Vamos dar a partida, minha noiva prometida. No Javali Azul nos hospedar, e em um quarto vamos...

— Já chega, Dennis — falei.

— Bem — prosseguiu Lawrence Redding —, preciso ir. Muito obrigado, Mrs. Clement, por uma noite tão agradável.

Os dois o acompanharam até a porta, até que Dennis voltou ao escritório sozinho. Alguma coisa o deixara agitado.

Ele vagueou pela sala a esmo, carrancudo e chutando os móveis.

Nossa mobília já está tão capenga que não haveria como danificá-la ainda mais, mas senti-me impelido a proferir um leve protesto.

— Desculpe — disse Dennis.

Ele ficou em silêncio por um momento, e então estourou:

— Que coisa absolutamente nojenta são essas fofocas!

Fiquei um tanto surpreso. Dennis não costuma assumir tal postura.

— O que aconteceu? — perguntei.

— Não sei se eu deveria contar para o senhor.

Fui ficando mais e mais surpreso.

— É muito repulsivo — repetiu Dennis. — Sair por aí falando coisas. Não apenas falando, sugerindo. Não, desculpe, não vou falar nada. É tudo muito repulsivo.

Olhei para ele com curiosidade, mas não insisti. Fiquei deveras intrigado. É muito incomum que Dennis leve as coisas tão a sério.

Griselda entrou naquele momento.

— Miss Wetherby acabou de telefonar — disse ela. — Mrs. Lestrange saiu às 20h15 e não voltou mais. Ninguém sabe para onde ela foi.

— E por que deveriam saber?

— Ela também não foi ao Dr. Haydock. Miss Wetherby sabe disso, porque ligou para Miss Hartnell, que mora ao lado, e que certamente a teria visto.

— É um mistério para mim que se consiga fazer qualquer refeição neste vilarejo. Devem todos comer de pé em frente à janela, para ter certeza de não perderem nada.

— E isso não é tudo — disse Griselda, borbulhando de empolgação. — Elas descobriram o que há no Javali Azul. O Dr. Stone e Miss Cram alugaram quartos ao lado um do outro, *mas*... — Ela ergueu o dedo, dramática, antes de prosseguir: — *Não há porta de comunicação entre os quartos.*

— Isso deve ter sido muito frustrante para todos — falei.

Griselda riu.

A quinta-feira começou mal. Duas senhoras de minha paróquia decidiram brigar a respeito da decoração da igreja. Fui chamado para mediar o conflito entre tais mulheres de meia-idade, que estavam tremendo de raiva. Se não fosse tão doloroso, teria sido um fenômeno físico bastante interessante.

Então precisei repreender dois dos meninos de nosso coral por ficarem chupando bala durante as horas da programação religiosa, e fiquei com uma sensação desconfortável de que não estava fazendo meu trabalho do modo como deveria ser feito.

E então nossa organista, que é particularmente sensível, ofendeu-se e precisou ser acalmada.

Por fim, quatro de meus pobres paroquianos declararam a todos os ventos sua revolta contra Miss Hartnell, que veio até mim estourando de raiva.

Eu já estava a caminho de casa quando encontrei o Coronel Protheroe. Ele estava de muito bom humor, tendo condenado três ladrões de caça em suas atribuições como magistrado.

— Pulso firme! — berrou com sua voz retumbante. Um pouco surdo, o homem ergueu a voz do modo como as pessoas em tal situação fazem. — É do que se precisa hoje em dia: pulso firme! Dar o exemplo. Aquele vagabundo do Archer saiu ontem e estava jurando se vingar de mim, foi o que escutei. Canalha insolente! Homens que são ameaçados vivem mais, diz o ditado. Eu vou mostrar a ele o quanto vale sua vingança da próxima vez que pegá-lo roubando meus faisões. Frouxos! Somos muito frouxos hoje em dia! Eu acredito que devemos julgar um homem pelo que ele é. Sempre nos pedem para levar em consideração a esposa e os filhos dessa gente. Que tolice. Baboseiras. Por que um homem deveria escapar das consequências de seus atos só porque resmunga a respeito de sua esposa e seus filhos? É tudo a mesma coisa para mim. Não importa o que o homem seja, médico, advogado, clérigo, ladrão de caça, bêbado... se você o pega do lado errado da lei, deixe a lei puni-lo. O senhor concorda comigo, certamente.

— O senhor esquece — falei — que minha vocação me obriga a respeitar uma qualidade acima de todas as outras: a misericórdia.

— Bem, sou um homem justo. Ninguém pode negar isso.

Não falei nada, e o coronel prosseguiu, irritado:

— Por que o senhor não responde? Um pêni por seus pensamentos, homem.

Eu hesitei, então decidi falar.

— Eu estava pensando — comentei — que quando minha hora chegar, eu ficaria triste se a única desculpa que eu tivesse a oferecer fosse a da justiça. Porque poderia ser que apenas a justiça fosse aplicada a mim...

— Ora! O que precisamos é de um pouco de cristianismo militante. Sempre cumpri meu dever. Eu espero. Bem, chega disso. Vou passar em sua casa hoje à noite, como falei. Vamos marcar para as 18h15, em vez das 18h, se não se importar. Preciso visitar um homem no vilarejo.

— Está bem.

O Coronel Protheroe acenou com a bengala e seguiu seu caminho. Dando meia-volta, esbarrei com Hawes. Achei que ele estava com um aspecto adoecido naquela manhã. Era minha intenção censurá-lo de leve, devido a várias questões sob sua responsabilidade que estavam desorganizadas ou foram engavetadas, mas, vendo seu rosto pálido e tenso, percebi que o homem estava doente. Comentei isso, mas ele negou, porém sem muita convicção.

Enfim Hawes confessou que não estava se sentindo muito bem, e pareceu pronto para aceitar meu conselho de ir para casa se deitar.

Em casa, fiz um lanche rápido e saí para fazer algumas visitas.

Griselda havia ido a Londres no trem mais barato das quintas-feiras. Eu cheguei por volta das 15h45 com a intenção de esboçar um rascunho de meu sermão de domingo, mas Mary me disse que Mr. Redding estava me esperando no escritório.

Eu o encontrei caminhando de um lado a outro, preocupado. Ele parecia pálido e abatido.

Lawrence se virou de repente quando entrei.

— Veja só, senhor. Estive pensando naquilo que me disse ontem. Tive uma noite de insônia pensando. O senhor está certo. Preciso encerrar tudo e ir embora.

— Meu bom rapaz — falei.

— O senhor estava certo quanto a Anne. Eu só vou lhe causar problemas ficando aqui. Ela… ela é boa demais para qualquer coisa. Percebo agora que preciso partir. Já tornei as coisas difíceis demais para Anne do jeito que está, que Deus me perdoe.

— Acredito que o senhor tomou a única decisão possível — comentei. — Entendo que seja uma decisão difícil, mas acredite em mim, será melhor no fim das contas.

Percebi que Lawrence julgou meu comentário como fácil de ser dito por alguém que não estava naquela situação.

— O senhor cuidará de Anne? Ela precisa de um amigo.

— Pode ter certeza de que farei tudo o que estiver ao meu alcance.

— Obrigado, meu senhor. — Ele segurou minha mão. — O senhor é um bom homem. Devo encontrá-la para me despedir ao final da tarde, e provavelmente vou fazer as malas e partir amanhã. Não faz bem prolongar a agonia. Obrigado por me deixar usar o galpão para pintar. Lamento não ter terminado o retrato de Mrs. Clement.

— Não se preocupe com isso, meu bom rapaz. Adeus, e que Deus o abençoe.

Quando ele partiu, tentei terminar meu sermão, sem muito sucesso. Eu continuava pensando em Lawrence Redding e Anne Protheroe.

Tomei uma xícara de chá bastante intragável, frio e preto, e às 17h30 o telefone tocou. Fui informado de que Mr. Abbot, da Fazenda Baixa, estava morrendo e eu precisava ir vê-lo de imediato.

Liguei para o Casarão na mesma hora, pois a fazenda ficava a quase duas milhas de distância e não seria possível voltar às 18h15. Nunca consegui aprender a andar de bicicleta, portanto precisaria caminhar.

Recebi a notícia, porém, de que o Coronel Protheroe havia acabado de sair de carro, então deixei Mary avisada de que eu fora chamado e precisava ir, mas que tentaria retornar às 18h30 ou o mais cedo possível.

Capítulo 5

Já estava mais perto das 19h do que das 18h30 quando cheguei ao portão da casa paroquial. Antes que eu o alcançasse, ele foi aberto por Lawrence Redding, de saída. Ele parou de súbito ao me ver. Estava com uma aparência impressionante. Parecia um homem à beira da loucura. Seus olhos me fitavam de um modo peculiar. Lawrence estava pálido como um cadáver, tremia e se contorcia todo.

Pensei por um instante se ele não havia andado bebendo, mas repudiei a ideia na mesma hora.

— Olá — cumprimentei —, o senhor veio me ver outra vez? Desculpe, eu estava fora. Voltei só agora. Vou encontrar Protheroe para falar de umas contas... mas me arrisco a dizer que não vai demorar muito.

— Protheroe. — Foi tudo o que disse antes de começar a rir. — Protheroe? O senhor vai encontrar Protheroe? Ah, claro que vai encontrá-lo. Ah, meu Deus... sim!

Fiquei encarando-o. Por instinto, estendi a mão em sua direção. Lawrence se desviou rapidamente.

— Não — disse, estridente. — Tenho que ir embora... e pensar. Tenho que pensar. Eu preciso pensar.

Lawrence se afastou em alta velocidade e logo sumiu pela estrada na direção do vilarejo, me deixando ali parado olhando para onde estivera, voltando à minha primeira impressão de que estava bêbado.

Por fim, balancei a cabeça e entrei na casa paroquial. A porta da frente ficava sempre aberta, ainda assim, toquei a campainha. Mary veio, secando as mãos em seu avental.

— Então o senhor enfim voltou — comentou ela.

— O Coronel Protheroe está aqui? — perguntei.

— No escritório. Ele está lá desde as 18h15.

— Mr. Redding esteve aqui?

— Veio agora há pouco. Perguntou pelo senhor. Eu lhe disse que estaria de volta a qualquer momento, e que o Coronel Protheroe o aguardava no escritório. Mr. Redding disse que se juntaria a ele na espera pelo senhor. É onde está agora.

— Não, não está. Acabei de encontrá-lo descendo a estrada.

— Bem, não o escutei saindo. Ele não pode ter ficado mais do que alguns minutos. A patroa ainda não voltou da cidade.

Assenti sem pensar muito. Mary se retirou na direção da cozinha e eu atravessei o corredor abrindo a porta do escritório.

Após a escuridão do corredor, o sol de fim de tarde que entrava na sala fez com que eu piscasse. Dei um ou dois passos e então parei de repente.

Por um instante, não consegui compreender a cena diante de mim.

O Coronel Protheroe estava caído, esparramado sobre minha escrivaninha em uma posição horrivelmente incomum. Havia uma poça de algum fluido escuro sobre o tampo ao lado de sua cabeça, gotejando devagar no piso em um horrível pinga-pinga.

Eu me recompus e me aproximei. Sua pele estava fria ao toque. A mão que ergui caiu de volta, sem vida. O homem estava morto — com um tiro na cabeça.

Fui até a porta e chamei por Mary. Quando ela veio, mandei que corresse o mais rápido que pudesse e fosse chamar o Dr. Haydock, que vivia logo na curva da estrada. Disse-lhe que havia ocorrido um acidente.

Então fechei a porta e esperei pela vinda do médico.

Felizmente, Mary o encontrou em casa. Haydock é um bom sujeito, um homem grande, forte, com uma cara honesta e enrugada.

Suas sobrancelhas ergueram-se quando apontei silenciosamente ao longo da sala. Mas, como um bom médico, nenhum sinal de emoção transpareceu em seu rosto. Ele se curvou sobre o morto, examinando-o com rapidez. Então se endireitou e olhou para mim.

— Então? — perguntei.

— Está morto mesmo… está morto há meia hora, eu diria.

— Suicídio?

— Fora de questão, homem. Olhe a posição da ferida. Além disso, se ele atirou em si mesmo, onde está a arma?

Era verdade, não havia sinal do objeto.

— É melhor não mexermos em nada — disse Haydock. — Melhor ligar para a polícia.

Ele pegou o telefone e repassou os detalhes do modo mais sucinto. Quando desligou, veio até onde eu estava sentado.

— Isso tudo é muito horrível. Como você o encontrou?

Eu expliquei.

— Teria sido um… assassinato? — perguntei, a voz vacilando.

— É o que parece. Digo, o que mais poderia ser? Um negócio extraordinário. Eu me pergunto quem poderia estar atrás do pobre velho. É claro que sei que não era popular, mas uma pessoa geralmente não se mata por isso… infelizmente.

— Houve uma coisa curiosa. Telefonaram para mim esta tarde para atender um paroquiano à beira da morte. Quando cheguei lá, todos ficaram muito surpresos em me ver. O doente estava muito melhor do que há alguns dias, e sua esposa negou firmemente ter me telefonado.

Haydock franziu o cenho.

— Isso é... muito sugestivo. O senhor foi tirado do caminho. Onde está sua esposa?

— Foi passar o dia em Londres.

— E a criada?

— Na cozinha, do outro lado da casa.

— Onde seria improvável que escutasse qualquer coisa que acontecesse aqui. É um negócio desagradável. Quem sabia que Protheroe viria esta tarde?

— Ele mencionou isso hoje de manhã na rua do vilarejo a plenos pulmões, como de costume.

— Isso significa que o vilarejo todo sabia? Sempre sabe, em todo caso. Sabe de alguém que teria algo contra ele?

A lembrança do rosto pálido de Lawrence Redding e seus olhos fixos me vieram à mente. Fui poupado de responder pelo barulho de muitos passos no corredor.

— A polícia — disse meu amigo, e se pôs de pé.

Nossa força policial era representada pelo guarda Hurst, parecendo muito importante, mas um tanto preocupado.

— Boa noite, cavalheiros — saudou-nos. — O inspetor estará aqui a qualquer momento. Enquanto isso, vou seguir suas instruções. Entendo que o Coronel Protheroe foi encontrado baleado... na casa paroquial.

Ele parou e direcionou um frio olhar suspeito contra mim, que tentei rebater com a atitude apropriada de uma consciência inocente.

Hurst foi até a escrivaninha e anunciou:

— Não se deve tocar em nada até o inspetor chegar.

Para conveniência de meus leitores, acrescento aqui um esboço de minha sala.

Ele puxou sua caderneta, molhou o lápis na língua e olhou para nós dois ansiosamente.

Eu repeti minha história sobre a descoberta do corpo. Quando terminou de anotar tudo, o que levou algum tempo, Hurst se voltou para o médico.

— Em sua opinião, Dr. Haydock, qual foi a causa da morte?

— Um tiro na cabeça à queima-roupa.

— E a arma?

— Não posso dizer com certeza até que tenhamos extraído a bala. Mas eu diria que, muito possivelmente, a bala foi disparada por uma pistola de baixo calibre, como uma Mauser .25.

Tive um sobressalto, lembrando de minha conversa na noite anterior, e da confissão de Lawrence Redding. O policial voltou seu olhar frio de peixe morto para mim.

— O senhor disse algo?

Balancei a cabeça. Quaisquer suspeitas que eu tivesse não eram mais do que suspeitas, e, como tais, eu deveria guardá-las comigo.

— Quando, em sua opinião, ocorreu a tragédia?

O médico hesitou por um minuto antes de responder.

— O homem está morto há pelo menos meia hora, eu diria. Certamente não mais do que isso.

Hurst se virou para mim.

— A moça escutou alguma coisa?

— Até onde sei, não escutou nada — falei. — Mas é melhor perguntar a ela.

Nesse momento, porém, chegou o Inspetor Slack, vindo de carro de Much Benham, a pouco mais de duas milhas de distância.

Tudo o que posso dizer do Inspetor Slack é que nunca um homem se esforçou tanto para contradizer o significado de seu nome. Era um homem de cabelo escuro e modos enérgicos e inquietos, com olhos negros que piscavam sem parar. Seus modos eram grosseiros e arrogantes ao extremo.

Ele retribuiu nossa saudação com um meneio rápido, tomou a caderneta de seu subordinado, a folheou, trocou meia dúzia de palavras com o guarda em baixo tom e foi em direção ao corpo.

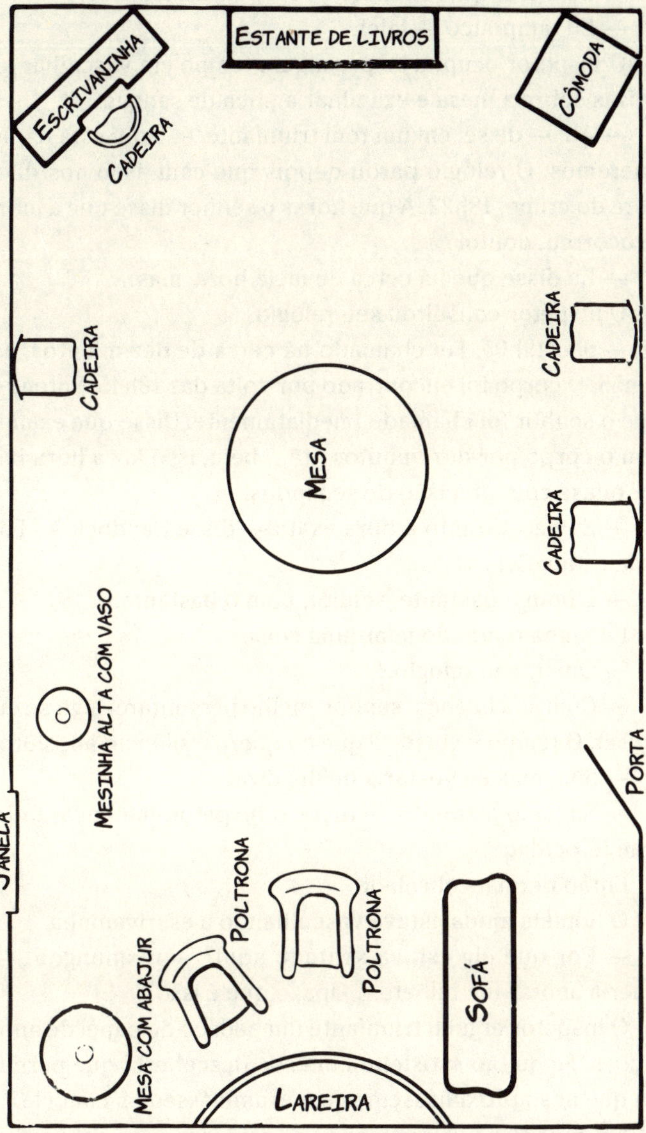
Escrivaninha
Cadeira
Estante de livros
Cômoda
Cadeira
Cadeira
Mesa
Cadeira
Mesinha alta com vaso
Porta
Janela
Poltrona
Poltrona
Sofá
Mesa com abajur
Lareira

PLANTA B

— Já foi tudo bagunçado e remexido, imagino — disse ele.

— Eu não toquei em nada — respondeu Haydock.

— Eu tampouco — falei.

O inspetor ocupou-se por algum tempo em vasculhar as coisas sobre a mesa e examinar a poça de sangue.

— Ah! — disse, em um tom triunfante. — Aqui está o que queremos. O relógio parou depois que caiu. Isso nos dá a hora do crime, 18h22. A que horas o senhor disse que a morte ocorreu, doutor?

— Eu disse que há cerca de meia hora, mas...

O inspetor consultou seu relógio.

— São 19h05, Fui chamado há cerca de dez minutos, às 18h55. O corpo foi encontrado por volta das 18h45. Entendo que o senhor foi chamado imediatamente. Disse que examinou o corpo por dez minutos até... bem, isso faz a hora bater quase com precisão de segundos!

— Eu não garanto a hora exata — disse Haydock. — Foi uma estimativa.

— É bom o bastante, senhor, bom o bastante.

Eu vinha tentando falar uma coisa.

— Quanto ao relógio...

— Com sua licença, senhor, eu lhe perguntarei algo se eu quiser. O tempo é curto. O que eu quero é silêncio absoluto.

— Sim, mas eu gostaria de lhe dizer...

— Silêncio absoluto — disse o inspetor, me encarando com ferocidade.

Então permaneci calado.

O homem ainda estava vasculhando a escrivaninha.

— Por que ele estava sentado aqui? — resmungou. — Queria anotar um bilhete... Opa, o que é isso?

O inspetor ergueu triunfante um pedaço de papel de anotações. Ficou tão satisfeito com sua descoberta que permitiu que nos aproximássemos e o examinássemos com ele.

Era uma folha de anotações da paróquia, e no cabeçalho fora anotado “18h20”.

"Meu caro Clement", dizia, "me desculpe, mas não posso esperar mais, eu preciso..." A escrita terminava em um garrancho.

— Está claro como o dia — disse o Inspetor Slack, triunfante. — Ele se sentou para escrever isso, o inimigo veio discretamente pela porta de vidro e atirou nele enquanto escrevia. O que mais se pode querer?

— Eu só gostaria de dizer... — comecei.

— Saia do caminho, por favor, meu senhor. Preciso ver se há pegadas.

Ele se pôs de quatro, andando em direção à porta aberta.

— Creio que o senhor precisa saber... — falei, obstinado.

O inspetor se pôs de pé. E sem raiva, mas com firmeza, disse:

— Falaremos disso tudo depois. Eu ficaria grato se os senhores saíssem daqui. Agora mesmo, se puderem.

Nós nos deixamos expulsar feito crianças. Pareceu levar horas, e ainda assim eram apenas 19h15.

— Bem — disse Haydock. — Por hoje chega. Quando esse jumento arrogante quiser falar comigo, pode mandá-lo até meu consultório. Até mais.

— A patroa voltou — falou Mary, fazendo uma rápida aparição da cozinha. Seus olhos estavam arregalados de empolgação. — Chegou há cerca de cinco minutos.

Encontrei Griselda na sala de estar. Ela parecia assustada, porém empolgada.

Contei-lhe tudo, e a mulher escutou com atenção.

— Na carta está anotado 18h20 — finalizei. — E o relógio caiu e parou às 18h22.

— Sim — disse Griselda. — Mas aquele relógio, você não lhe contou que ele está sempre adiantado em quinze minutos?

— Não — falei. — Não contei. Ele não deixou. Tentei o máximo possível.

Griselda franziu a testa de um modo intrigado.

— Mas, Len, isso torna a coisa toda perfeitamente extraordinária. Porque, quando naquele relógio eram 18h20, na verdade, o horário correto era 18h05, e nesse horário não creio que Protheroe nem sequer tivesse chegado na casa.

Capítulo 6

Ficamos pensando na questão do relógio por algum tempo, mas não conseguimos chegar a nenhuma conclusão. Griselda disse que eu deveria fazer outra tentativa de contar ao Inspetor Slack a respeito disso, mas quanto a essa questão só posso me descrever como "teimoso feito uma mula". O oficial havia sido abominável e desnecessariamente rude. Eu mal podia esperar o momento em que faria minha valiosa contribuição e causaria seu desconforto. Eu então diria, em tom de leve reprovação: "Se ao menos o senhor tivesse me escutado, Inspetor Slack..."

Eu achava que ele iria ao menos conversar comigo antes de deixar a casa, mas para nossa surpresa soubemos por meio de Mary que o homem havia partido, tendo fechado a porta do escritório e emitido uma ordem de que ninguém deveria tentar entrar no cômodo.

Griselda sugeriu irmos até o Casarão.

— Vai ser tão doloroso para Anne Protheroe, com a polícia e tudo o mais. Talvez eu possa fazer algo por ela.

Aprovei esse plano, e Griselda partiu com orientações de que deveria me telefonar se achasse que eu poderia ser de alguma utilidade ou conforto para ambas as senhoras.

Fui então telefonar para os professores da escola dominical, que iriam chegar às 19h45 para sua preparação de aulas semanal. Achei que, em tais circunstâncias, seria melhor dispensá-los.

Dennis foi o próximo a chegar, tendo acabado de voltar da partida de tênis. O fato de um assassinato ter ocorrido na casa paroquial pareceu lhe dar grande satisfação.

— Sempre quis estar no local de um assassinato — disse ele. — Sempre quis estar bem no meio de um caso assim. Por que a polícia fechou o escritório? Será que a chave de alguma das outras portas não serve?

Impedi que qualquer coisa do tipo fosse feita. Dennis aceitou de má vontade. Após extrair de mim cada detalhe possível, foi até o jardim para procurar por pegadas, observando com animação que foi sorte ter sido apenas o velho Protheroe, do qual ninguém gostava.

Sua alegre insensibilidade me incomodou bastante, mas me ocorreu que eu talvez estivesse sendo muito rígido com o rapaz. Na idade de Dennis, uma história de detetive é uma das melhores coisas na vida, e encontrar uma verdadeira história de detetive, com cadáver e tudo, aguardando à beira da porta, por assim dizer, com certeza joga um garoto de mente saudável no sétimo céu da diversão. A morte significa muito pouco para um rapaz de 16 anos.

Griselda voltou cerca de uma hora depois. Ela havia visitado Anne Protheroe, tendo chegado logo depois do inspetor dar as notícias para ela.

Ao escutar que Mrs. Protheroe havia visto seu marido pela última vez no vilarejo perto das 17h45, e que ela não sabia de nada que pudesse lançar luz sobre o assunto, ele foi embora, explicando que iria retornar na manhã seguinte para um depoimento completo.

— Ele foi muito decente, a seu modo — disse Griselda, a contragosto.

— Como Mrs. Protheroe recebeu a notícia? — perguntei.

— Bem… ela ficou bastante quieta… mas ela sempre fica.

— Sim — falei. — Não consigo imaginar Anne Protheroe ficando desesperada.

— É claro que foi um grande choque. Dava para perceber isso. Ela me agradeceu por ter ido e disse que estava muito grata, mas não havia nada que eu pudesse fazer.

— E quanto a Lettice?

— Ela havia saído para jogar tênis em algum lugar. Ainda não tinha voltado.

Houve uma pausa, e então Griselda disse:

— Sabe, Len, ela estava realmente muito esquisita... muito esquisita mesmo.

— O choque — sugeri.

— Sim, imagino que sim. E no entanto... — Griselda franziu as sobrancelhas, perplexa. — Não era bem isso, de certo modo. Ela não parecia muito surpresa, não tanto quanto... bem, assus...

— Assustada?

— Sim... sem demonstrar, sabe. Ao menos, tentando não demonstrar. Mas havia algo estranho, vigilante, em seus olhos. Eu me pergunto se ela tem alguma ideia de quem o matou. Ela perguntou várias vezes se alguém era suspeito.

— É mesmo? — falei, pensativo.

— Sim. É claro que Anne tem um maravilhoso autocontrole, mas era notório que estava terrivelmente perturbada. Mais do que eu teria imaginado, afinal, ela não era muito devotada a ele. Eu diria até que ela não gostava dele, se não pior.

— A morte muda os sentimentos das pessoas, às vezes — falei.

— Sim, imagino que sim.

Dennis entrou e estava radiante de empolgação quanto a uma pegada que havia encontrado em um dos canteiros de flores. Ele tinha certeza de que a polícia havia deixado passar, e que isso se revelaria a chave da solução do mistério.

Passei uma noite difícil. Dennis se pôs de pé e ficou andando pela casa muito antes do café da manhã, para "estudar os últimos desdobramentos", como ele disse.

Contudo não fui eu, e sim Mary, quem nos trouxe a novidade chocante da manhã.

Havíamos acabado de nos sentar para o café quando ela entrou na sala, com as bochechas vermelhas e os olhos cintilantes, e se dirigiu a nós sem cerimônias, como de costume.

— O senhor acredita? O padeiro acabou de me contar. Eles prenderam o jovem Mr. Redding.

— Prenderam Lawrence — disse Griselda, incrédula. — Impossível. Deve ter havido algum tipo de engano.

— Não foi engano, senhora — falou Mary, com uma exultação maldosa. — O próprio Mr. Redding foi se entregar. Bem no finzinho da noite passada. Ele entrou, jogou a pistola sobre uma mesa e disse "fui eu". Bem assim.

Ela olhou para nós dois, assentiu vigorosamente com a cabeça e se recolheu satisfeita com o efeito que havia produzido. Griselda e eu nos encaramos.

— Ah! Isso não é verdade — disse Griselda. — Não *pode* ser verdade.

Ela notou meu silêncio e perguntou:

— Len, *você* não acha que é verdade?

Tive dificuldade em responder. Fiquei sentado em silêncio, os pensamentos girando na minha cabeça.

— Ele deve estar louco — disse Griselda. — Completamente louco. Ou você acha que eles estavam observando a pistola juntos, e de repente ela disparou?

— Isso não parece nem um pouco provável.

— Mas deve ter sido um acidente. Porque não há qualquer motivo. Que razão Lawrence poderia ter para matar o Coronel Protheroe?

Eu poderia ter respondido à pergunta de modo decisivo, mas decidi preservar Anne Protheroe até onde fosse possível.

Ainda poderia haver uma chance de manter o nome dela longe daquilo.

— Lembre-se de que eles tiveram uma briga — falei.

— Sobre Lettice e seu maiô. Sim, mas isso é absurdo, e mesmo que ele e Lettice estivessem namorando em segredo... bem, isso não é motivo para matar o pai dela.

— Nós não sabemos quais podem ser os verdadeiros fatos, Griselda.

— Você *acredita* nisso, Len! Ah! Como pode?! Estou dizendo, tenho certeza de que Lawrence *nunca* tocaria em um fio de cabelo dele.

— Lembre-se, eu o encontrei logo em frente ao portão. Ele parecia fora de si.

— Sim, mas... ah! É impossível.

— E há o relógio também — falei. — Isso explicaria o relógio. Lawrence deve tê-lo feito voltar para as 18h20 com a ideia de criar um álibi para si mesmo. Veja como o Inspetor Slack caiu na armadilha.

— Você está enganado, Len. Lawrence sabia que aquele relógio estava adiantado. "Mantendo o pastor no horário!", ele costumava dizer. Lawrence nunca teria cometido o erro de voltar os ponteiros para as 18h22. Colocaria em uma hora possível, como 18h45.

— Ele poderia não saber a que horas Protheroe chegaria aqui. Ou poderia simplesmente ter esquecido que o relógio estava adiantado.

Griselda discordou.

— Não, quando uma pessoa vai cometer assassinato, ela é terrivelmente cuidadosa quanto a coisas assim.

— Você não sabe, minha querida — respondi, calmamente. — Você nunca cometeu um.

Antes que Griselda pudesse responder, uma sombra se projetou sobre a mesa do café da manhã, e uma voz muito gentil disse:

— Espero não estar me intrometendo. O senhor me perdoe, mas nestas circunstâncias tristes... circunstâncias muito tristes... — Era nossa vizinha, Miss Marple. Aceitando nossas apenas educadas boas-vindas, ela entrou pela porta de vidro, e eu lhe puxei uma cadeira. Ela parecia levemente corada e bastante agitada.

— É horrível, não é? Pobre Coronel Protheroe. Não era um homem muito agradável, talvez, e não era exatamente popular, mas mesmo assim é triste. E foi realmente alvejado no escritório da paróquia, pelo que entendi?

Respondi que havia sido esse o caso.

— Mas nosso querido pastor não estava aqui na hora? — Miss Marple perguntou a Griselda.

Eu expliquei onde eu estivera.

— Mr. Dennis não está com vocês esta manhã? — indagou Miss Marple, olhando ao redor.

— Dennis gosta de se imaginar um detetive amador — disse Griselda. — Ele está bem empolgado quanto a uma pegada que encontrou em um dos canteiros de flores, e imagino que deve ter ido até a polícia contar isso.

— Ai, ai — falou Miss Marple. — Que confusão, não é mesmo? E Mr. Dennis crê saber quem cometeu o crime. Bem, suponho que todos nós acreditamos saber.

— A senhora acha que é óbvio? — perguntou Griselda.

— Não, querida. Não quis dizer isso, nem um pouco. Ouso dizer que cada um acha que foi uma pessoa diferente. Por isso é tão importante se ter *provas*. Eu, por exemplo, estou bastante *convencida* de que sei quem foi, mas devo admitir que não tenho a mais ínfima prova. Uma pessoa precisa ser muito cuidadosa, vocês sabem, quanto ao que diz em uma hora dessas... calúnia e difamação, não é como chamam? Eu me convenci de que precisava ser *muito* cuidadosa com o Inspetor Slack. Ele mandou avisar que viria me ver essa manhã, mas agora acaba de me telefonar para dizer que não será necessário, afinal.

— Suponho que, depois de efetuarem a prisão, não seja necessário — falei.

— A prisão? — Miss Marple se inclinou para trás, com as bochechas rosadas de empolgação. — Eu não sabia que havia sido feita uma prisão.

É tão raro que Miss Marple esteja menos bem informada do que nós, que eu dava como certo que ela estava a par dos últimos desdobramentos.

— Acho que nos atravessamos no assunto — falei. — Sim, foi efetuada uma prisão… de Lawrence Redding.

— Lawrence Redding? — Miss Marple pareceu muito surpresa. — Eu nunca teria imaginado que…

Griselda a interrompeu com veemência.

— Eu não acredito. Mesmo agora. Não, mesmo que ele tenha confessado.

— Confessado? — questionou Miss Marple. — A senhora disse que ele confessou? Ah, Deus, vejo que me confundi… sim, infelizmente me confundi.

— Não consigo deixar de pensar que deve ter sido um acidente — disse Griselda. — Não acha, Len? Digo, ele ter ido se entregar faz parecer que sim.

Miss Marple se inclinou à frente, ansiosa.

— Ele se entregou, a senhora disse?

— Sim.

— Ah! — exclamou Miss Marple, com grande alívio. — Fico tão feliz… tão, tão feliz.

Eu a olhei com certa surpresa.

— Demonstra um remorso genuíno, creio — falei.

— Remorso? — Miss Marple pareceu muito surpresa. — Ah, mas com certeza, querido, querido pastor, o senhor não acha que ele seja mesmo culpado?

Foi minha vez de a encarar.

— Uma vez que ele tenha confessado…

— Sim, mas isso só confirma, não é? Digo, que ele não teve nada a ver com isso.

— Não — falei. — Eu posso estar sendo obtuso, mas não consigo ver como poderia ser esse o caso. Se a pessoa não cometeu um assassinato, não vejo sentido de fingir que o cometeu.

— Ah, é claro, há um motivo — sugeriu Miss Marple. — Naturalmente. Sempre há um motivo, não é? E rapazes tendem a ser muito esquentados, e não raro dispostos a acreditar no pior.

Ela se virou para Griselda.

— Não concorda comigo, minha querida?

— Eu… eu não sei — disse Griselda. — É difícil saber o que pensar. Não consigo ver nenhum motivo para que Lawrence se comporte como um perfeito idiota.

— Se você tivesse visto a cara dele na noite passada… — comecei a falar.

— Conte-me — pediu Miss Marple.

Descrevi minha volta para casa enquanto ela escutava atentamente. Quando terminei, ela falou:

— Eu sei que com frequência sou um pouco boba e não compreendo as coisas como deveria, mas eu realmente não entendo seu ponto. A mim parece que, se um rapaz está decidido a cometer a grande maldade de tirar a vida de outra criatura, ele não iria parecer perturbado quanto a isso depois. Teria sido uma ação premeditada e a sangue-frio, e ainda que o assassinato possa ter sido um pouco caótico e que possivelmente ele tenha cometido algum pequeno erro, creio que seria improvável que fosse cair em um estado de agitação tal qual o senhor descreveu. É difícil a gente se colocar nessa posição, mas não consigo me imaginar ficando em tal estado.

— Nós não sabemos as circunstâncias — argumentei. — Se houve uma briga, o tiro pode ter sido disparado em um gesto súbito e passional, e depois Lawrence poderia ter ficado chocado com o que havia feito. De fato, eu prefiro pensar que foi isso o que aconteceu.

— Eu sei, meu querido Mr. Clement, que há muitas maneiras pelas quais preferimos ver as coisas. Mas é preciso aceitar os fatos como eles são, não é? E não me parece que os fatos sustentem a interpretação que o senhor lhes dá. Sua criada declarou que Mr. Redding ficou na casa por apenas alguns minutos, tempo certamente insuficiente para uma discussão como a que o senhor descreve. E, por outro lado, entendo que o coronel levou um tiro na nuca enquanto escrevia uma carta... ao menos foi o que minha criada me contou.

— É verdade — concordou Griselda. — Parece que ele estava escrevendo um bilhete para dizer que não podia esperar mais. O bilhete dava a hora das 18h20, e o relógio sobre a mesa estava virado e parado em 18h22, e é exatamente isso que tem intrigado tanto Len e a mim.

Ela explicou nosso costume de adiantar o relógio em quinze minutos.

— Muito curioso — disse Miss Marple. — Muito curioso mesmo. Mas o bilhete me parece ainda mais curioso. Digo... — Ela parou e olhou em volta. Lettice Protheroe estava parada do lado de fora da porta de vidro. Ela entrou, acenando para nós e murmurando "Bom dia".

Ela se atirou em uma cadeira e falou, um pouco mais animada do que o habitual:

— Prenderam Lawrence, me disseram.

— Sim — disse Griselda. — Foi um grande choque para todos nós.

— Eu nunca imaginei que alguém iria matar o papai — comentou Lettice. Ela obviamente estava se orgulhando de não deixar escapar o menor sinal de dor ou emoção. — Muita gente queria, tenho certeza. Houve ocasiões em que eu mesma gostaria de ter dado fim à vida dele.

— Gostaria de algo para comer ou beber, Lettice? — ofereceu Griselda.

— Não, obrigada. Só passei para ver se vocês estavam com minha boina, uma amarelinha, meio engraçada. Eu acho que a deixei no escritório no outro dia.

— Se deixou, está lá ainda — disse Griselda. — Mary nunca arruma nada.

— Vou lá ver — falou Lettice, se levantando. — Desculpe incomodar, mas parece que eu perdi todos os meus outros chapéus.

— Receio que você não possa ir lá — intervim. — O Inspetor Slack trancou o cômodo.

— Ah! Que amolação! Não dá para entrar pela janela?

— Receio que não. Está trancada por dentro. Mas com certeza, Lettice, uma boina amarela não vai ter grande utilidade agora, certo?

— O senhor quer dizer, pelo luto e tudo o mais? Eu não dou bola para luto. Acho que é uma ideia terrivelmente arcaica. É um aborrecimento quanto a Lawrence... sim, um aborrecimento.

Ela se levantou e ficou de pé, com a testa franzida, distraída.

— Imagino que seja tudo por causa de meu maiô. Que bobagem, essa coisa toda...

Griselda abriu a boca para dizer algo, mas, por algum motivo inexplicável, fechou-a novamente.

Um sorriso curioso surgiu nos lábios de Lettice.

— Acho que vou para casa contar a Anne sobre a prisão de Lawrence — disse ela suavemente.

E saiu pela porta de vidro outra vez. Griselda voltou-se para Miss Marple.

— Por que a senhora pisou em meu pé?

A velha senhora estava sorrindo.

— Eu achei que você iria dizer alguma coisa, querida. E com frequência é muito melhor deixar as coisas se desenrolarem por si próprias. Eu não creio, sabe, que aquela menina esteja tão distraída quanto fingiu estar. Tem uma intenção muito bem definida na cabeça, e está agindo de acordo com isso.

Mary bateu à porta da sala de jantar com força e entrou pisando firme.

— O que foi? — perguntou Griselda. — E Mary, você precisa se lembrar de não bater à porta. Já falei isso antes.

— Achei que vocês poderiam estar ocupados — disse Mary. — O Coronel Melchett está aqui. Ele quer ver o patrão.

Coronel Melchett é o chefe de polícia do condado. Eu me levantei na hora.

— Achei que vocês não iam gostar se eu o deixasse no saguão de entrada, então o coloquei na sala de estar — continuou Mary. — Posso limpar a mesa?

— Ainda não — disse Griselda. — Eu aviso quando puder.

Ela se voltou para Miss Marple, e eu saí da sala.

Capítulo 7

O Coronel Melchett é um homenzinho elegante com o hábito de bufar de modo súbito e inesperado. Ele tem o cabelo ruivo e olhos azuis bastante claros.

— Bom dia, pastor — cumprimentou ele. — Que negócio desagradável, hein? Pobre do velho Protheroe. Não que eu gostasse dele. Não gostava. Aliás, ninguém gostava. Um negócio desagradável para o senhor, também. Espero que não tenha perturbado sua senhora.

Falei que Griselda havia lidado com a situação muito bem.

— Que sorte. É uma coisa ruim de acontecer na casa da gente. Preciso dizer que estou surpreso com o jovem Redding... fazer a coisa do jeito que ele fez. Sem consideração nenhuma pelos sentimentos de ninguém.

Então uma vontade louca de gargalhar me atingiu, mas o Coronel Melchett evidentemente não via nada de estranho na ideia de que um assassino tivesse consideração, por isso me contive.

— Devo dizer que fiquei bastante surpreso quando ouvi que o sujeito havia ido até lá e se entregado — continuou o Coronel Melchett, sentando-se em uma poltrona.

— Como foi que aconteceu, exatamente?

— Ontem à noite. Perto das dez da noite. O sujeito chega, larga uma pistola e diz: "Estou aqui. Fui eu." Simples assim.

— Que motivos deu para isso tudo?

— Muito poucos. Ele foi alertado, é claro, quanto a prestar depoimento. Mas apenas riu. Disse que veio para ver o senhor e encontrou Protheroe aqui. Eles discutiram e então Lawrence atirou. Não disse a respeito do que foi a discussão. Veja bem, Clement, aqui entre nós dois, você sabe algo sobre isso? Eu ouvi rumores... sobre ele ter sido proibido de entrar na casa e coisas assim. O que houve? O homem seduziu a filha de Mr. Protheroe ou o quê? Não queremos envolver a menina nisso se pudermos evitar, para o bem de todos. Foi esse o problema?

— Não — falei. — O senhor pode confiar em mim que foi algo completamente diferente, mas não posso dizer mais nada na presente situação.

Ele assentiu e se ergueu.

— Fico feliz em saber. Tem havido muita falação. Tem mulheres demais nesse canto do mundo. Bem, preciso ir. Vou ver Haydock. Ele recebeu um ou outro chamado, mas já deve ter voltado. Não me incomodo em dizer a você que sinto muito por Redding, pois ele sempre me pareceu um rapaz decente. Quem sabe não pensam em alguma defesa para ele? Neurose de guerra, sequelas de combate, algo assim. Sobretudo se não surgir nenhum motivo mais adequado. Preciso ir. Gostaria de vir junto?

Respondi que gostaria muito, e saímos.

A casa de Haydock é ao lado da minha. Seu criado disse que o médico tinha acabado de voltar e nos mostrou a sala de jantar, onde o homem estava sentado diante de um prato fumegante de ovos com bacon. Ele me cumprimentou com um aceno amável.

— Desculpe por ter que sair. Um caso de quarentena. Fiquei acordado a maior parte da noite, debruçado sobre seu assunto. Eu tenho a bala para o senhor.

Ele empurrou uma caixinha sobre a mesa. Melchett a examinou.

— Calibre .25?

— Deixo os detalhes técnicos para seu inquérito — disse ele. — Tudo o que você precisa saber é que a morte foi praticamente instantânea. Rapaz tolo, o que ele planejava com isso? É surpreendente, por sinal, que ninguém tenha escutado o tiro.

— Sim — falou Melchett —, isso me surpreende.

— A janela da cozinha dá para o outro lado da casa — argumentei. — Com a porta do escritório, da despensa e da cozinha todas fechadas, duvido que se escutaria qualquer coisa, e não havia ninguém além da criada em casa.

— Hum... — disse Melchett. — É estranho, mesmo assim. Eu me pergunto se a velha senhora... Qual seu nome? Marple... Se ela escutou algo. A janela do escritório estava aberta.

— Talvez tenha escutado — falou Haydock.

— Não creio que tenha. Ela esteve aqui na casa paroquial agora há pouco e não mencionou nada do tipo. Tenho certeza de que o teria feito, se houvesse qualquer coisa para contar.

— Pode ter escutado e não dado atenção a isso, pensou que fosse o escapamento de um carro.

Percebi que Haydock estava parecendo muito mais jovial e bem-humorado naquela manhã. Ele parecia um homem tentando conter, por educação, uma alegria incomum.

— E quanto a um silenciador? — acrescentou. — Isso seria possível. Ninguém iria escutar nada.

Melchett balançou a cabeça.

— Slack não encontrou nada do tipo, e perguntou a Redding, e o homem não parecia saber do que ele estava falando em um primeiro momento, e depois negou veementemente ter usado qualquer coisa do tipo. Imagino que se possa confiar em sua palavra quanto a isso.

— Sim, de fato, pobre coitado.

— Maldito idiota — disse o Coronel Melchett. — Desculpe-me, Clement, mas é isso que ele é! De certo modo, a gente não consegue se acostumar à ideia dele como assassino.

— Algum motivo? — perguntou Haydock, tomando um último gole de café e empurrando sua cadeira para trás.

— Disse que os dois discutiram, Redding perdeu a cabeça e deu um tiro nele.

— Na esperança de ser acusado de homicídio involuntário, é? — O médico balançou a cabeça. — Essa história não se sustenta. Lawrence chegou por trás do coronel quando ele estava escrevendo e deu-lhe um tiro na cabeça. Não teve nenhuma "discussão".

— De todo modo, não teria havido tempo para uma discussão — falei, lembrando as palavras de Miss Marple. — Chegar na ponta dos pés, atirar nele, atrasar o relógio para as 18h20 e sair de novo, isso consumiria todo o seu tempo. Eu nunca vou esquecer seu rosto quando o encontrei do lado de fora do portão, ou o modo como ele disse: "O senhor vai encontrar Protheroe? Ah, claro que vai encontrá-lo!" Só isso já deveria me fazer suspeitar do que havia acabado de ocorrer alguns minutos antes.

Haydock ficou me encarando.

— O que o senhor quer dizer... o que havia "acabado de ocorrer"? Quando o senhor crê que Redding tenha atirado nele?

— Poucos minutos antes de eu chegar na casa.

O médico balançou a cabeça.

— Impossível. Totalmente impossível. Ele estava morto havia muito mais tempo que isso.

— Mas, meu bom homem — disse o Coronel Melchett —, o senhor mesmo disse que meia hora era apenas uma estimativa aproximada.

— Meia hora, 35 minutos, 25 minutos, vinte minutos... é possível, mas menos do que isso, não. Ora, o corpo teria que estar ainda quente quando eu cheguei.

Nós olhamos um para o outro. O rosto de Haydock mudou. Pareceu subitamente grisalho e velho. Eu me perguntei o que havia mudado nele.

— Mas, olha só, Haydock — disse o coronel, com dificuldade. — Se Redding admite ter atirado nele às 18h45...

Haydock se pôs de pé.

— Eu digo que é impossível — rugiu o médico. — Se Redding diz que ele matou Protheroe às 18h45, então Redding está mentindo. Diabos, eu sou médico, e eu sei. O sangue estava começando a coagular.

— Se Redding está mentindo... — começou Melchett.

Ele parou e balançou a cabeça.

— É melhor irmos até a delegacia vê-lo — falei.

Capítulo 8

Estávamos bastante quietos em nosso caminho até a delegacia. Haydock ficou um pouco para trás e murmurou para mim:

— Sabe, não estou gostando nada disso. Nem um pouco. Tem alguma coisa que não estamos entendendo.

Ele parecia bastante preocupado e incomodado.

O Inspetor Slack estava na delegacia, e de pronto nos vimos cara a cara com Lawrence Redding.

O artista parecia pálido e tenso, mas bastante controlado — maravilhosamente bem-controlado, pensei, considerando as circunstâncias. Melchett bufou e grunhiu, obviamente nervoso.

— Olhe aqui, Redding — disse ele. — Eu soube que prestou depoimento para o Inspetor Slack. Você declarou que foi à casa paroquial perto das 18h45, encontrou Protheroe lá, discutiu com o homem, atirou nele e saiu. Não vou ler tudo para você, mas este é o resumo.

— Sim.

— Vou lhe fazer algumas perguntas. Você já foi avisado de que não precisa responder a não ser que queira. Seu advogado...

Lawrence o interrompeu:

— Não tenho nada a esconder. Eu matei Protheroe.

— Ah! Bom... — Melchett bufou. — E como era que você tinha uma pistola?

O outro hesitou.

— Estava em meu bolso.

— Você a levou até a casa paroquial.

— Sim.

— Por quê?

— Eu sempre a levo.

Ele hesitou de novo antes de responder, e eu tive absoluta certeza de que não estava falando a verdade.

— Por que você atrasou o relógio?

— O relógio?

Ele pareceu intrigado.

— Sim, os ponteiros marcavam 18h22.

Um olhar de medo cruzou seu rosto.

— Ah! Isso... sim. Eu.. eu mudei.

Haydock falou de repente.

— Onde foi que você atingiu o Coronel Protheroe?

— No escritório da casa paroquial.

— Quer dizer, em qual parte do corpo?

— Ah! Eu... na cabeça, acho. Sim, foi na cabeça.

— Você não tem certeza?

— Se o senhor já sabe, não vejo por que seria necessário me perguntar.

Era uma petulância meio débil. Houve alguma comoção do lado de fora. Um policial sem capacete me trouxe um bilhete.

— Para o pastor. Diz aqui que é urgente.

Rasguei o envelope e li.

Por favor, por favor, venha para cá. Não sei o que fazer. É tudo deveras horrível. Preciso contar para alguém. Por favor, venha imediatamente, e traga com o senhor alguma pessoa de sua confiança.

Anne Protheroe

Olhei para Melchett de modo significativo. Ele entendeu. Nós saímos juntos. Olhando por sobre meu ombro, tive um vislumbre do rosto de Lawrence Redding. Seus olhos estavam fixos no papel em minhas mãos, e eu raras vezes vi um olhar tão terrível de angústia e desespero no rosto de um ser humano.

Eu me lembrei de Anne Protheroe sentada em meu sofá, dizendo "Sou uma mulher desesperada", e meu coração afundou. Eu via agora a possível razão para a heroica autoacusação de Lawrence Redding.

Melchett estava falando com Slack.

— Você tem alguma informação a respeito dos passos de Redding mais cedo no dia do crime? Há motivos para se crer que ele alvejou Protheroe antes do que diz. Vá atrás disso, sim?

O coronel se voltou para mim e, sem dizer uma palavra, eu lhe entreguei a carta de Anne Protheroe. Ele a leu e apertou os lábios com espanto. Então olhou para mim.

— Era isso que você estava insinuando hoje pela manhã?

— Sim. Eu não tinha certeza se era meu dever falar, mas tenho bastante certeza agora.

Então lhe contei o que havia visto aquela noite no escritório.

O coronel trocou algumas palavras com o inspetor e então partimos para o Casarão. O Dr. Haydock foi conosco. Um mordomo muito correto abriu a porta, com a exata quantidade de pesar em sua postura.

— Bom dia — cumprimentou Melchett. — O senhor poderia pedir para a criada de Mrs. Protheroe dizer-lhe que estamos aqui e gostaríamos de vê-la, e então voltar para responder a algumas perguntas?

O mordomo saiu apressado e de pronto retornou, informado que havia passado a mensagem.

— Agora, vamos ouvir a respeito de ontem — disse o Coronel Melchett. — Seu patrão veio almoçar?

— Sim, senhor.

— Em seu humor habitual?

— Até onde pude ver, sim, senhor.

— O que aconteceu depois disso?

— Após o almoço, Mrs. Protheroe foi se deitar e o coronel foi para seu escritório. Miss Lettice saiu para jogar tênis no carro de dois lugares. O coronel e Mrs. Protheroe tomaram chá às 16h30, na sala de estar. O carro foi solicitado para as 17h30 para levá-lo ao vilarejo. Imediatamente após saírem, Mr. Clement telefonou. — O homem inclinou-se para mim. — Eu lhe disse que haviam saído.

— Hum... — disse o Coronel Melchett. — Quando Mr. Redding esteve aqui pela última vez?

— Na tarde de terça, senhor.

— Entendo que houve um desentendimento entre eles, certo?

— Creio que sim, senhor. O coronel me passou ordens de que Mr. Redding não fosse mais recebido aqui no futuro.

— Você escutou alguma coisa da briga? — perguntou o Coronel Melchett, direto.

— O Coronel Protheroe, senhor, fala muito alto, sobretudo quando ergue a voz com raiva. Eu não pude evitar ouvir algumas palavras aqui e ali.

— O suficiente para nos dizer a razão da briga?

— Eu entendi, senhor, que tinha a ver com o retrato que Mr. Redding vinha pintando... o retrato de Miss Lettice.

Melchett grunhiu.

— Você viu Mr. Redding quando ele saiu?

— Sim, senhor, eu abri a porta para ele.

— O homem parecia irritado?

— Não, senhor, se me permite dizer, parecia até ter achado graça.

— Ah! Ele não veio até a casa ontem?

— Não, senhor.

— Alguém mais veio?

— Ontem, não, senhor.

— Bem, e no dia anterior?

— Mr. Dennis Clement veio de tarde, e o Dr. Stone esteve aqui por algum tempo. E houve uma senhora ao entardecer.

— Uma senhora? — Melchett ficou surpreso. — Quem era ela?

O mordomo não conseguia lembrar-se do nome. Era uma senhora que ele não havia visto antes. Sim, ela lhe dissera seu nome, e quando ele lhe informou que a família estava jantando, ela disse que iria esperar. Então ele a conduziu à salinha de espera.

Ela perguntou pelo Coronel Protheroe, não por Mrs. Protheroe. Ele avisou o coronel, e o coronel foi até a salinha assim que o jantar acabou.

Por quanto tempo essa senhora ficou? Ele achava que cerca de meia hora. O próprio coronel a conduziu até a porta. Ah! Sim, lembrava-se do nome agora. A senhora em questão era uma tal de Mrs. Lestrange.

Isso foi uma surpresa.

— Curioso — disse Melchett. — Realmente, muito curioso.

Mas não insistimos no assunto, pois nesse momento veio a nós a mensagem de que Mrs. Protheroe iria nos receber.

Anne estava na cama. Seu rosto parecia pálido, e seus olhos, muito brilhantes. Havia algo em seu rosto que me intrigou — uma espécie de determinação sombria. Ela falou comigo.

— Obrigada por ter vindo tão rapidamente — agradeceu ela. — Vejo que entendeu o que eu quis dizer com trazer consigo alguém em quem o senhor confiasse.

Ela fez uma pausa.

— É melhor fazermos isso logo, não é? — A mulher deu um sorriso estranho, meio patético. — Imagino que o senhor seja a pessoa a quem eu deva contar, Coronel Melchett. Veja bem, fui eu quem matou meu marido.

— Minha querida Mrs. Protheroe... — disse o Coronel Melchett, gentilmente.

— Ah! É a verdade. Creio que falei de modo muito direto, mas não consigo ficar histérica com nada. Eu o odiava havia muito tempo, e, ontem, dei um tiro nele.

Ela deitou-se nos travesseiros e fechou os olhos.

— Isso é tudo. Imagino que o senhor irá me prender e me levar embora. Vou me levantar e me vestir assim que puder. No momento, estou me sentindo bastante adoentada.

— A senhora está ciente, Mrs. Protheroe, de que Mr. Lawrence Redding já se entregou por ter cometido o crime?

Anne abriu os olhos e assentiu com vivacidade.

— Eu sei. Rapaz tolo. Ele está bastante apaixonado por mim, sabe. Foi incrivelmente nobre da parte dele... mas muita tolice.

— Ele sabia que foi a senhora que cometeu o crime?

— Sim.

— Como ele soube?

Ela hesitou.

— A senhora contou a ele?

Ainda assim, Mrs. Protheroe hesitou. Então enfim ela pareceu se decidir.

— Sim. Eu contei a ele...

Ela mexeu os ombros em um movimento irritado.

— Os senhores poderiam ir embora agora? Já lhes contei a verdade. Não quero falar mais a respeito disso.

— Onde a senhora conseguiu a pistola, Mrs. Protheroe?

— A pistola! Ah, era de meu marido. Eu a peguei na gaveta de sua cômoda.

— Entendi. E a levou consigo até a casa paroquial?

— Sim. Eu sabia que ele estaria lá...

— A que horas foi isso?

— Deve ter sido depois das 18h... e quinze... e vinte... algo assim.

— A senhora levou a pistola com a intenção de alvejar seu marido?

— Não... era... era para mim mesma.

— Entendi. Mas a senhora foi até a casa paroquial?

— Sim. Fui até a porta de vidro. Não havia nenhuma voz. Eu olhei para dentro. Vi meu marido, e me deu uma coisa... e eu atirei.

— E depois?

— Depois? Ah, depois fui embora.

— E contou a Mr. Redding o que a senhora havia feito?

Outra vez percebi a hesitação em sua voz antes de dizer "sim".

— Alguém a viu entrando ou saindo da casa paroquial?

— Não... ou melhor, sim. A velha Miss Marple. Eu conversei com ela por alguns minutos. Ela estava em seu jardim.

A mulher se remexeu inquieta nos travesseiros.

— Isso já não é o bastante? Eu já lhe contei tudo. Por que o senhor quer continuar me importunando?

O Dr. Haydock se pôs a seu lado e tomou seu pulso. Fez um sinal para Melchett.

— Vou ficar com ela — disse ele, em um sussurro. — Enquanto você faz os arranjos necessários. Ela não pode ser deixada sozinha. Pode fazer algo contra si mesma.

Melchett assentiu.

Deixamos o quarto e descemos as escadas. Vi um homem magro e cadavérico sair de um cômodo ao lado e, em um impulso, subi de volta as escadas.

— O senhor é o valete do Coronel Protheroe?

O homem pareceu surpreso.

— Sim, senhor.

— Sabe se seu falecido patrão guardava uma pistola em algum lugar?

— Não que eu soubesse, senhor.

— Nem em alguma gaveta de sua cômoda? Pense, homem.

O valete balançou a cabeça de modo decisivo.

— Tenho bastante certeza de que não, senhor. Se houvesse, eu teria visto. É claro.

Desci as escadas apressado atrás dos outros. Mrs. Protheroe havia mentido a respeito da pistola.

Por quê?

Capítulo 9

Após deixar um aviso na delegacia, o chefe de polícia anunciou sua intenção de fazer uma visita a Miss Marple.

— É melhor o senhor vir comigo, pastor — disse ele. — Não quero que um membro de seu rebanho fique fora de si. Empreste-me o peso de sua presença tranquilizadora.

Eu sorri. Apesar de sua aparência frágil, Miss Marple era capaz de lidar sozinha com qualquer policial ou chefe de polícia existente.

— Como ela é? — perguntou o coronel, ao tocarmos a campainha. — Pode-se confiar no que ela disser ou não?

Eu pensei na questão.

— Creio que seja bastante confiável — falei, cauteloso. — Isto é, até onde ela falar daquilo que de fato viu. Fora isso, é claro, no que diz respeito ao que ela pensa... bem, aí é outra história. Miss Marple tem uma imaginação poderosa e sistematicamente espera o pior de todo mundo.

— A típica velha solteirona, na verdade — disse Melchett, com uma risada. — Bem, eu já deveria conhecer o tipo, a essa altura. Meu Deus, os encontros para o chá que fazem aqui!

Fomos recebidos por uma criada muito baixinha e levados a uma pequena saleta de estar.

— Um tanto abarrotada — disse o Coronel Melchett, olhando ao redor. — Mas cheia de coisas boas. A sala de uma senhora, não é, Clement?

Eu concordei, e nesse momento a porta se abriu e Miss Marple apareceu.

— Sinto muito incomodá-la, Miss Marple — disse o coronel quando o apresentei a ela, utilizando-se de seus modos militares, que ele acreditava serem atraentes para senhoras idosas. — Devo cumprir meu dever, a senhora sabe.

— É claro, é claro — respondeu Miss Marple. — Eu entendo bem. Não gostariam de se sentar? Posso oferecer-lhes um copinho de licor de cereja? Eu mesma faço. Receita de minha avó.

— Muito obrigado, Miss Marple. É muito gentil de sua parte, mas creio que vou recusar. Nada de beber antes do almoço, é meu lema. Agora, eu queria falar com a senhora a respeito desse negócio triste… um negócio muito triste, mesmo. Perturbou a todos nós, tenho certeza. Bem, é possível que, dada a posição de sua casa e de seu jardim, a senhora possa ser capaz de nos dizer algo que queiramos saber a respeito de ontem à noite.

— Para falar a verdade, eu estive em meu jardinzinho das cinco da tarde em diante, ontem, e é claro que, dali, não se pode evitar ver qualquer coisa que aconteça na casa ao lado.

— Eu entendo, Miss Marple, que Mrs. Protheroe passou por aqui ontem à noite, certo?

— Sim, passou. Eu a chamei, e ela admirou minhas rosas.

— A senhora poderia nos dizer a que horas foi isso?

— Eu diria que foi pouco depois das 18h15. Sim, é isso mesmo. O relógio da igreja havia acabado de badalar o quarto de hora.

— Muito bom. E o que aconteceu depois?

— Bem, Mrs. Protheroe disse que veio buscar seu marido na casa paroquial, para que voltassem juntos. Compreenda, ela veio pela alameda e entrou na casa paroquial pelo portão de trás, atravessando o jardim.

— Ela veio pela alameda?

— Sim, eu mostro ao senhor.

Muito animada, Miss Marple nos conduziu até o jardim e apontou a alameda que corria paralela aos fundos de seu jardim.

— A trilha em frente, com a escadinha sobre o muro, leva até o Casarão — explicou ela. — Esse seria o caminho pelo qual eles voltariam juntos. Mrs. Protheroe veio do vilarejo.

— Perfeito, perfeito — disse o Coronel Melchett. — E ela entrou direto na casa paroquial, a senhora diz?

— Sim, eu a vi dobrar a esquina da casa. Imagino que o coronel não estava lá ainda, porque Mrs. Protheroe voltou quase imediatamente e desceu o gramado até o estúdio... aquela casa ali. Aquela que o pastor deixa Mr. Redding usar como estúdio.

— Compreendo. E... a senhora não escutou um tiro, Miss Marple?

— Não escutei um tiro na ocasião — respondeu Miss Marple.

— Mas a senhora escutou algum, em algum momento?

— Sim, creio que houve um disparo em algum lugar no bosque, mas quase cinco ou dez minutos depois. E, como eu disse, foi no bosque. Ao menos, acho que foi. Não poderia ter sido... certamente não poderia ter sido...

Ela parou, pálida de empolgação.

— Sim, sim, vamos chegar a tudo isso ainda — disse o Coronel Melchett. — Por favor, continue sua história. Mrs. Protheroe foi até o estúdio?

— Sim, ela entrou e ficou esperando. Por fim Mr. Redding veio do vilarejo pela alameda. Ele passou pelo portão da casa paroquial, olhou ao redor...

— E viu a senhora, Miss Marple.

— Na realidade, ele não me viu — corrigiu Miss Marple, corando levemente. — Porque, veja bem, justo naquele momento eu estava debruçada aqui... tentando alcançar um desses horríveis dentes-de-leão, o senhor sabe. É tão difícil. E então ele passou pelo portão e entrou no estúdio.

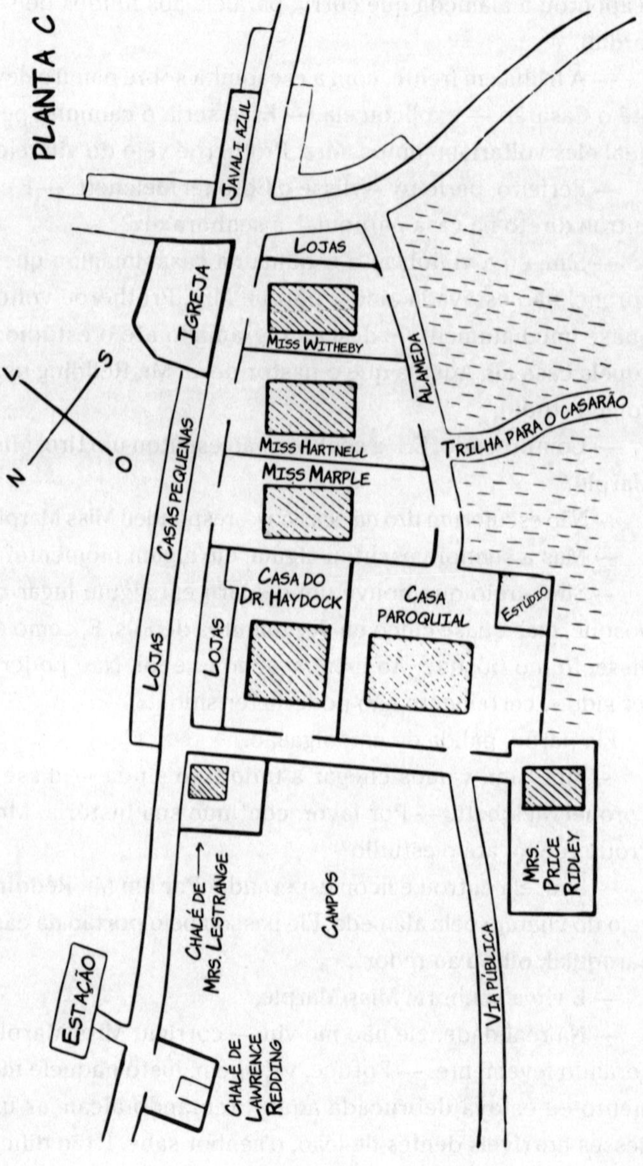
PLANTA C
JAVALI AZUL
LOJAS
IGREJA
MISS WITHEBY
ALAMEDA
TRILHA PARA O CASARÃO
MISS HARTNELL
MISS MARPLE
N
S
O
CASAS PEQUENAS
CASA DO DR. HAYDOCK
CASA PAROQUIAL
ESTÚDIO
LOJAS
LOJAS
MRS. PRICE RIDLEY
CHALÉ DE MRS. LESTRANGE →
CAMPOS
VIA PÚBLICA
ESTAÇÃO
CHALÉ DE LAWRENCE REDDING

— Ele não chegou perto da casa?

— Ah, não! Ele foi direto para o estúdio. Mrs. Protheroe veio até a porta para encontrá-lo, e então os dois entraram.

Miss Marple fez uma pausa particularmente eloquente.

— Talvez ela estivesse posando para ele? — sugeri.

— Talvez — disse Miss Marple.

— Eles saíram... quando?

— Cerca de dez minutos depois.

— Isso é aproximado?

— O relógio da igreja bateu a meia hora. Eles saíram pelo portão do jardim e seguiram pela alameda. Bem naquele momento, o Dr. Stone vinha descendo pela trilha que levava ao Casarão, subiu a escadinha e se juntou a eles. Todos caminharam juntos até o vilarejo. Lá no fim da alameda, creio, mas não tenho como ter certeza, Miss Cram se juntou a eles. Imagino que fosse Miss Cram, pois sua saia era muito curta.

— A senhora deve ter muito boa visão, Miss Marple, se consegue ver assim tão longe.

— Eu estava observando um pássaro — disse Miss Marple. — Creio que era uma estrelinha-de-poupa. Um passarinho muito gracioso. Eu estava com meus óculos, e foi por isso que por acaso vi Miss Cram... se é que era Miss Cram, mas acho que era... e a vi ir se juntar a eles.

— Ah! Bom, devia ser mesmo — falou o Coronel Melchett. — Agora, uma vez que a senhora é tão boa observadora, por acaso percebeu, Miss Marple, que tipo de expressão Mrs. Protheroe e Mr. Redding tinham ao atravessarem a alameda?

— Eles estavam sorrindo e conversando — disse Miss Marple. — Pareciam muito felizes de estarem juntos, se entende o que quero dizer.

— Eles não pareciam incomodados ou perturbados de modo algum?

— Ah, não! Muito pelo contrário.

— Muito estranho — disse o coronel. — Tem algo muito estranho nessa história toda.

De súbito, Miss Marple nos deixou sem fôlego ao perguntar, em um tom tranquilo:

— Por acaso Mrs. Protheroe está dizendo agora que foi ela que cometeu o crime?

— Juro por Deus — falou o coronel —, como a senhora adivinhou isso, Miss Marple?

— Bem, me ocorreu que poderia acontecer — respondeu ela. — Creio que a querida Lettice pensou isso também. Ela é uma menina muito esperta. Nem sempre muito escrupulosa, receio. Então Anne Protheroe diz que ela assassinou seu marido. Bem, bem. Não creio que seja verdade. Não, tenho quase certeza de que não é verdade. Não uma mulher como Anne Protheroe. Ainda que a gente nunca possa ter certeza de nada, pode? Ao menos, foi o que descobri. Quando ela diz ter atirado nele?

— Às 18h20. Logo após conversar com a senhora.

Miss Marple balançou a cabeça de modo lento e pesaroso. O pesar era, creio eu, por dois homens adultos serem tão tolos ao acreditar em uma história assim. Ao menos, foi assim que me senti.

— Com o que ela atirou nele?

— Uma pistola.

— Onde ela encontrou uma?

— Ela a trouxe.

— Bem, isso ela não fez — disse Miss Marple, com inesperada firmeza. — Posso jurar. Ela não carregava nada.

— A senhora pode não ter visto.

— É claro que eu teria visto.

— Poderia estar na bolsa dela.

— Ela não estava carregando uma bolsa.

— Bem, podia estar escondida... er... no corpo dela.

Miss Marple lhe lançou um olhar de pena e desdém.

— Meu caro Coronel Melchett, o senhor sabe como são as moças hoje em dia. Não se envergonham de mostrar exatamente como Deus as fez. Ela não tinha mais que um lenço na barra da meia.

Melchett insistiu.

— A senhora precisa admitir que tudo se encaixa — disse ele. — A hora, os ponteiros do relógio apontando as 18h22...

Miss Marple se voltou para mim.

— Está dizendo que o senhor ainda não contou para ele do relógio?

— O que tem o relógio, Clement?

Eu lhe contei. O coronel mostrou-se bastante incomodado.

— Por que raios você não contou a Slack na noite anterior?

— Porque ele não deixou — falei.

— Besteira, você deveria ter insistido.

— Provavelmente o Inspetor Slack se comporta de modo muito diferente com o senhor do que se comporta comigo — falei. — Não tive a menor chance de insistir.

— É algo totalmente extraordinário — disse Melchett. — Se uma terceira pessoa vier dizer que cometeu o assassinato, eu vou me internar em um asilo de lunáticos.

— Se me permite uma sugestão... — murmurou Miss Marple.

— Sim?

— Se o senhor for contar a Mr. Redding o que Mrs. Protheroe fez, então diga que não acredita realmente que tenha sido ela. E se o senhor for até Mrs. Protheroe e contar a ela que Mr. Redding está bem... ora, cada um deles pode lhe contar a verdade. E a verdade é *útil*, ainda que eu ouse dizer que eles próprios não sabem de muita coisa, pobres criaturas.

— Está tudo muito bem, mas são as únicas duas pessoas que teriam motivo para se livrar de Protheroe.

— Ah, eu não diria uma coisa dessas, Coronel Melchett — falou Miss Marple.

— Por quê? A senhora consegue pensar em mais alguém?

— Ah! Sim, de fato. — Ela contou nos dedos. — Ora, um, dois, três, quatro, cinco, seis… sim, e possivelmente um sétimo. Posso pensar em ao menos sete pessoas que ficariam muito felizes de tirar o Coronel Protheroe do caminho.

O coronel a encarou, perplexo.

— Sete pessoas? Em St. Mary Mead?

Miss Marple assentiu com convicção.

— Perceba bem, eu não disse nomes — falou ela. — Isso não seria correto. Mas receio que haja muita maldade no mundo. Um soldado correto e honrado como o senhor não saberia dessas coisas, Coronel Melchett.

Achei que o chefe de polícia teria um ataque apoplético.

Capítulo 10

Seus comentários a respeito de Miss Marple quando saímos da casa passaram longe de serem elogiosos.

— Eu realmente acho que aquela solteirona encarquilhada pensa que sabe tudo o que há para saber, e dificilmente já esteve fora desse vilarejo em toda a sua vida. Absurdo. O que ela pode saber?

Falei, tranquilo, que, ainda que sem dúvida Miss Marple não soubesse quase nada da vida com V maiúsculo, ela sabia praticamente tudo o que ocorria em St. Mary Mead.

Melchett concordou de má vontade. Ela era uma testemunha valiosa, afinal — particularmente valiosa do ponto de vista de Mrs. Protheroe.

— Imagino que não haja dúvidas quanto ao que ela disse, não?

— Se Miss Marple disse que ela não tinha nenhuma pistola, o senhor pode acreditar que foi assim — concordei. — Se houvesse a menor possibilidade de tal coisa, Miss Marple teria percebido na hora.

— Isso é bem verdade. É melhor irmos dar uma olhada no estúdio.

O assim chamado estúdio era apenas um galpão com uma claraboia. Não havia janelas e a porta era o único meio de entrada ou saída. Satisfeito, Melchett anunciou sua intenção de visitar a casa paroquial com o inspetor.

— Vou à delegacia agora.

Assim que entrei pela porta da frente, escutei um burburinho de vozes. Abri a porta da sala de estar.

No sofá ao lado de Griselda, conversando animadamente, estava Miss Gladys Cram. Suas pernas, cobertas por meias cor-de-rosa muito brilhantes, estavam cruzadas, e tive toda a oportunidade de observar que ela vestia calcinha de seda rosa listrada.

— Olá, Len — cumprimentou Griselda.

— Bom dia, Mr. Clement — disse Miss Cram. — As notícias sobre o coronel são realmente terríveis, não acha? Pobre cavalheiro.

— Miss Cram veio se oferecer muito gentilmente para nos ajudar com as escoteiras — falou minha esposa. — Nós pedimos por auxílio no domingo passado, você deve se lembrar.

Eu me lembrava e tinha certeza — assim como também Griselda, por seu tom de voz — de que a ideia de se envolver com elas nunca teria ocorrido a Miss Cram se não fosse pelo instigante incidente que havia ocorrido na casa paroquial.

— Eu estava agora mesmo dizendo a Mrs. Clement — falou Miss Cram —, que fiquei abismada quando ouvi as notícias. Um assassinato? Nesse vilarejo minúsculo e silencioso... pois ele é silencioso, os senhores precisam admitir... sem nem uma sala de cinema, que o diga de filmes falados! E então, quando escutei que o Coronel Protheroe... ora, eu simplesmente não pude acreditar. De algum modo, ele não parecia ser o tipo de pessoa que é assassinada.

Não sei o que Miss Cram consideraria como qualificação necessária para ser assassinado. Nunca me ocorreu que a pessoa assassinada pertence a uma classe especial, mas tampouco ela fazia alguma ideia, naquela sua cabeça loira melindrosa.

— E assim — disse Griselda —, Miss Cram passou aqui para saber tudo a respeito.

Temi que esse modo direto de falar pudesse ofender a dama, mas a mulher apenas jogou a cabeça para trás e deu uma gargalhada, mostrando todos os dentes.

— Que pena. A senhora é esperta, não é, Mrs. Clement? Mas é natural, não é, querer ouvir os detalhes de um caso como esse? E garanto que estou suficientemente disposta a ajudar com as escoteiras do modo que preferir. É empolgante, é o que é. Eu estava parada, desejando um pouco de diversão. Eu estava, realmente estava. Não que meu trabalho não seja um trabalho muito bom, bem-remunerado, e o Dr. Stone é um completo cavalheiro. Mas uma garota quer ter um pouco de vida fora do horário de trabalho, e com exceção da senhora, Mrs. Clement, com quem se pode conversar nesse lugar, que não seja um bando de velhotas?

— Há Lettice Protheroe — falei.

Gladys Cram sacudiu a cabeça.

— Ela é muito altiva e convencida para tipos como eu. Tem para si que é muito importante, e não iria se rebaixar a notar uma garota que precisa trabalhar para viver. Não que eu não a tenha escutado falar em ganhar a vida por conta própria. E quem vai dar emprego para ela? Eu gostaria de saber. Ora, Lettice seria despedida em menos de uma semana. A não ser que trabalhasse como uma dessas modelos, toda empetecada por aí. Ela poderia fazer isso, imagino.

— Lettice daria uma ótima modelo. Tem uma bela figura — disse Griselda, sem maldade alguma. — Quando que ela falou sobre ganhar a vida por conta própria?

Miss Cram pareceu desconfortável por um momento, mas se recuperou com sua malícia habitual.

— Isso seria contar um segredo, não? — questionou. — Mas ela falou isso. As coisas não estavam muito alegres em casa, imagino. Eu me imagino vivendo com uma madrasta. Eu não aguentaria nem por um minuto.

— Ah, mas a senhorita é tão animada e independente — falou Griselda, com muita seriedade, e eu a olhei com desconfiança.

Miss Cram havia ficado visivelmente lisonjeada.

— Isso mesmo. Essa sou eu todinha. Guiada, mas nunca conduzida. Uma cartomante me disse isso há não muito tempo. Não. Eu não sou do tipo que vai ficar sentada sendo importunada. E deixei claro desde o começo ao Dr. Stone de que preciso ter meus horários regulares de descanso. Esses cavalheiros das ciências acham que uma mulher é uma espécie de máquina... metade do tempo não a percebem ou nem sequer lembram que ela está ali.

— A senhora acha o Dr. Stone uma pessoa agradável com quem trabalhar? Deve ser um trabalho interessante, se estiver interessada em arqueologia.

— É claro, eu não sei muito a respeito — confessou ela. — Ainda me parece que desenterrar gente morta, e que está morta há centenas de anos, não é... bem, me parece meio intrometido, não acha? E lá está o Dr. Stone, tão envolvido nisso, que se esqueceria de fazer suas refeições na metade das vezes, se não fosse por mim.

— Ele está na escavação agora? — perguntou Griselda.

Miss Cram balançou a cabeça.

— Não estava se sentindo muito bem esta manhã — explicou ela. — Indisposto para trabalhar. Isso significa um feriado para a pequena Gladys.

— Sinto muito — falei.

— Ah! Não é nada de mais. Não vai haver uma segunda morte. Mas diga-me, Mr. Clement, ouvi dizer que o senhor esteve com a polícia a manhã toda. O que eles estão considerando?

— Bem — falei devagar —, ainda há uma pequena... incerteza.

— Ah! — exclamou Miss Cram. — Eles não acham que tenha sido Mr. Lawrence Redding, afinal. Ele é tão bonito, não é? Parece um astro de cinema. E tem um sorriso tão gentil quando nos dá bom-dia. Eu realmente não pude acreditar em meus ouvidos quando escutei que a polícia o havia prendido. Ainda assim, a gente sempre ouve falar que eles são muito burros... os policiais do interior.

— Não se pode julgá-los, nesse caso — falei. — Mr. Redding se entregou.

— Quê? — A garota ficou visivelmente estupefata. — Bem... que coisa! Se eu cometesse assassinato, não iria sair por aí para me entregar. Era de se pensar que Lawrence Redding teria mais bom senso. Se entregar assim! Por que ele matou Protheroe? Ele falou? Foi apenas uma briga?

— Não está absolutamente certo de que ele o tenha matado — falei.

— Mas, certamente, se confessou... ora, Mr. Clement, ele deve saber.

— Ele deveria saber — concordei. — Mas a polícia não está satisfeita com sua história.

— Mas porque Lawrence diria que fez algo que não fez?

Esse era um ponto que eu não tinha nenhuma intenção de esclarecer para Miss Cram. Em vez disso, falei de modo vago:

— Acredito que, em todos os casos proeminentes de assassinato, a polícia recebe inúmeras cartas de pessoas acusando a si mesmas de crimes.

A resposta de Miss Cram a essa informação foi:

— Devem ser uns idiotas! — comentou, em tom de surpresa e desprezo. E acrescentou: — Eu nunca iria fazer uma coisa dessas.

— Tenho certeza de que não — falei.

— Bem — disse ela, com um suspiro. — Creio que devo seguir meu caminho. — Miss Cram se levantou. — Mr. Redding acusando a si mesmo do assassinato vai ser uma notícia e tanto para o Dr. Stone.

— Ele está interessado? — perguntou Griselda.

Miss Cram franziu as sobrancelhas, perplexa.

— Ele é esquisito. Nunca se sabe. Todo envolvido com o passado. O Dr. Stone preferiria mil vezes olhar para uma horrível faca de bronze velha, saída de um daqueles amontoados de terra, do que ver a faca com que Crippen cortou a esposa, supondo que ele tivesse a oportunidade.

— Bem — falei —, preciso confessar que concordo com ele.

Os olhos de Miss Cram expressaram incompreensão e um leve desprezo. Então, com reiteradas despedidas, ela foi embora.

— Não é de todo má, sinceramente — disse Griselda, assim que a porta se fechou. — É muito comum, claro, uma dessas moças grandes, vigorosas e alegres da qual é impossível não gostar. Eu me pergunto o que realmente a trouxe aqui.

— A curiosidade.

— Sim, suponho que sim. Agora, Len, me conte tudo. Estou morrendo de curiosidade.

Eu me sentei e contei todos os acontecimentos da manhã, com Griselda interpolando a narrativa com pequenas exclamações de surpresa e interesse.

— Então era de Anne que Lawrence estava atrás o tempo todo! Não de Lettice. Como fomos todos cegos! Devia ser a isso que a velha Miss Marple se referia no dia anterior. Você não acha?

— Sim — falei, desviando os olhos.

Mary entrou.

— Tem dois homens lá... disseram que são de um jornal. O senhor vai querer vê-los?

— Não — falei. — É certo que não. Mande-os para o Inspetor Slack na delegacia.

Mary assentiu e deu meia-volta.

— E quando você se livrar de tais homens, volte aqui — instruí. — Tem uma coisa que preciso perguntar a você.

Mary assentiu outra vez.

Levou alguns minutos até ela voltar.

— Deu trabalho me livrar deles — falou a criada. — Foram insistentes. O senhor nunca viu coisa igual. Não aceitavam "não" como resposta.

— Eu imagino que teremos bastante trabalho com eles — comentei. — Agora, Mary, o que eu quero lhe perguntar é isto: você tem absoluta certeza de que não escutou um tiro ontem no final da tarde?

— O tiro que o matou? Não, é claro que não. Se tivesse escutado, eu teria saído para ver o que aconteceu.

— Sim, mas... — Eu estava lembrando da declaração de Miss Marple, de que havia escutado um tiro "no bosque". Mudei a forma de minha pergunta. — Você escutou algum outro tiro... vindo do bosque, por exemplo?

— Ah! Isso. — A mulher fez uma pausa. — Sim, pensando bem, creio que escutei. Não foram muitos tiros, apenas um. Foi um tiro meio esquisito.

— Exato — falei. — Agora, a que horas foi isso?

— Horas?

— Sim, horas.

— Não saberia dizer. Bem depois da hora do chá. Isso eu sei.

— Você consegue ser um pouco mais precisa que isso?

— Não, não consigo. Tenho trabalho a fazer, não tenho? Não posso sair e ficar olhando o relógio o tempo todo... e não faria muita diferença, de qualquer modo... o relógio atrasa três quartos de hora todo dia, e juntando uma coisa com a outra, nunca sei exatamente que horas são.

Isso talvez explicasse por que nossas refeições nunca eram pontuais. Elas às vezes estavam ou muito atrasadas, ou surpreendentemente adiantadas.

— Foi muito antes de Mr. Redding chegar?

— Não, não muito. Uns dez, quinze minutos, não mais do que isso.

Balancei a cabeça, satisfeito.

— Isso é tudo? — disse Mary. — Porque o que eu queria dizer é que estou com a carne no fogo e o pudim deve estar fervendo e derramando.

— Tudo bem. Você pode ir.

Ela saiu da sala, e me voltei para Griselda.

— Está muito fora de questão fazer Mary dizer "senhor" ou "senhora"?

— Eu falei para ela. Mary não se lembra. Ela é só uma moça meio crua, lembra?

— Estou perfeitamente ciente disso — falei. — Mas coisas cruas não necessariamente permanecem cruas para sempre. Sinto que um pouco de cozimento poderia servir a Mary.

— Bem, não concordo com você — disse Griselda. — Você sabe de quão pouco podemos dispor para pagar um empregado. Assim que a fizermos ficar esperta, ela vai embora. É natural. Para conseguir salários mais altos. Mas, enquanto Mary não conseguir cozinhar e tiver esses maus modos... bem, estamos a salvo, ninguém mais vai querer ela.

Percebi que os métodos de minha mulher para tomar conta da casa não eram tão aleatórios quanto eu havia imaginado. Eram sustentados por certo grau de razoabilidade. Se valia a pena ter uma empregada doméstica ao custo de ela não ser capaz de cozinhar e ter o hábito de largar tanto pratos quanto comentários com a mesma brusquidão, isso estava aberto a discussões.

— E de todo modo — continuou Griselda —, você deve dar um desconto pelos modos dela estarem piores do que o habitual hoje. Não se pode esperar que tenha tanta simpatia pela morte do Coronel Protheroe quando ele prendeu o namoradinho dela.

— Ele prendeu o namoradinho dela?

— Sim, por caça ilegal. Você sabe, aquele homem, Archer. Mary está saindo com ele faz dois anos.

— Eu não sabia disso.

— Len, meu querido, você nunca sabe de nada.

— É estranho que todos estejam dizendo que o tiro veio do bosque.

— Não acho que seja nem um pouco estranho — disse Griselda. — Veja bem, a gente escuta tiros no bosque toda hora. Então, naturalmente, quando se houve um tiro, a gente dá como certo que *só pode ter sido* no bosque. É provável que apenas tenha soado mais alto do que o habitual. É claro que, se você estivesse na sala ao lado, iria concluir que foi dentro da casa, mas da cozinha de Mary, com a janela bem do outro lado da casa, não creio que se pensaria isso.

A porta se abriu outra vez.

— O Coronel Melchett voltou — informou Mary. — E aquele inspetor de polícia veio com ele. Os dois disseram que ficariam felizes se o senhor fosse vê-los. Estão no escritório.

Capítulo 11

Entendi que o coronel e o inspetor não estavam se entendendo quanto ao caso. Melchett estava corado e irritado, e o Slack estava de cara feia.

— Lamento dizer — disse Melchett — que o Inspetor Slack não concorda comigo quanto a considerar o jovem Redding inocente.

— Se não foi ele quem cometeu o crime, por que diria que foi? — perguntou Slack, cético.

— Lembre que Mrs. Protheroe agiu de modo semelhante.

— É diferente. Ela é mulher, e mulheres agem de modo tolo. Não acredito que tenha feito isso, nem por um instante. Mrs. Protheroe ouviu que ele fora acusado e inventou uma história. Eu estou acostumado a esse tipo de jogo. O senhor não iria acreditar nas tolices que as mulheres fazem. Mas Redding é diferente. Ele tem a cabeça no lugar. E, se admitiu, bem, digo que de fato o fez. A pistola é dele, não se pode escapar disso. E graças a esse negócio com Mrs. Protheroe, nós sabemos o motivo. Antes era um ponto frágil, mas agora nós sabemos… ora, a coisa toda é muito clara.

— Você acha que Redding pode ter atirado nele mais cedo? Por exemplo, às 18h30?

— Ele não poderia ter feito isso.

— Você conferiu todos os passos dele?

O inspetor assentiu.

— Redding estava no vilarejo perto do Javali Azul às 18h10. De lá, ele veio pela alameda dos fundos, onde o senhor diz que a velha senhora da casa ao lado o viu... aquela mulher não deixa passar nada... e chegou ao seu compromisso com Mrs. Protheroe no estúdio que fica no jardim. Eles saíram de lá juntos após as 18h30 e percorreram a alameda até o vilarejo, onde o Dr. Stone se juntou a eles. O médico corrobora tudo isso, eu falei com ele. Ficaram todos conversando perto dos correios por alguns minutos, e então Mrs. Protheroe foi até Miss Hartnell para pegar emprestada uma revista de jardinagem. Isso está correto também, eu falei com Miss Hartnell. E Mrs. Protheroe permaneceu lá, conversando com ela até as dezenove horas, quando falou que já estava tarde e disse que precisava ir para casa.

— Como ela estava?

— Muito à vontade e agradável, segundo Miss Hartnell. Ela perecia estar de bom humor... Miss Hartnell tem muita certeza de que não havia nada a preocupando.

— Bem, continue.

— Quanto a Redding, ele foi com o Dr. Stone até o Javali Azul e os dois beberam juntos. Ele saiu de lá às 18h40 e atravessou rapidamente a rua do vilarejo, descendo a estrada até a casa paroquial. Muitas pessoas o viram.

— Não foi pela alameda dos fundos, desta vez? — comentou o coronel.

— Não... ele entrou pela frente, perguntou pelo pastor, ouviu que o Coronel Protheroe estava lá, entrou... e atirou nele... bem como disse que fez! Essa é toda a verdade. Não é preciso investigar mais.

Melchett balançou a cabeça.

— Há a evidência do médico. Você não pode ignorar isso. Protheroe foi alvejado no mais tardar às 18h30.

— Ah! Médicos! — disse o Inspetor Slack com desprezo. — Se o senhor for acreditar nos médicos... Arrancam todos os seus dentes, é o que eles fazem hoje em dia... e então dizem que sentem muito, pois era apendicite o tempo todo. Médicos!

— Não é uma questão de diagnóstico. O Dr. Haydock tem absoluta certeza quanto a isso. Você não pode ir contra a evidência médica, Slack.

— E há a minha evidência, se isso valer algo — falei, de súbito lembrando um incidente esquecido. — Eu toquei o corpo e ele estava frio. Isso garanto.

— Está vendo, Slack? — disse Melchett.

O Inspetor Slack desistiu com espírito esportivo.

— Bem, é claro, se for assim. Mas aí está... é um belo caso. Mr. Redding está apenas com pressa para ser enforcado, por assim dizer.

— Isso, por si só, me parece um pouco estranho.

— Bem, gosto não se discute — disse o inspetor. — Há um monte de cavalheiros que ficaram um pouco perturbados depois da guerra. Imagino que isso signifique recomeçar tudo do zero. — Ele se virou para mim. — Por que o senhor se deu ao trabalho de me confundir quanto ao relógio, não consigo entender. Obstruindo o caminho da justiça, foi isso o que ocorreu.

Aquilo doeu.

— Eu tentei lhe contar em três ocasiões distintas, e em todas elas o senhor mandou eu me calar e se recusou a escutar.

— Isso é só um modo de dizer. O senhor poderia perfeitamente bem ter me contado, se estivesse decidido a isso. O relógio e o bilhete pareciam se encaixar perfeitamente. Qual o sentido de se manter um relógio atrasado em um quarto de hora?

— É feito assim para induzir à pontualidade.

O inspetor fungou.

— Acho que não precisamos nos aprofundar nisso agora, inspetor — disse o Coronel Melchett, com tato. — O que queremos é a verdadeira história tanto de Mrs. Protheroe quanto do jovem Redding. Eu telefonei para Haydock e lhe pedi que trouxesse Mrs. Protheroe até aqui. Eles devem chegar em cerca de 25 minutos. Acho que seria bom também ter Redding aqui antes disso.

— Eu vou ligar para a delegacia — disse o Inspetor Slack, pegando o telefone. — E agora — continuou, colocando o fone no gancho —, vamos trabalhar nessa sala.

Ele olhou para mim de um modo significativo.

— Talvez o senhor me queira fora do caminho — falei.

O inspetor imediatamente abriu a porta para mim.

— Volte quando o jovem Redding chegar. Pode ser, pastor? — pediu Melchett. — O senhor é amigo dele e pode ter influência o bastante para persuadi-lo a falar a verdade.

Encontrei minha esposa e Miss Marple conversando muito próximas.

— Estávamos debatendo todas as possibilidades — disse Griselda. — Espero que a senhora resolva o caso, Miss Marple, como fez na vez em que o pote de camarões em conserva de Miss Wetherby desapareceu. E tudo graças à senhora ter se lembrado de algo totalmente diferente a respeito de um saco de carvão.

— Você está rindo, querida — disse Miss Marple —, mas, no final, esse é um modo muito eficaz de se chegar à verdade. É apenas aquilo que o pessoal chama de intuição, e faz um estardalhaço a respeito. A intuição é como ler uma palavra sem precisar soletrá-la. Uma criança não pode fazer isso, pois teve muito pouca experiência, mas uma pessoa adulta conhece a palavra por já tê-la visto antes com frequência. O senhor entende o que quero dizer, pastor?

— Sim — falei devagar. — Acho que sim. A senhora quer dizer que, se uma coisa a faz se lembrar de alguma outra... bem, provavelmente são o mesmo tipo de coisa.

— Exatamente.

— E do que exatamente o assassinato do Coronel Protheroe a faz se lembrar?

Miss Marple suspirou.

— Isso que é difícil. São tantos paralelos que me vêm à mente. Por exemplo, havia o Major Hargreaves, administrador da igreja e um homem altamente respeitável em todos os aspectos. E o tempo todo ele vinha escondendo uma segunda casa... com uma antiga empregada, imagine só! E cinco filhos... cinco filhos mesmo... um choque terrível para sua esposa e a filha.

Tentei com todas as forças imaginar o Coronel Protheroe no papel de pecador secreto, e falhei.

— E então, teve aquele negócio da lavanderia — continuou Miss Marple. — O broche de opala de Miss Hartnell... que por descuido foi deixado em uma blusa com babados. E a mulher que o pegou não o queria de forma alguma, e não era ladra. Ela simplesmente o escondeu na casa de outra mulher e contou à polícia que viu a outra o levando. Rancor, puro rancor. É um motivo impressionante, o rancor. Havia um homem na história, é claro. Sempre há.

Desta vez não consegui ver nenhum paralelo, por mais remoto que fosse.

Miss Marple continuou, pensativa:

— E então houve a pobre filha de Elwell... uma moça tão bonita e etérea... que tentou sufocar o irmãozinho. E houve o dinheiro para o passeio dos meninos do coro (isso foi antes de seu tempo, pastor), que foi roubado pelo organista. A esposa dele estava tristemente endividada. Sim, este caso nos faz pensar em tantas coisas... até demais. É muito difícil chegar à verdade.

— Eu gostaria que a senhora me dissesse uma coisa — comentei. — Quem eram os sete suspeitos?

— Os sete suspeitos?

— A senhora falou que poderia pensar em sete pessoas que ficariam... bem, felizes com a morte do Coronel Protheroe.

— Falei? Sim, me lembro de ter falado.

— Isso era verdade?

— Ah! Certamente era verdade, mas não devo mencionar nomes. O senhor mesmo pode pensar neles por conta própria, com muita facilidade.

— Na realidade, não posso. Há Lettice Protheroe, suponho, uma vez que ela provavelmente ganhará dinheiro com a morte do pai. Mas é absurdo pensar nela em tal circunstância, e, fora ela, não consigo pensar em ninguém.

— E você, minha querida? — disse Miss Marple, perguntando para Griselda.

Para minha surpresa, Griselda ficou vermelha. Lágrimas começaram a surgir em seus olhos. Ela fechou com força suas mãozinhas.

— Ah! — exclamou, indignada. — As pessoas são odiosas... odiosas! As coisas que falam! As coisas bestiais que falam...

Olhei para ela com curiosidade. Era muito incomum que Griselda ficasse tão irritada. Ela percebeu meu olhar e tentou sorrir.

— Não me olhe como se eu fosse um espécime interessante que você não compreende, Len. Não vamos perder a calma e nos desviar do ponto. Eu não acredito que foi Lawrence ou Anne, e Lettice está fora de questão. Deve haver uma pista ou outra que possa nos ajudar.

— Há o bilhete, é claro — disse Miss Marple. — O senhor deve lembrar que, hoje de manhã, falei que me chamava a atenção por ser excessivamente peculiar.

— Parece fixar a hora da morte com notável precisão — falei. — Contudo, isso é possível? Mrs. Protheroe teria acabado de sair do escritório. Ela dificilmente teria tempo de chegar ao estúdio. A única forma que encontro para explicar isso é que ele consultou o próprio relógio e que seu relógio estava atrasado. Isso me parece ser uma solução viável.

— Eu tenho outra ideia — disse Griselda. — Suponhamos, Len, que o relógio já tivesse sido ajustado... não, isso leva à mesma coisa... que estupidez a minha!

— Não havia sido ajustado quando eu saí — falei. — Eu me lembro de compará-lo com meu relógio. Ainda assim, como você diz, isso não tem relação com o assunto em questão.

— O que a senhora acha, Miss Marple? — perguntou Griselda.

A velha senhora balançou a cabeça.

— Minha querida, confesso que não estava pensando nisso desse ponto de vista, nem um pouco. O que chama minha atenção como algo muito curioso, e foi assim desde o começo, é o assunto daquela carta.

— Eu não concordo com isso — falei. — O Coronel Protheroe apenas escreveu que não poderia esperar mais...

— *Às 18h20?* — indagou Miss Marple. — Sua criada, Mary, já havia dito que o senhor não chegaria antes das 18h30, e ele parecia estar bastante disposto a aguardar. E contudo, às 18h20 ele se sentou e disse "não posso esperar mais".

Encarei-a, sentindo um crescente respeito por suas capacidades mentais. Sua mente afiada notara algo que havíamos falhado em perceber. *Era* uma coisa estranha... uma coisa muito estranha.

— Se ao menos a carta não tivesse a hora... — comentei.

Miss Marple balançou a cabeça.

— Exatamente — falou ela. — Se *não tivesse* a hora!

Vasculhei minha memória, tentando relembrar aquela folha de papel e o garrancho borrado, e no topo aquela anotação muito bem-feita de 18h20. Aqueles números estavam com certeza em uma proporção diferente do restante da carta.

— Suponhamos que não estivesse datada — falei, arfando. — Suponhamos que, em torno das 18h30, o Coronel Protheroe tenha ficado impaciente e se sentado para dizer que não poderia esperar mais. E enquanto ele estava sentado ali, alguém veio pela janela...

— Ou pela porta — sugeriu Griselda.

— Ele escutaria a porta e olharia.

— O Coronel Protheroe era meio surdo, lembre-se — disse Miss Marple.

— Sim, isso é verdade. Não teria como ouvir. De onde quer que o assassino tenha vindo, ele chegou por trás do coronel e atirou. Então viu o bilhete e o relógio, e aí veio-lhe a ideia. O homem colocou 18h20 no topo do bilhete e alterou o relógio para as 18h22. Seria uma atitude esperta. Isso lhe deu, ou assim ele pensou, um álibi perfeito.

— E o que queremos encontrar — disse Griselda — é alguém que tenha um excelente álibi para as 18h20, mas nenhum álibi para... bem, isso não é tão fácil. Não é possível determinar a hora.

— Nós podemos determiná-la dentro de limites muito estreitos — falei. — Haydock colocou as 18h30 como o limite máximo. Suponho que se poderia alterar para as 18h35 pelos motivos que estamos buscando, pois parece claro que Protheroe não teria ficado impaciente antes das 18h30. Acho que podemos dizer que sabemos muito bem.

— E então aquele tiro que ouvi... sim, suponho que seja bem possível, e achei que não era nada, nada mesmo. Que irritante. E, no entanto, agora que tento lembrar, parece que foi diferente do tipo habitual de tiros que se escuta. Sim, havia uma diferença.

— Era mais alto? — sugeri.

Não, Miss Marple não achava que tivesse sido mais alto. Na realidade, ela achava difícil dizer de que modo fora diferente, mas ainda insistia que era.

Era provável que estivesse convencendo a si mesma, em vez de realmente lembrando, mas Miss Marple havia recém-contribuído com um valioso novo olhar sobre o problema, e isso me fez sentir muito respeito por ela.

A senhora se levantou, murmurando que precisava realmente voltar; havia sido muito tentador apenas vir correndo e discutir o caso com a querida Griselda.

Eu a acompanhei até o muro limítrofe e o portão dos fundos e voltei para encontrar minha esposa envolta em pensamentos.

— Ainda intrigada quanto ao bilhete? — perguntei.

— Não.

Ela estremeceu de repente e sacudiu os ombros, impaciente.

— Len, eu estive pensando. Alguém deve odiar muito Anne Protheroe!

— Odiá-la?

— Sim. Não percebe? Não há nenhuma evidência real contra Lawrence... toda evidência contra ele é o que se poderia chamar de circunstancial. Aconteceu apenas de Lawrence decidir vir aqui. Se não tivesse vindo... bem, ninguém teria pensado em ligá-lo ao crime. Mas com Anne é diferente. Suponhamos que alguém sabia que estaria aqui exatamente às 18h20, a hora no relógio e na carta, tudo aponta para ela. Não acho que tenha sido apenas por causa de um álibi que foi alterado para exatamente essa hora... acho que há mais coisa nisso... uma tentativa direta de pôr a culpa nela. Se não fosse por Miss Marple dizer que ela não estava com a pistola consigo, e ter percebido que Anne estivera havia poucos instantes no estúdio... sim, se não fosse por isso... — Griselda estremeceu de novo. — Len, acho que alguém odeia muito Anne Protheroe. Eu... eu não gosto disso.

Capítulo 12

Fui chamado ao escritório quando Lawrence Redding chegou. Ele parecia abatido e, notei, desconfiado. O Coronel Melchett o cumprimentou com algo parecido com cordialidade.

— Queremos lhe fazer algumas perguntas… aqui, no local — informou ele.

Lawrence fez uma leve zombaria.

— Isso não é uma ideia francesa? Reconstituição do crime?

— Meu bom rapaz — disse o Coronel Melchett —, não use esse tom conosco. O senhor sabe que outra pessoa também confessou ter cometido o crime que o senhor finge ter cometido?

O efeito dessas palavras em Lawrence foi doloroso e imediato.

— A-a-alguém mais? — gaguejou ele. — Quem… quem?

— Mrs. Protheroe — disse o Coronel Melchett, observando-o.

— Absurdo. Ela nunca faria isso. Nem poderia. É impossível.

Melchett o interrompeu:

— Por mais estranho que pareça, não acreditamos na história dela. Tampouco, posso dizer, acreditamos na sua. O Dr. Haydock afirma categoricamente que o assassinato não poderia ter sido cometido no horário em que o senhor diz.

— O Dr. Haydock diz isso?

— Sim, então, veja bem, o senhor está inocentado, quer queira, quer não. E agora queremos que o senhor nos ajude, que nos diga exatamente o que ocorreu.

Lawrence ainda hesitou.

— O senhor não está me enganando sobre... sobre Mrs. Protheroe? Vocês realmente não suspeitam dela?

— Dou minha palavra de honra — disse o Coronel Melchett.

Lawrence respirou fundo.

— Fui um idiota — disse ele. — Um completo idiota. Como pude pensar, por um minuto que fosse, que ela teria feito isso...

— Que tal nos contar tudo? — sugeriu o chefe de polícia.

— Não há muito o que contar. Eu... eu encontrei Mrs. Protheroe naquela tarde...

Ele fez uma pausa.

— Estamos a par disso — disse Melchett. — O senhor pode pensar que seu sentimento por Mrs. Protheroe e o dela pelo senhor eram um grande segredo, mas na realidade era tudo bem conhecido e comentado. De todo modo, tudo deve vir à tona agora.

— Muito bem, então. Espero que o senhor esteja certo. Eu havia prometido ao pastor (ele olhou para mim) que... que iria embora imediatamente. Encontrei Mrs. Protheroe naquela noite no estúdio às 18h15. Contei o que havia decidido. Ela também concordou que era a única coisa a ser feita. Nós... nós nos despedimos. Saímos do estúdio, e quase na mesma hora o Dr. Stone se juntou a nós. Anne conseguiu agir com incrível naturalidade. Eu não consegui. Fui com o doutor ao Javali Azul e tomei uma bebida. Então pensei em ir para casa, e quando cheguei no cruzamento dessa estrada, mudei de ideia e decidi vir para cá ver o pastor. Senti que queria alguém com quem conversar sobre o assunto. Na porta, a criada me disse que ele havia saído, mas voltaria logo, mas que o Coronel Protheroe estava no escritório esperando por ele. Bem, não quis ir embora de novo... iria parecer que eu estava com medo de encontrá-lo. Então falei que iria esperar também e fui até o escritório.

Lawrence fez uma pausa.

— Então? — disse o Coronel Melchett.

— Protheroe estava sentado à escrivaninha, exatamente como o senhor o encontrou. Fui até ele, toquei seu corpo. O coronel estava morto. Então olhei para baixo e vi a pistola caída no chão ao lado dele. Eu a peguei… *e vi na mesma hora que era minha pistola*. Isso me assustou. Minha pistola! E então, imediatamente, cheguei a uma conclusão. Anne devia ter pegado minha arma em algum momento, pensando em tirar a própria vida, caso não aguentasse mais. Talvez a tivesse levado consigo naquele dia. Depois que nos separamos no vilarejo, ela devia ter voltado para cá e… e… ah! Acho que fiquei louco só de pensar nisso. Mas foi o que pensei. Guardei a pistola no bolso e fui embora. Do lado de fora do portão da casa paroquial, encontrei o pastor. Ele disse algo gentil e normal sobre encontrar Protheroe… de repente, senti uma vontade louca de rir. Seus modos eram tão comuns e cotidianos, e lá estava eu, todo tenso. Lembro-me de gritar algo absurdo e ver seu rosto mudar. Eu estava quase louco, acho. Fui andando… andando… até que finalmente não aguentei mais. Se Anne tinha feito aquela coisa terrível, eu era, pelo menos, moralmente responsável. Então me entreguei.

Houve um silêncio quando Lawrence Redding terminou. Então o coronel disse, em um tom profissional:

— Eu gostaria de fazer apenas uma ou duas perguntas. Primeiro, o senhor tocou ou moveu o corpo de alguma forma?

— Não, não toquei. Dava para ver que ele estava morto sem precisar tocá-lo.

— Reparou em um bilhete no mata-borrão, meio escondido pelo corpo?

— Não.

— O senhor mexeu de alguma forma no relógio?

— Nunca toquei no relógio. Acho que me lembro de um relógio virado sobre a mesa, mas não toquei nele.

— Quanto a sua pistola, quando a viu pela última vez?

Lawrence refletiu.

— É difícil dizer exatamente.

— Onde o senhor a guarda?

— Ah, junto de um monte de bugigangas na sala de estar de meu chalé. Em uma das prateleiras da estante.

— O senhor a deixou jogada por aí, sem cuidado?

— Sim. Eu realmente não pensei nisso. Ela simplesmente ficava lá.

— Para que qualquer um que fosse a sua casa pudesse vê-la?

— Sim.

— E o senhor não se lembra da última vez que a viu?

O homem franziu as sobrancelhas, refletindo.

— Tenho quase certeza de que estava lá anteontem. Lembro-me de empurrá-la para o lado para pegar um cachimbo velho. Acho que foi anteontem, mas pode ter sido um dia antes disso.

— Quem esteve em sua casa nos últimos dias?

— Ah! Milhares de pessoas. Há sempre alguém entrando ou saindo. Fiz uma espécie de chá anteontem. Lettice Protheroe, Dennis e toda a turma deles compareceram. E aí uma ou outra das queridas velhinhas entra de vez em quando.

— O senhor tranca a casa quando sai?

— Não, por que diabos deveria? Não tenho nada para roubarem. E ninguém tranca a casa por aqui.

— Quem cuida de suas coisas quando está no vilarejo?

— Uma velha, Mrs. Archer, vem toda manhã para "dar uma geral", como se diz.

— O senhor acha que ela vai se lembrar de quando a pistola foi vista ali pela última vez?

— Eu não sei, talvez sim. Mas não imagino que espanar cuidadosamente seja seu ponto forte.

— A questão é que quase qualquer um poderia ter pegado aquela pistola.

— Parece que sim.

A porta se abriu e o Dr. Haydock entrou com Anne Protheroe. Ela ficou assustada ao ver Lawrence. Ele, por sua vez, deu um passo hesitante em sua direção.

— Perdoe-me, Anne. Foi terrível de minha parte pensar o que pensei.

— Eu... — Ela hesitou, depois olhou suplicante para o Coronel Melchett. — É verdade o que o Dr. Haydock me disse?

— Que Mr. Redding está livre de suspeitas? Sim. E agora, o que diz quanto a essa sua história, Mrs. Protheroe? Hein, o que diz?

Ela deu um sorriso um tanto envergonhado.

— Imagino que o senhor ache isso horrível de minha parte.

— Bem, digamos que foi... uma tolice? Mas isso já está encerrado. O que eu quero agora, Mrs. Protheroe, é a verdade... a absoluta verdade.

Ela assentiu, muito séria.

— Vou lhe contar. Imagino que o senhor saiba de... de tudo.

— Sim.

— Eu ia encontrar Lawrence... Mr. Redding... naquela noite no estúdio. Às 18h15. Meu marido e eu fomos juntos de carro até o vilarejo. Eu tinha algumas compras para fazer. Ao nos despedirmos, ele mencionou casualmente que ia ver o pastor. Não consegui falar com Lawrence e fiquei bastante inquieta. Eu... bem, foi constrangedor encontrá-lo no jardim da casa paroquial enquanto meu marido estava lá dentro.

Suas bochechas coraram ao dizer isso. Não foi um momento agradável para ela.

— Imaginei que talvez meu marido não fosse ficar muito tempo. Para confirmar isso, vim pela alameda dos fundos e entrei no jardim. Esperava que ninguém me visse, mas é claro que a velha Miss Marple tinha que estar ali! Ela me interrompeu e trocamos algumas palavras, e expliquei que ia chamar meu marido. Senti que precisava dizer alguma coisa. Não sei se ela acreditou em mim ou não. Miss Marple parecia um tanto... estranha. Quando a deixei, fui direto para a casa paroquial e dobrei a esquina da casa até a porta de vidro do escritório. Aproximei-me dela bem devagar, esperando ouvir o som de vozes, mas, para minha surpresa, não havia nada. Apenas dei uma olhada dentro do cômodo, vi que a sala estava vazia e corri pelo gramado até o estúdio, onde Lawrence se juntou a mim quase na mesma hora.

— A senhora diz que a sala estava vazia, Mrs. Protheroe?

— Sim, meu marido não estava lá.

— Extraordinário.

— A senhora quer dizer que não o viu? — perguntou o inspetor.

— Não, eu não o vi.

O Inspetor Slack murmurou algo para o chefe de polícia, que assentiu.

— A senhora se importaria, Mrs. Protheroe, de apenas nos mostrar exatamente o que fez?

— Nem um pouco.

Ela se levantou. O Inspetor Slack abriu a porta de vidro para ela, que saiu para o terraço e contornou a casa pela esquerda.

O Inspetor Slack me fez um sinal imperioso para que eu fosse me sentar à escrivaninha.

Por algum motivo, não gostei muito de fazer isso. Gerou em mim uma sensação desconfortável. Mas, é claro, obedeci.

Logo ouvi passos do lado de fora, eles pararam por um minuto e depois se retiraram. O Inspetor Slack me indicou que eu poderia voltar para o outro lado da sala. Mrs. Protheroe voltou pela porta de vidro.

— Foi exatamente assim? — perguntou o Coronel Melchett.

— Acho que sim.

— Então, a senhora pode nos dizer, Mrs. Protheroe, exatamente onde o pastor estava na sala quando a senhora olhou para dentro? — perguntou o Inspetor Slack.

— O pastor? Eu... não, receio que não possa. Eu não o vi.

O Inspetor Slack assentiu.

— Foi por isso que a senhora não viu seu marido. Ele estava ali no canto, na escrivaninha.

— Ah!

Ela fez uma pausa. De repente, seus olhos se arregalaram de horror.

— Não foi ali que... que...

— Sim, Mrs. Protheroe. Foi quando ele estava sentado ali.

— Ah!

Anne Protheroe teve um calafrio.

O inspetor continuou com suas perguntas.

— A senhora sabia, Mrs. Protheroe, que Mr. Redding tinha uma pistola?

— Sim. Ele me disse isso uma vez.

— A senhora alguma vez já esteve em posse dessa pistola?

Ela balançou a cabeça.

— Não.

— A senhora sabia onde ele a guardava?

— Não tenho certeza. Acho... sim, acho que a vi em uma prateleira na casa dele. Não era lá que você a guardava, Lawrence?

— Quando foi a última vez que a senhora esteve no chalé, Mrs. Protheroe?

— Ah! Há cerca de três semanas. Meu marido e eu tomamos chá com ele.

— E a senhora não foi até lá desde então?

— Não. Eu nunca ia lá. Veja bem, provavelmente causaria muitos comentários no vilarejo.

— Sem dúvida — disse o Coronel Melchett secamente. — Onde a senhora costumava encontrar Mr. Redding, se me permite perguntar?

— Ele costumava ir ao Casarão. Estava pintando Lettice. Nós... nós nos encontrávamos no bosque com frequência, depois disso.

O Coronel Melchett assentiu.

— Isso não é o bastante? — A voz dela embargou de repente. — É tão horrível... ter que lhe contar todas essas coisas. E... e não havia nada de errado. Não havia... na verdade, não havia. Éramos apenas amigos. Nós... nós não conseguíamos deixar de nos importar um com o outro.

Mrs. Protheroe olhou suplicante para o Dr. Haydock, e aquele homem de coração mole deu um passo à frente.

— Eu realmente acho, Melchett — disse ele —, que Mrs. Protheroe já contribuiu o suficiente. Ela sofreu um grande choque... em mais de um sentido.

O chefe de polícia assentiu.

— Não há realmente mais nada que eu queira lhe perguntar, Mrs. Protheroe — falou o coronel. — Obrigado por responder a minhas perguntas com tanta franqueza.

— Então... então posso ir?

— Sua esposa está? — perguntou-me Haydock. — Acho que Mrs. Protheroe gostaria de vê-la.

— Sim — respondi. — Griselda está. A senhora a encontrará na sala de estar.

Ela e Haydock saíram da sala juntos, e Lawrence Redding foi com eles.

O Coronel Melchett franziu os lábios e brincava com um abridor de papel. Slack olhava o bilhete. Foi então que mencionei a teoria de Miss Marple.

Slack examinou o papel com atenção.

— Minha nossa — disse ele. — Creio que a velhinha está certa. Veja aqui, senhor, não está vendo? Esses números foram escritos com uma tinta diferente. Se essa hora não tiver sido escrita com uma caneta-tinteiro, eu como minhas botas!

Ficamos todos bastante empolgados.

— O senhor examinou o bilhete em busca de impressões digitais, é claro — disse o chefe de polícia.

— O que acha, coronel? Não há nenhuma impressão digital no bilhete. As impressões digitais na pistola são de Mr. Lawrence Redding. Pode ter havido outras, antes de ele sair por aí com ela e carregá-la no bolso, mas nada por agora.

— A princípio, o caso parecia muito forte contra Mrs. Protheroe — disse o coronel, pensativo. — Muito mais forte do que contra o jovem Redding. Havia o depoimento daquela velha Marple de que ela não estava com a pistola, mas essas senhoras idosas costumam se enganar.

Fiquei em silêncio, mas não concordava com ele. Tinha quase certeza de que Anne Protheroe não estava com a pistola, se Miss Marple dissera isso. Miss Marple não é o tipo de senhora idosa que comete erros. Ela tem um dom incrível de estar sempre certa.

— O que me incomoda é que ninguém ouviu o tiro. Se foi disparado naquele momento, alguém deve ter ouvido, de onde quer que pensassem que veio. Slack, é melhor você falar com a empregada.

O Inspetor Slack se moveu de prontidão em direção à porta.

— Eu não perguntaria a ela se ouviu um tiro na casa — falei. — Porque, se fizer isso, Mary vai negar. Diga que foi um tiro no bosque. É o único tipo de tiro que ela admite ter escutado.

— Eu sei como lidar com elas — constatou o Inspetor Slack, e desapareceu.

— Miss Marple disse ter escutado um tiro mais tarde — falou o Coronel Melchett, pensativo. — Precisamos ver se ela consegue determinar a hora com precisão. É claro que pode ser uma bala perdida que não tenha nada a ver com o caso.

— Pode ser, claro — concordei.

O coronel deu uma ou duas voltas pela sala.

— Sabe, Clement — disse ele, de repente —, tenho a sensação de que isso vai se tornar um caso muito mais complexo e difícil do que qualquer um de nós imagina. Raios, há algo por trás disso. — Ele bufou. — Algo que não sabemos. Estamos apenas começando, Clement. Anote o que eu digo, estamos apenas começando. Todas essas coisas, o relógio, o bilhete, a pistola... não fazem sentido como estão.

Balancei a cabeça. Certamente não faziam.

— Mas vou chegar ao fundo disso. Nada de chamar a Scotland Yard. Slack é um homem inteligente. É um homem muito inteligente. Tipo uma fuinha. Ele vai farejar tudo até chegar à verdade. Já fez várias coisas muito boas, e este caso será sua obra-prima. Alguns homens chamariam a Scotland Yard. Eu não. Vamos chegar ao fundo disso por nossa conta.

— Espero que sim, tenho certeza de que vão — falei.

Tentei fazer com que minha voz soasse entusiasmada, mas já havia tomado tanta antipatia pelo Inspetor Slack que a perspectiva de seu sucesso não me atraía. Um Slack bem-sucedido seria, pensei, ainda mais odioso do que um perplexo.

— Quem é o dono da casa vizinha? — perguntou o coronel, de súbito.

— Quer dizer, no fim da rua? É de Mrs. Price Ridley.

— Iremos até lá depois que Slack encerrar com sua empregada. Ela pode ter escutado alguma coisa. Ela não é surda nem nada, não é?

— Eu diria que a audição dela é notavelmente aguçada. Eu me baseio no tanto de escândalos que ela já causou por "ouvir sem querer".

— Esse é o tipo de mulher que queremos. Ah! Aqui está Slack.

O inspetor tinha o ar de quem acabara de sair de uma briga séria.

— Ufa! — disse ele. — O senhor tem uma fera ali.

— Mary é uma mulher de personalidade forte — respondi.

— Não gosta da polícia — disse o inspetor. — Eu a adverti... fiz o que pude para incutir nela o medo da lei, mas não adiantou. Ela me enfrentou.

— Corajosa — falei, sentindo mais simpatia por Mary.

— Mas eu a coloquei contra a parede. Ela ouviu um tiro, e apenas um tiro. E foi muito tempo depois que o Coronel Protheroe chegou. Não consegui fazer com que ela dissesse a hora, mas enfim a determinamos por meio do peixe. A entrega do peixe estava atrasada, e ela xingou o entregador quando chegou. O homem disse que tinha acabado de dar 18h30 de qualquer modo, e foi logo depois disso que ela ouviu o tiro. Claro, isso não é exato, mas nos dá uma ideia.

— Hum — disse Melchett.

— Acho que Mrs. Protheroe não está metida nisso, afinal — disse Slack, com um tom de arrependimento na voz. — Ela não teria tido tempo, para começo de conversa, e mulheres não gostam de mexer com armas de fogo. Arsênico é mais a cara delas. Não, acho que ela não fez isso. É uma pena!

Ele suspirou.

Melchett explicou que ia até a casa de Mrs. Price Ridley, e Slack aprovou.

— Posso ir com o senhor? — perguntei. — Estou ficando interessado.

Recebi permissão e partimos. Um sonoro "Oi!" nos saudou quando saímos do portão da casa paroquial, e meu sobrinho, Dennis, veio correndo pela estrada, vindo da vila, para se juntar a nós.

— Olha só — disse ele ao inspetor —, e aquela pegada que lhe contei?

— Era do jardineiro — respondeu o Inspetor Slack, lacônico.

— Você não acha que poderia ser outra pessoa usando as botas de jardineiro?

— Não, não acho! — disse o Inspetor Slack, de forma desanimadora.

Seria preciso mais do que isso para desanimar Dennis, no entanto.

Ele estendeu alguns fósforos queimados.

— Encontrei isso aqui perto do portão da casa paroquial.

— Obrigado — falou Slack, e os guardou no bolso.

A situação parecia ter chegado a um impasse.

— Você não vai prender o tio Len, vai? — perguntou Dennis, em tom de brincadeira.

— Por que deveria? — indagou Slack.

— Há um bocado de evidências contra ele — declarou Dennis. — Pergunte a Mary. No dia anterior ao assassinato, ele estava desejando que o Coronel Protheroe desaparecesse do mundo. Não estava, tio Len?

— Ahn… — comecei.

O Inspetor Slack me lançou um olhar lento e desconfiado, e me veio um calorão. Dennis é deveras irritante. Ele deveria saber que é difícil que um policial tenha senso de humor.

— Não seja absurdo, Dennis — rebati, irritado.

Ele arregalou os olhos, surpreso.

— É só uma brincadeira — justificou. — O tio Len disse apenas que qualquer um que assassinasse o Coronel Protheroe estaria prestando um favor ao mundo.

— Ah! — disse o Inspetor Slack. — Isso explica algo que a empregada comentou.

Criados também têm pouco ou nenhum senso de humor. Amaldiçoei Dennis mentalmente com todas as minhas forças por ter tocado no assunto. Isso, junto do relógio, fará o Inspetor desconfiar de mim para o resto da vida.

— Vamos, Clement — disse o Coronel Melchett.

— Aonde o senhor vai? Posso ir também? — perguntou Dennis.

— Não, não pode — respondi bruscamente.

Deixamos que ele nos observasse com uma expressão magoada. Fomos até a elegante porta da frente da casa de Mrs. Price Ridley e o inspetor bateu e tocou a campainha de um modo que só posso descrever como formal.

Uma bela copeira atendeu à campainha.

— Mrs. Price Ridley está? — perguntou Melchett.

— Não, senhor. — A criada fez uma pausa e acrescentou: — Ela acabou de ir à delegacia.

Esse foi um desdobramento de todo inesperado.

Enquanto voltávamos, Melchett me segurou pelo braço e murmurou:

— Se ela também foi confessar o crime, eu realmente vou enlouquecer.

Capítulo 13

Eu dificilmente pensaria que Mrs. Price Ridley tivesse algo tão dramático em mente, mas me perguntei o que a levara à delegacia. Será que tinha mesmo provas importantes, ou que ao menos considerasse importantes, para oferecer? De qualquer forma, logo saberíamos.

Encontramos Mrs. Price Ridley embolando as palavras ao falar rápido com um policial de aparência um tanto perplexa. Que ela estava extremamente indignada, percebi pelo modo como o laço de seu chapéu estava tremendo. Mrs. Price Ridley usa o que, acredito, são conhecidos como "chapéus de matrona" — sua produção é uma especialidade de nossa cidade vizinha, Much Benham. Eles se fixam com facilidade em uma superestrutura de cabelos e são de algum modo sobrecarregados com grandes laços de fita. Griselda está sempre ameaçando comprar um chapéu de matrona.

Mrs. Price Ridley interrompeu seu fluxo de palavras com nossa chegada.

— Mrs. Price Ridley? — perguntou o Coronel Melchett, levantando o chapéu.

— Permita-me apresentar-lhe o Coronel Melchett, Mrs. Price Ridley — falei. — O Coronel Melchett é nosso chefe de polícia.

Ela olhou para mim com frieza, mas esboçou um sorriso gentil para o coronel.

— Acabamos de passar em sua casa, Mrs. Price Ridley — explicou o coronel —, e soubemos que a senhora tinha vindo até aqui.

Mrs. Price Ridley se acalmou por completo.

— Ah! — disse ela. — Fico feliz que *alguma* atenção esteja sendo dada ao ocorrido. É vergonhoso, eu diria. Simplesmente vergonhoso.

Sem dúvida um assassinato é vergonhoso, mas não seria essa a palavra que eu usaria para descrevê-lo. Percebi que também surpreendeu Melchett.

— A senhora tem alguma luz para lançar sobre o assunto? — perguntou ele.

— Isso é problema seu. É problema da polícia. Gostaria de saber para que pagamos taxas e impostos.

É de se questionar quantas vezes essa pergunta é feita em um ano!

— Estamos fazendo o melhor possível, Mrs. Price Ridley — disse o chefe de polícia.

— Mas esse homem não tinha ouvido falar de nada até eu contar a ele! — exclamou a mulher.

Todos olhamos para o policial.

— Alguém telefonou para esta senhora — explicou ele. — Importunação. Uma questão de linguagem obscena, pelo que entendi.

— Ah! Compreendo. — O coronel se desanuviou. — Estávamos falando de coisas distintas. A senhora veio aqui para fazer uma reclamação, não é?

Melchett é um homem sábio. Ele sabe que, quando se trata de uma senhora de meia-idade irada, só há uma coisa a fazer: ouvi-la. Quando ela tiver dito tudo o que tem a dizer, há uma possibilidade de que o escute.

Mrs. Price Ridley interrompeu a conversa.

— Este tipo de acontecimento vergonhoso deveria ser impedido. Não deveria ocorrer. Receber uma ligação em sua própria casa e ser insultada... sim, insultada. Não estou acostumada a tais coisas. Desde a guerra, houve um afrouxamento da fibra moral. Ninguém se importa com o que diz, e quanto às roupas que vestem...

— Pois é — disse o Coronel Melchett, apressado. — O que aconteceu, exatamente?

Mrs. Price Ridley respirou fundo e recomeçou.

— Me telefonaram...

— Quando?

— Ontem à tarde... à noite, para ser exata. Por volta das 18h30. Fui ao telefone, sem suspeitar de nada. De imediato, fui atacada de modo grosseiro, ameaçada...

— O que foi dito de fato?

Mrs. Price Ridley ficou levemente corada.

— Isso me recuso a declarar.

— Linguagem obscena — murmurou o policial, em um tom ruminante.

— Foram ditos palavrões? — perguntou o Coronel Melchett.

— Depende do que o senhor chama de palavrões.

— A senhora conseguiu compreender? — perguntei.

— É claro que consegui compreender.

— Então não poderiam ser palavrões — falei.

Mrs. Price Ridley me encarou desconfiada.

— Uma dama refinada — expliquei — naturalmente não reconheceria palavrões.

— Não foi esse tipo de coisa — disse Mrs. Price Ridley. — No começo, devo admitir, fiquei bastante chocada. Pensei que fosse uma mensagem de verdade. Então, a... hum... pessoa se tornou abusiva.

— Abusiva?

— Muito abusiva. Fiquei bastante alarmada.

— Usou linguagem ameaçadora, então?

— Sim. Não estou acostumada a ser ameaçada.

— Com o que a ameaçaram? Lesão corporal?

— Não exatamente.

— Receio, Mrs. Price Ridley, que a senhora precise ser mais explícita. De que forma a senhora foi ameaçada?

Mrs. Price Ridley pareceu particularmente relutante em responder.

— Não consigo lembrar exatamente. Foi tudo muito perturbador. Mas, bem no fim, quando eu estava realmente transtornada, esse... esse... *miserável* riu.

— Era a voz de um homem ou de uma mulher?

— Era a voz de uma pessoa degenerada — disse Mrs. Price Ridley, com dignidade. — Só consigo descrever como uma voz perversa. Uma hora era rouca, noutra estridente. Uma voz realmente *peculiar*.

— Deve ter sido um trote — falou o coronel, tranquilizando-a.

— Uma coisa muito perversa de se fazer, se for o caso. Eu poderia ter tido um ataque do coração.

— Vamos dar uma olhada nisso — disse o coronel. — Não é, inspetor? Rastrear a ligação telefônica. Não poderia me dizer com mais clareza o que foi dito, Mrs. Price Ridley?

Uma batalha começou no coração enlutado de Mrs. Price Ridley. A reticência lutou contra o desejo de vingança. A vingança triunfou.

— Isso, é claro, não vai chegar aos ouvidos de mais ninguém — começou ela.

— Claro que não.

— Essa criatura começou dizendo... mal consigo me forçar a repetir...

— Sim, sim — disse Melchett, encorajando-a.

— "*Você é uma velha mentirosa e perversa!*" Eu, Coronel Melchett... uma velha mentirosa. "*Mas desta vez você foi longe demais. A Scotland Yard está atrás de você por difamação.*"

— Naturalmente, a senhora ficou alarmada — falou Melchett, mordendo o bigode para esconder um sorriso.

— "*A menos que você segure essa língua, será pior para você, de várias maneiras.*" Não consigo descrever a forma ameaçadora como isso foi dito. Eu sussurrei: "Quem é você?", assim baixinho. E a voz respondeu: "*O Vingador.*" Dei um gritinho. Parecia tão horrível, e então... a pessoa riu. Riu! Distintamente. E foi só isso. Eu a ouvi desligar. É claro que perguntei à central telefônica qual número estava me ligando, mas disseram que não sabiam. O senhor sabe como são as centrais telefônicas. Completamente rudes e antipáticas.

— Bastante — concordei.

— Eu quase desmaiei — continuou Mrs. Price Ridley. — Estava tão tensa e nervosa que, quando ouvi um tiro no bosque, confesso que meu coração quase saiu pela boca. Veja como fiquei.

— Um tiro no bosque? — perguntou o Inspetor Slack, alerta.

— No meu estado de agitação, soou para mim quase como um tiro de canhão. "Ah!", eu disse, e afundei no sofá, prostrada. Clara teve que me trazer um copo de gim de ameixa.

— Chocante — disse Melchett. — Chocante. Deve ter sido tudo muito desgastante para a senhora. E o tiro soou muito alto, a senhora disse? Como se estivesse próximo?

— Isso foi apenas meu estado de nervos.

— Claro. Claro. E que horas foi tudo isso? Para nos ajudar a rastrear a ligação telefônica, sabe?

— Por volta das 18h30.

— A senhora não consegue ser mais precisa do que isso?

— Bem, veja o senhor, o reloginho em cima da lareira havia acabado de bater a meia hora, e eu falei: "Mas esse relógio só pode estar adiantado." Ele costuma se adiantar, esse relógio. Eu comparei com o relógio de pulso que estava usando e ele dizia que eram apenas 18h10, então o levei até meu ouvido e percebi que havia parado. Pensei: "Bem, se esse relógio estiver adiantado, então vou ouvir o sino da igreja a qualquer momento." E então, claro, o telefone tocou, e eu esqueci tudo isso.

Ela fez uma pausa, sem fôlego.

— Bem, isso é específico o bastante — disse o Coronel Melchett. — Nós vamos dar uma olhada nisso para a senhora, Mrs. Price Ridley.

— Pense nisso como sendo apenas uma brincadeira de mau gosto, Mrs. Price Ridley — falei.

Ela me olhou com frieza. Era evidente que o incidente com a nota de uma libra ainda a irritava.

— Coisas muito estranhas têm acontecido nesta vila ultimamente — disse a mulher, dirigindo-se a Melchett. — Coisas muito estranhas mesmo. O Coronel Protheroe ia dar uma olhada nisso, e o que aconteceu com ele, coitado? Talvez eu seja a próxima?

E com isso ela se retirou, balançando a cabeça com uma melancolia sinistra. Melchett murmurou baixinho:

— Não teríamos essa sorte.

Então seu rosto ficou sério e ele olhou interrogativamente para o Inspetor Slack.

Aquele digno homem assentiu lentamente com a cabeça.

— Isso esclarece tudo, senhor. Foram três pessoas que ouviram o tiro. Temos que descobrir agora quem disparou. Esse negócio com Mr. Redding nos atrasou, mas temos vários pontos de partida. Pensando que Mr. Redding era o culpado, não me dei ao trabalho de investigá-los. Mas tudo isso mudou. Agora, uma das primeiras coisas a fazer é procurar essa ligação telefônica.

— A de Mrs. Price Ridley?

O inspetor sorriu.

— Não... embora suponho que seja melhor tomar nota disso, senão teremos a velhota incomodando outra vez. Não, me refiro à ligação falsa feita ao pastor, para tirá-lo do caminho.

— Sim — disse Melchett. — Isso é importante.

— E a próxima coisa é descobrir o que todos estavam fazendo naquela noite, entre as dezoito e as dezenove horas. Todos no Casarão, quero dizer, e praticamente todos no vilarejo também.

Dei um suspiro.

— Que energia maravilhosa o senhor tem, Inspetor Slack.

— Acredito em trabalho duro. Começaremos anotando seus próprios movimentos, Mr. Clement.

— De bom grado. O telefonema ocorreu por volta das 17h30.

— Uma voz de homem ou de mulher?

— De mulher. Pelo menos parecia de mulher. Mas é claro que presumi que fosse Mrs. Abbott.

— O senhor não reconheceu a voz de Mrs. Abbott?

— Não, não posso dizer que reconheci. Não dei atenção à voz em específico, nem pensei nela.

— E o senhor partiu de imediato? Foi a pé? Não tem bicicleta?

— Não.

— Entendo. Então o senhor levou… quanto tempo?

— São quase três quilômetros, qualquer que seja o caminho.

— O caminho mais curto é atravessando o bosque do Casarão, não é?

— Na verdade, sim. Mas não está em particularmente bom estado. Eu fui e voltei pela trilha que atravessa os campos.

— Aquela que sai em frente ao portão da casa paroquial?

— Sim.

— E Mrs. Clement?

— Minha esposa estava em Londres. Ela chegou no trem das 18h50.

— Certo. Com a empregada, eu já falei. Isso dá conta da casa paroquial. Vou para o Casarão em seguida. E depois quero interrogar Mrs. Lestrange. Que estranho ela ter ido ver Protheroe na noite anterior a sua morte. Muitas coisas estranhas neste caso.

Concordei.

Olhando para o relógio, percebi que era quase hora do almoço. Convidei Melchett para almoçar conosco, mas ele se desculpou, alegando ter que ir ao Javali Azul, que oferece refeições da melhor qualidade, com carne de lombo e dois tipos de vegetais. Achei uma escolha sábia. Depois do interrogatório com a polícia, Mary provavelmente estaria se sentindo mais temperamental do que de costume.

Capítulo 14

A caminho de casa, cruzei com Miss Hartnell e ela me reteve por pelo menos dez minutos, declamando com sua voz grave contra a imprevidência e a ingratidão das classes mais baixas. O cerne da questão parecia ser que os pobres não queriam Miss Hartnell em suas casas. Minha simpatia estava inteiramente do lado deles. Sou impedido por minha posição social de expressar meus preconceitos do modo contundente como eles fazem.

Acalmei-a da melhor maneira que pude e escapei. Haydock me alcançou em seu carro na esquina da rua da casa paroquial.

— Acabei de levar Mrs. Protheroe para casa — disse o médico.

Ele ficou me esperando no portão de sua casa.

— Entre um pouquinho.

Aceitei.

— Isso é um assunto extraordinário! — exclamou, enquanto atirava o chapéu em uma cadeira e abria a porta de seu consultório.

Ele se jogou em uma cadeira de couro surrada e olhou para o outro lado da sala. Parecia aflito e perplexo.

Eu lhe contei que havíamos conseguido fixar a hora do disparo. O Dr. Haydock ouviu com um ar quase distraído.

— Isso exclui Anne Protheroe — concluiu ele. — Ora, ora, fico feliz que não tenha sido nenhum desses dois. Gosto de ambos.

Acreditei nele, e, contudo, me ocorreu perguntar por que, uma vez que, como havia dito mais cedo, gostava de ambos, o fato de estarem livres da culpa parecia tê-lo deixado melancólico. Hoje pela manhã parecia um homem cujo peso da consciência fora retirado, e agora estava completamente abalado e perturbado.

No entanto, eu estava convencido de que ele falava sério. Gostava tanto de Anne Protheroe quanto de Lawrence Redding. Por que, então, essa prostração melancólica?

O médico se esforçou para se recompor.

— Eu queria lhe contar sobre Hawes. Toda essa história me fez esquecer dele.

— Ele está mesmo doente?

— Não há nada de tão grave com o homem. Você sabe, claro, que Hawes teve encefalite letárgica, a doença do sono, como costuma ser chamada?

— Não — respondi, muito surpreso. — Eu não sabia de nada disso. Ele nunca me contou a respeito. Quando?

— Cerca de um ano atrás. Ele se recuperou bem... até onde é possível se recuperar. É uma doença estranha, cria um efeito moral esquisito. Toda a personalidade pode mudar depois disso.

Ele ficou em silêncio por um momento.

— Hoje em dia a gente pensa com horror nos tempos em que queimávamos bruxas. Acredito que chegará o dia em que teremos calafrios ao pensar que algum dia enforcamos criminosos.

— Você não acredita em pena de morte?

— Não é bem isso. — O Dr. Haydock fez uma pausa, então falou devagar: — Sabe, eu prefiro ter o meu emprego do que o seu.

— Por quê?

— Porque seu trabalho lida em grande parte com o que chamamos de certo e errado, e não tenho certeza se existe tal coisa. Vamos supor que seja tudo uma questão de secreção hormonal. Excesso de produção de uma glândula, escassez de outra, e você terá seu assassino, seu ladrão, seu criminoso habitual. Clement, acredito que chegará o tempo em que ficaremos horrorizados ao pensar nos longos séculos em que nos entregamos ao que você pode chamar de reprovação moral, ao pensar em como punimos as pessoas por doenças... que elas não podiam evitar, pobres coitadas. Não se enforca um homem por ter tuberculose.

— Ele não é perigoso para a comunidade.

— De certo modo, é, sim. Ele infecta outras pessoas. Ou então pense em um homem que imagina ser o imperador da China. Não se pensa nele como sendo perverso. Concordo com seu ponto a respeito da comunidade. A comunidade precisa ser protegida. Trancafiar essas pessoas onde elas não possam fazer nenhum mal... até mesmo eliminá-las pacificamente, sim, até aí concordo. Mas não chame de punição. Não leve vergonha para eles e suas famílias inocentes.

Olhei para o médico com curiosidade.

— Nunca o ouvi falando desse modo antes.

— Não costumo expor minhas teorias em público. Hoje estou dando vazão a minhas manias. Você é um homem inteligente, Clement, o que é mais do que alguns pastores são. Não aceitaria, arrisco dizer, que não existe isso que costuma ser chamado tecnicamente de "pecado", mas tem a mente aberta o bastante para considerar a possibilidade de tal coisa. Isso atinge todas as ideias comumente aceitas — disse ele. — Sim, somos um grupo tacanho e hipócrita, ávidos demais para julgar assuntos sobre os quais nada sabemos. Sinceramente, acredito que o crime é assunto para médicos, não para policiais ou párocos. No futuro, talvez, não exista tal coisa.

— Você o terá curado?

— Nós o teremos curado. É uma ideia maravilhosa. Você já estudou as estatísticas de criminalidade? Não, pouquíssimas pessoas estudaram. Eu estudei, no entanto. Você ficaria espantado com a quantidade de crimes entre adolescentes; os hormônios de novo, entende? O jovem Neil, o assassino de Oxfordshire, matou cinco garotinhas antes de suspeitarem dele. Um bom rapaz, nunca causou nenhum tipo de problema. Lily Rose, a garotinha da Cornualha, matou o tio porque ele tirou seus doces. Bateu nele com um martelo de carvão enquanto o homem dormia. Foi para casa e quinze dias depois matou a irmã mais velha, que a havia incomodado com algum assunto insignificante. Nenhum dos dois foi enforcado, é claro. Foram enviados para um hospício. Mais adiante podem ficar bem, assim como podem não ficar. Duvido que a menina fique. A única coisa de que ela gosta é ver os porcos sendo mortos. Você sabe quando o suicídio é mais comum? Entre os 15 e os 16 anos. Do suicídio ao assassinato de outra pessoa não é um passo muito longo. Mas não é uma falha moral, é física.

— O que você diz é terrível!

— Não, é apenas novidade para você. Novas verdades precisam ser enfrentadas. As ideias precisam ser ajustadas. Mas, às vezes... isso torna a vida difícil.

Ele ficou sentado ali, franzindo a testa, mas com uma estranha expressão de cansaço.

— Haydock — falei —, se você suspeitasse... se soubesse... que certa pessoa era uma assassina, você entregaria essa pessoa à lei ou ficaria tentado a protegê-la?

Eu não estava preparado para o efeito de minha pergunta.

O médico se virou para mim com raiva e desconfiança.

— O que o faz dizer isso, Clement? No que está pensando? Fale logo, homem.

— Ora, nada em particular — respondi, um tanto surpreso. — Só que… bem, estamos com assassinatos na cabeça. Se por acaso você descobrisse a verdade… eu me perguntei como você se sentiria a respeito, só isso.

Sua raiva se dissipou. Outra vez ele olhou para a frente feito um homem que tenta decifrar a resposta de um enigma que o deixa perplexo, mas que existe apenas em sua mente.

— Se eu suspeitasse… se eu soubesse… cumpriria meu dever, Clement. Pelo menos, espero que sim.

— A questão é: qual caminho você considera ser seu dever?

Ele me encarou com olhos inescrutáveis.

— Imagino que essa pergunta surja para todo homem em algum momento da vida, Clement. E cada homem tem que decidir à sua maneira.

— Você não sabe?

— Não, não sei.

Senti que o melhor a fazer era mudar de assunto.

— Meu sobrinho está se divertindo bastante com esse caso — falei. — Passa todo o seu tempo buscando pegadas e cinzas de cigarro.

Haydock sorriu.

— Que idade ele tem?

— Apenas 16 anos. Não levamos tragédias a sério nessa idade. É tudo Sherlock Holmes e Arsene Lupin para nós.

— Ele é um ótimo rapaz. O que vai fazer com ele? — perguntou, pensativo.

— Receio que eu não tenha condições de pagar uma universidade para Dennis. Ele queria entrar para a Marinha Mercante, mas foi reprovado.

— Bem, é uma vida difícil, mas poderia ser pior. Sim, poderia ser pior.

— Preciso ir! — exclamei, olhando o relógio. — Estou quase meia hora atrasado para o almoço.

Minha família estava se sentando à mesa quando cheguei. Eles exigiram um relato completo das atividades da manhã, que eu lhes dei, sentindo, ao fazê-lo, que a maior parte era como um anticlímax.

Dennis, no entanto, se divertiu muito com a história do telefonema de Mrs. Price Ridley e caiu na gargalhada quando detalhei o choque nervoso que seu organismo havia sofrido e a necessidade de reanimá-la com gim de ameixa.

— Bem-feito para essa velha! — exclamou ele. — Ela é a maior linguaruda do mundo. Quem me dera ter pensado em ligar para ela e dar-lhe um susto. O que acha, tio Len, de dar a ela outra dose?

Implorei-lhe de imediato que não fizesse nada disso. Nada é mais perigoso do que os esforços bem-intencionados da nova geração em demonstrar compaixão e nos ajudar.

O humor de Dennis mudou de modo repentino. Ele franziu a testa e assumiu seu ar de homem vivido.

— Passei a maior parte da manhã com Lettice — disse ele. — Sabe, Griselda, ela está realmente muito preocupada. Não quer demonstrar, mas está. Muito preocupada mesmo.

— Espero que sim — falou Griselda, balançando a cabeça. Ela não gosta muito de Lettice Protheroe.

— Acho que você nunca é muito justa com Lettice.

— Acha, é? — disse ela.

— Muitas pessoas não vestem o luto.

Griselda ficou em silêncio, e eu também.

— Ela não conversa com a maioria das pessoas, mas *comigo* sim — continuou Dennis. — Está terrivelmente preocupada com tudo isso e acha que algo precisa ser feito a respeito.

— Lettice vai descobrir que o Inspetor Slack compartilha da opinião dela — comentei. — Ele vai para o Casarão esta tarde e provavelmente tornará a vida de todos lá insuportável em seus esforços para descobrir a verdade.

— Qual você acha que *é* a verdade, Len? — perguntou minha esposa de repente.

— É difícil dizer, minha querida. Não posso afirmar. No momento, não tenho a mínima ideia.

— Você disse que o Inspetor Slack iria rastrear aquela ligação telefônica, a que o levou até aos Abbott?

— Sim.

— Mas ele consegue? Não é uma coisa muito difícil de se fazer?

— Imagino que não. A central telefônica deve ter um registro das ligações.

— Ah!

Minha esposa voltou a refletir.

— Tio Len, por que o senhor foi tão mal-humorado comigo por ter brincado sobre o senhor desejar que o Coronel Protheroe fosse morto?

— Porque há hora para tudo — falei. — O Inspetor Slack não tem senso de humor. Ele leva nossas palavras muito a sério, provavelmente vai interrogar Mary e vai pedir um mandado para me prender.

— Ele não sabe quando um camarada está brincando?

— Não — falei. — Não sabe. O inspetor alcançou sua posição atual por meio de trabalho duro e de um zeloso cumprimento do dever. Isso não lhe deixou nenhum tempo para os pequenos divertimentos da vida.

— O senhor não gosta dele, tio Len?

— Não — confessei. — Não gosto. Desde o primeiro momento em que o vi, antipatizei imensamente com sua figura, mas não tenho dúvidas de que trata-se de um homem altamente bem-sucedido em sua profissão.

— O senhor acha que ele vai encontrar quem deu um tiro no velho Protheroe?

— Se ele não encontrar, não vai ser por falta de tentativa.

Mary apareceu e disse:

— Mr. Hawes deseja ver o senhor. Eu o coloquei na sala de estar. E tem um bilhete aqui, esperando por uma resposta. Não precisa ser por escrito.

Eu abri o bilhete e o li.

Caro Mr. Clement, eu ficaria muito agradecida se o senhor pudesse vir me ver esta tarde o mais cedo possível. Estou com um grande problema e gostaria de um conselho seu.

Atenciosamente,
Estelle Lestrange

— Diga que passarei por lá em cerca de meia hora — pedi a Mary.

Então fui à sala de estar para ver Hawes.

Capítulo 15

A aparência de Hawes me deixou muito incomodado. Suas mãos estavam tremendo e seu rosto tinha contrações nervosas constantes. Em minha opinião, ele deveria estar na cama, e eu lhe disse isso. Hawes insistiu que estava perfeitamente bem.

— Eu lhe garanto, senhor, nunca me senti melhor. Nunca em minha vida.

Isso estava tão obviamente longe da verdade que eu mal sabia o que responder. Eu tenho certa admiração por um homem que não se entrega à doença, mas Hawes estava levando aquilo longe demais.

— Eu vim aqui para lhe dizer o quanto lamento que… uma coisa assim tenha acontecido na casa paroquial.

— Sim — concordei. — É muito desagradável.

— É horrível… muito horrível. Ao que me parece, eles não prenderam Mr. Redding afinal de contas.

— Não. Isso foi um engano. Ele fez… er… uma declaração um tanto tola.

— E a polícia agora tem certeza de que o homem é inocente?

— Perfeitamente.

— Por que isso, se posso perguntar? Seria porque… digo, eles suspeitam de mais alguém?

Eu nunca imaginaria que Hawes se interessaria tanto pelos detalhes de um caso de assassinato. Talvez fosse porque aconteceraa na casa paroquial. Ele parecia tão ansioso quanto um repórter.

— Não creio que o Inspetor Slack tenha muita confiança em mim. Pelo que sei, ele não suspeita de ninguém em particular. No momento, está ocupado investigando.

— Sim. Sim, claro. Mas quem a gente iria imaginar fazendo uma coisa tão terrível?

Balancei a cabeça.

— O Coronel Protheroe não era um homem popular, sei disso. Mas assassinato! Para assassinato... seria necessário um motivo muito forte.

— Imagino que sim — falei.

— Quem poderia ter tal motivo? A polícia tem alguma ideia?

— Não sei dizer.

— Ele pode ter feito inimigos, sabe? Quanto mais penso nisso, mais me convenço de que ele era o tipo de homem que tinha inimigos. Tinha fama de ser muito severo no tribunal.

— Imagino que sim.

— Ora, o senhor não lembra? Ele estava contando ontem de manhã sobre ter sido ameaçado por aquele tal de Archer.

— Agora, pensando nisso, ele foi mesmo — falei. — É claro, eu lembro. O senhor estava bem perto de nós na ocasião.

— Sim, eu ouvi o que estava dizendo. Era quase impossível evitar isso, com o Coronel Protheroe. Ele falava tão alto, não é? Lembro-me de ter ficado impressionado com as próprias palavras do senhor. Que, quando chegasse a hora dele, poderia acabar por receber justiça em vez de misericórdia.

— Eu falei isso? — perguntei, franzindo a testa.

Minha lembrança de minhas próprias palavras era um pouco diferente.

— O senhor falou isso de forma muito marcante. Fiquei impressionado com suas palavras. A Justiça é uma coisa terrível. E pensar que o pobre homem foi abatido logo depois. É quase como se o senhor tivesse tido uma premonição.

— Não tive nada disso — falei, secamente.

Não gosto da tendência de Hawes para o misticismo. Havia um toque visionário nele.

— O senhor contou à polícia sobre esse homem, Archer?

— Não sei nada a respeito dele.

— Quer dizer, o senhor contou a eles o que o Coronel Protheroe disse, sobre Archer tê-lo ameaçado?

— Não — respondi devagar. — Não contei.

— Mas o senhor vai fazer isso?

Fiquei em silêncio. Não gosto de perseguir um homem que já tem as forças da lei e da ordem contra si. Não iria defender Archer. Ele era um ladrão de caça inveterado — um daqueles malandros sorridentes que se encontram em qualquer paróquia. O que quer que tenha dito no calor da raiva quando foi condenado, eu não tinha certeza se ainda sentia isso quando saiu da prisão.

— Você ouviu a conversa — disse, enfim. — Se sente ser sua obrigação levar isso até a polícia, você deve fazê-lo.

— Seria melhor se viesse do senhor.

— Talvez... mas, para lhe ser sincero... bem, não tenho vontade de fazer isso. Posso estar ajudando a colocar a corda no pescoço de um homem inocente.

— Mas se ele tiver atirado no Coronel Protheroe...

— Ah, "se"! Não há nenhuma evidência de que ele tenha feito isso.

— Suas ameaças.

— A rigor, as ameaças não eram dele, mas do Coronel Protheroe. Era o Coronel Protheroe que estava ameaçando mostrar a Archer a força da vingança na próxima vez que o pegasse.

— Não entendo sua postura, senhor.

— Não? — perguntei, cansado. — Você é jovem. Zela por aquilo que é certo. Quando chegar a minha idade, vai descobrir que gosta de dar às pessoas o benefício da dúvida.

— Não... Quero dizer... — Ele fez uma pausa e eu o encarei, surpreso. — O senhor não tem nenhuma... nenhuma ideia... quanto à identidade do assassino?

— Céus, não.

Hawes insistiu.

— Ou quanto ao... motivo?

— Não. Você tem?

— Eu? Não, não mesmo. Eu só queria saber. Se o Coronel Protheroe tivesse... tivesse lhe contado alguma coisa... mencionado algo...

— As confidências dele, tais como ocorreram, foram escutadas por toda a rua do vilarejo ontem de manhã — respondi, seco.

— Sim. Sim, claro. E o senhor não pensa em... em Archer?

— A polícia logo vai descobrir tudo a respeito de Archer — disse, resignado. — Se eu mesmo o tivesse escutado ameaçar o Coronel Protheroe, então o assunto seria outro. Mas você pode ter certeza de que, se ele realmente o ameaçou, metade das pessoas do vilarejo o terá escutado, e a notícia chegará até a polícia sem falta. Você, é claro, pode fazer o que quiser sobre esse assunto.

Mas Hawes parecia curiosamente relutante em fazer qualquer coisa por conta própria.

Toda a postura do homem era nervosa e estranha. Lembrei-me do que Haydock havia dito sobre sua doença. Ali, supus, estava a explicação.

Ele se despediu a contragosto, como se tivesse mais a dizer e não soubesse como.

Antes de partir, combinei que Hawes seria o encarregaria do serviço para a União das Mães, seguido da reunião dos Visitantes do Distrito. Eu tinha vários assuntos próprios para a tarde.

Deixando Hawes e seus problemas de lado, fui até Mrs. Lestrange.

Sobre a mesa do corredor estavam o *Guardian* e o *Church Times*, fechados.

Enquanto caminhava, lembrei-me de que Mrs. Lestrange havia sido recebida pelo Coronel Protheroe na noite anterior a sua morte. Era possível que tivesse ocorrido algo naquela visita que pudesse lançar uma luz sobre a questão de seu assassinato.

Fui conduzido diretamente à pequena sala de estar, e Mrs. Lestrange levantou-se para me receber. Fiquei outra vez impressionado com a atmosfera maravilhosa que a mulher conseguia criar. Ela usava um vestido de um tecido preto fosco que realçava a extraordinária beleza de sua pele. Havia algo meio morto em sua expressão. Apenas os olhos estavam intensamente vivos. Havia um brilho atento neles naquele dia. Fora isso, ela não demonstrava nenhum sinal de animação.

— Foi muita gentileza sua vir, Mr. Clement — disse ela, enquanto me cumprimentava. — Eu queria falar com o senhor no outro dia. Depois, decidi não fazê-lo. Eu estava errada.

— Como eu lhe disse naquela ocasião, terei prazer em fazer qualquer coisa que possa ajudá-la.

— Sim, o senhor disse isso, e pareceu sincero. São pouquíssimas as pessoas neste mundo, Mr. Clement, que quiseram me ajudar sinceramente.

— Custo a acreditar nisso, Mrs. Lestrange.

— É verdade. A maioria das pessoas… a maioria dos homens, pelo menos, só quer tirar vantagem. — Havia amargura em sua voz. Não respondi, e ela continuou: — Sente-se, sim?

Obedeci, e a mulher se sentou em uma cadeira a minha frente. Ela hesitou por um momento e então começou a falar muito devagar e refletindo, parecendo pesar cada palavra enquanto a pronunciava.

— Estou em uma situação muito peculiar, Mr. Clement, e gostaria de pedir um conselho. Ou seja, quero pedir seu conselho quanto ao que devo fazer a seguir. O que passou, passou, e não pode ser desfeito. O senhor compreende?

Antes que eu pudesse responder, a camareira que me havia recebido abriu a porta e disse, com uma cara assustada:

— Ah! Com licença, senhora, há um inspetor de polícia aqui, e ele diz que precisa falar com a senhora, por favor.

Houve uma pausa. O rosto de Mrs. Lestrange não se alterou. Apenas seus olhos se fecharam e abriram devagar. Ela pareceu engolir em seco uma ou duas vezes, e então falou com a mesma voz clara e calma:

— Mande-o entrar, Hilda.

Eu estava prestes a me levantar, mas ela fez sinal para que eu ficasse, com a mão imperiosa.

— Se não se importa, eu ficaria muito grata se o senhor pudesse ficar.

Voltei a meu lugar.

— Certamente, se quiser — murmurei, enquanto Slack entrava em um passo rápido e regular.

— Boa tarde, senhora — cumprimentou ele.

— Boa tarde, inspetor.

Nesse momento, o oficial me viu e fez uma careta.

Não havia dúvidas, Slack não gostava de mim.

— Espero que não haja objeções quanto à presença do pastor.

Slack não poderia simplesmente dizer que sim.

— N-não — respondeu ele, com relutância. — Embora, talvez, fosse melhor…

Mrs. Lestrange não deu atenção à insinuação.

— O que posso fazer pelo senhor, inspetor? — perguntou ela.

— É o seguinte, senhora: o assassinato do Coronel Protheroe. Estou encarregado do caso e fazendo as investigações.

Mrs. Lestrange assentiu.

— Por mera formalidade, estou perguntando a todos onde estavam ontem à noite, entre as dezoito e as dezenove horas. Apenas para me certificar, entende?

Mrs. Lestrange não pareceu nem um pouco perturbada.

— O senhor quer saber onde eu estava ontem à noite, entre as dezoito e as dezenove horas?

— Por favor, senhora.

— Deixe-me ver. — Ela refletiu por um momento. — Eu estava aqui. Nesta casa.

— Ah! — Vi os olhos do inspetor brilharem. — E sua empregada… a senhora só tem uma empregada, acho… ela pode confirmar essa afirmação?

— Não, era a tarde de folga de Hilda.

— Compreendo.

— Então, infelizmente, o senhor terá que acreditar em minha palavra — disse Mrs. Lestrange, afável.

— A senhora está mesmo dizendo que esteve em casa a tarde toda?

— O senhor disse entre as dezoito e as dezenove horas, inspetor. Saí para uma caminhada no início da tarde. Voltei um pouco antes das dezessete horas.

— Então, se uma senhora… Mrs. Hartnell, por exemplo… declarasse que veio aqui por volta das dezoito horas, tocou a campainha, mas não conseguiu fazer com que ninguém atendesse e foi obrigada a ir embora… a senhora diria que ela estava enganada, não é?

— Ah, não. — Mrs. Lestrange balançou a cabeça.

— Mas…

— Se uma empregada estiver em casa, ela pode dizer que não tem ninguém em casa. Mas quando a gente está sozinha e não quer receber visitas, bem, a única coisa a ser feita é deixá-las tocar a campainha.

O Inspetor Slack pareceu um pouco perplexo.

— Senhoras de idade me aborrecem terrivelmente — disse Mrs. Lestrange. — E Miss Hartnell é particularmente chata. Ela deve ter tocado pelo menos meia dúzia de vezes antes de ir embora.

Ela sorriu docemente para o Inspetor Slack, e ele mudou de assunto.

— Então, se alguém dissesse que a viu por aí naquela hora...

— Ah! Mas não viram, viram? — Ela logo percebeu o ponto fraco dele. — Ninguém me viu sair, porque eu estava aqui dentro, compreende?

— Exatamente, senhora.

O inspetor puxou a cadeira um pouco mais para perto.

— Agora, Mrs. Lestrange, entendo que a senhora fez uma visita ao Coronel Protheroe no Casarão na noite anterior à morte dele.

— É verdade — disse a mulher, calmamente.

— A senhora pode me indicar a natureza dessa visita?

— Tratava-se de um assunto particular, inspetor.

— Receio que deva lhe pedir que me diga a natureza desse assunto particular.

— Não lhe direi nada a esse respeito. Apenas lhe asseguro que nada do que foi dito naquela visita poderia ter qualquer relação com o crime.

— Não creio que a senhora seja a melhor juíza neste caso.

— De todo modo, terá que acreditar em mim, inspetor.

— Na verdade, terei que acreditar em sua palavra quanto a tudo.

— Parece que sim — concordou ela, ainda com a mesma calma sorridente.

O Inspetor Slack ficou muito vermelho.

— Este é um assunto sério, Mrs. Lestrange. Eu quero a verdade... — Ele bateu com o punho na mesa. — E pretendo obtê-la.

A mulher não disse nada.

— A senhora não percebe que está se colocando em uma posição muito suspeita?

Mrs. Lestrange continuou em silêncio.

— Será obrigada a prestar depoimento no inquérito.

— Sim.

Apenas o monossílabo. Sem ênfase, desinteressada. O inspetor mudou de tática.

— A senhora conhecia o Coronel Protheroe?

— Sim, eu o conhecia.

— E o conhecia bem?

Houve uma pausa antes que ela dissesse:

— Eu não o via fazia anos.

— A senhora conhece Mrs. Protheroe?

— Não.

— Se me permite, era um momento muito incomum para se fazer uma visita.

— Não de meu ponto de vista.

— O que quer dizer com isso?

— Eu queria ver o Coronel Protheroe a sós — revelou clara e distintamente. — Não queria ver Mrs. Protheroe ou Miss Protheroe. Considerei que essa seria a melhor maneira de atingir meu objetivo.

— Por que não quis ver Mrs. ou Miss Protheroe?

— Isso, inspetor, é problema meu.

— Então se recusa a dizer mais alguma coisa?

— Com certeza.

O Inspetor Slack se levantou.

— A senhora vai se colocar em uma situação delicada se não tomar cuidado. Tudo isso parece ruim… parece muito ruim.

Ela riu. Eu poderia ter dito ao Inspetor Slack que Mrs. Lestrange não era o tipo de mulher que se assusta facilmente.

— Bem, não diga que não a avisei, só isso — disse o inspetor, desvencilhando-se com dignidade. — Boa tarde, senhora, e, veja bem, vamos descobrir a verdade.

Ele partiu. Mrs. Lestrange levantou-se e estendeu a mão.

— Vou dispensá-lo… sim, é melhor assim. Veja bem, agora é tarde demais para conselhos. Já escolhi meu papel.

Ela repetiu com uma voz um tanto desolada:

— Já escolhi meu papel.

Capítulo 16

Ao sair, cruzei com Haydock na entrada. Ele olhou com antipatia para Slack, que acabara de sair pelo portão, e questionou:

— Ele a estava interrogando?

— Sim.

— Ele foi cortês, espero.

A cortesia, a meu ver, é uma arte que o Inspetor Slack nunca aprendeu, mas presumo que, do próprio ponto de vista, sim, ele havia sido cortês, e sempre o fora. Eu não queria chatear Haydock ainda mais. O médico já parecia preocupado e perturbado. Então respondi que ele fora bastante cortês.

Haydock assentiu e entrou na casa, e eu continuei pela rua do vilarejo, onde logo alcancei o inspetor. Imagino que ele caminhava devagar de propósito. Por mais que não goste de mim, não é homem de deixar que a antipatia o impeça de obter qualquer informação útil.

— O senhor sabe alguma coisa sobre esta senhora? — perguntou-me sem rodeios.

Falei que não sabia absolutamente nada.

— Ela nunca mencionou o motivo de ter vindo morar aqui?

— Não.

— Mesmo assim, o senhor foi vê-la?

— É um de meus deveres visitar meus paroquianos — respondi, evitando comentar que havia sido chamado.

— Hum, suponho que sim. — O Inspetor Slack ficou em silêncio por um momento e então, incapaz de resistir a querer discutir seu fracasso recente, continuou: — É um negócio suspeito, se me perguntar.

— O senhor acha?

— Se quer saber, eu diria que é chantagem. Parece engraçado, quando se pensa em quem o Coronel Protheroe sempre supôs ser. Mas, lá no fundo, nunca se sabe. Ele não seria o primeiro sacristão a levar uma vida dupla.

Vagas lembranças de comentários de Miss Marple sobre o mesmo assunto surgiram em minha mente.

— O senhor acha mesmo que isso seria provável?

— Bem, condiz com os fatos, senhor. Por que uma senhora elegante e bem-vestida viria a este pequeno e tranquilo fim de mundo? Por que ela foi vê-lo naquela hora estranha do dia? Por que evitou ver Mrs. e Miss Protheroe? Sim, tudo se encaixa. É constrangedor para ela admitir... chantagem é passível de punição. Mas vamos arrancar a verdade dela. Pelo que sabemos, pode ter uma relação muito importante com o caso. Se o Coronel Protheroe tinha algum segredo culposo em sua vida, algo vergonhoso, bem, o senhor pode ver por si mesmo o campo de possibilidades que se abre.

Imaginei que sim.

— Tenho tentado fazer o mordomo falar. Ele pode ter escutado alguma conversa entre o Coronel Protheroe e Lestrange. Os mordomos escutam, às vezes, mas ele jura que não faz a menor ideia a respeito do que conversaram. Aliás, perdeu o emprego por isso. O coronel foi atrás dele, furioso por tê-la deixado entrar. O mordomo reagiu pedindo demissão. Disse que já não gostava do lugar de qualquer modo e que vinha pensando em ir embora havia algum tempo.

— É mesmo?

— Então isso nos dá outra pessoa que poderia guardar rancor do coronel.

— O senhor não pode estar realmente suspeitando desse homem... Como se chama, por sinal?

— Seu nome é Reeves, e eu não disse que suspeito dele. O que falei é que nunca se sabe. Eu não gosto daquele jeito cínico dele.

Eu me perguntei o que Reeves teria a dizer dos modos do Inspetor Slack.

— Eu vou interrogar o chofer agora.

— Então, talvez — falei — o senhor possa me dar uma carona em seu carro. Eu tenho um rápido encontro com Mrs. Protheroe.

— Sobre o quê?

— Os arranjos do funeral.

— Ah! — O Inspetor Slack ficou levemente desconcertado. — O inquérito será amanhã, sábado.

— Exato. O funeral deverá ser na terça.

O oficial pareceu ficar um pouco envergonhado de si mesmo por ter sido brusco. Estendeu o ramo de oliveira em um gesto de paz na forma de um convite para comparecer à entrevista com o chofer, Manning. Tratava-se de um rapaz simpático, com não mais de 25 ou 26 anos. Ele tendia a ficar intimidado com a presença do inspetor.

— Pois bem, meu rapaz — disse Slack —, quero uma pequena informação sua.

— Sim, s-senhor — gaguejou o motorista. — Certamente, senhor.

Se ele próprio tivesse cometido o assassinato, não poderia ter ficado mais alarmado.

— Você levou seu patrão ao vilarejo ontem?

— Sim, senhor.

— Que horas eram?

— 17h30.

— Mrs. Protheroe foi também?

— Sim, senhor.

— Você foi direto para o vilarejo?

— Sim, senhor.

— Você não parou em lugar nenhum no caminho?

— Não, senhor.

— O que fez quando chegou lá?

— O coronel saiu e me disse que não queria mais o carro, que iria a pé para casa. Mrs. Protheroe tinha algumas compras para fazer. Os pacotes foram colocados no carro. Então ela disse que era só isso, e eu fui para casa.

— Deixando-os no vilarejo?

— Sim, senhor.

— Que horas eram?

— 18h15, senhor. Exatamente quinze.

— Onde você a deixou?

— Perto da igreja, senhor.

— O coronel mencionou para onde estava indo?

— Ele disse algo sobre ter que ver o veterinário… algo a ver com um dos cavalos.

— Entendo. E você voltou direto para cá?

— Sim, senhor.

— Há duas entradas para o Casarão, pela Portaria Sul e pela Portaria Norte. Imagino que, indo para o vilarejo, você passaria pela Portaria Sul, certo?

— Sim, senhor, sempre.

— E você voltou pelo mesmo caminho?

— Sim, senhor.

— Hum. Acho que é só isso. Ah! Aqui está Miss Protheroe.

Lettice se aproximou de nós.

— Vou querer o Fiat, Manning — anunciou ela. — Dê a partida para mim, por favor?

— Pois não, senhorita.

Ele foi até um carro de dois lugares e levantou o capô.

— Só um minuto, Miss Protheroe — pediu Slack. — É necessário que eu tenha um registro dos movimentos de todos na tarde de ontem. Sem querer ofendê-la.

Lettice o encarou.

— Eu nunca sei as horas de nada — disse ela.

— Pelo que entendi, a senhorita saiu logo depois do almoço ontem, certo?

Ela assentiu.

— Para onde, por favor?

— Para jogar tênis.

— Com quem?

— Os Hartley Napiers.

— Em Much Benham?

— Sim.

— E a senhorita voltou que horas?

— Não sei. Já disse que nunca sei dessas coisas.

— Você voltou — falei — por volta das 19h30.

— Isso mesmo — disse Lettice. — No meio da confusão. Anne dando chiliques e Griselda dando apoio.

— Obrigado, senhorita — agradeceu o inspetor. — É tudo o que quero saber.

— Que estranho — disse Lettice. — Tão desinteressante.

Ela se dirigiu ao Fiat.

O inspetor tocou a testa discretamente.

— A moça é meio abobada? — sugeriu ele.

— Nem um pouco — respondi. — Mas gosta que pensem assim.

— Bem, vou interrogar as criadas agora.

Não se pode realmente gostar de Slack, mas se pode admirar sua energia.

Nós nos despedimos e perguntei a Reeves se poderia ver Mrs. Protheroe.

— Neste momento, ela está deitada, senhor.

— Então é melhor não a incomodar.

— Talvez o senhor possa esperar. Sei que Mrs. Protheroe está ansiosa para vê-lo. Ela disse isso no almoço.

Ele me conduziu à sala de estar e acendeu as luzes elétricas, já que as persianas estavam fechadas.

— Tudo isso é muito triste — falei.

— Sim, senhor.

Sua voz era fria e respeitosa.

Olhei para ele. Que sentimentos se escondiam sob aquele comportamento impassível? Havia coisas que aquele homem sabia e poderia ter nos contado? Não há nada tão inumano quanto a máscara do bom criado.

— Há algo mais, senhor?

Havia um pouco de ansiedade por trás daquela expressão correta?

— Nada mais — respondi.

Esperei muito pouco tempo até que Anne Protheroe viesse até mim. Debatemos e acertamos alguns detalhes.

— Que homem maravilhosamente gentil é o Dr. Haydock! — exclamou ela.

— É o melhor sujeito que eu conheço.

— Ele tem sido incrivelmente gentil comigo. Mas parece estar muito triste, não?

Nunca me ocorreu pensar em Haydock como triste.

Fiquei revolvendo a ideia em minha mente.

— Acho que nunca percebi — falei, por fim. — Nunca percebi, até hoje.

— Nossos próprios problemas às vezes abrem nossos olhos.

— É bem verdade.

Ela fez uma pausa, e então disse:

— Mr. Clement, há uma coisa que não consigo entender de jeito nenhum. Se meu marido foi baleado imediatamente depois que o deixei, como foi que não ouvi o tiro?

— Eles têm motivos para acreditar que o tiro foi disparado depois.

— Mas e a marca de 18h20 no bilhete?

— Provavelmente foi acrescentada por outra mão... a do assassino.

Seu rosto empalideceu.

— Que horror!

— Não lhe ocorreu que a hora não estava escrita com a letra dele?

— Nada daquilo se parecia com a letra dele.

Havia alguma verdade nessa observação. Era um rabisco um tanto ilegível, não tão preciso quanto a letra de Protheroe costumava ser.

— Tem certeza de que não suspeitam mais de Lawrence?

— Acho que ele está definitivamente inocentado.

— Mas, Mr. Clement, quem pode ser? Lucius não era popular, eu sei, mas não acho que tivesse inimigos de verdade. Não esse... tipo de inimigo.

Neguei com a cabeça.

— É um mistério.

Pensei, maravilhado, nos sete suspeitos de Miss Marple. Quem poderiam ser?

Depois de me despedir de Anne, comecei a colocar um plano em ação.

Voltei do Casarão pela trilha. Quando cheguei ao portão, retornei e, escolhendo um lugar onde imaginei que a vegetação rasteira mostrava sinais de ter sido perturbada, desviei-me da trilha e abri caminho por entre os arbustos. A mata era densa, com bastante vegetação rasteira emaranhada. Meu progresso não foi muito rápido e, de repente, percebi que alguém se movia entre os arbustos não muito longe de mim. Enquanto eu parava, indeciso, Lawrence Redding apareceu. Ele carregava uma grande pedra.

Imagino que eu deva ter parecido surpreso, pois o homem de repente caiu na gargalhada.

— Não — disse Redding —, não é uma pista, é uma oferta de paz.

— Uma oferta de paz?

— Bem, uma base para negociações, podemos dizer? Quero uma desculpa para visitar sua vizinha, Miss Marple, e me disseram que não há nada que ela goste mais do que um belo pedaço de pedra ou rocha para seus jardins japoneses.

— É verdade — afirmei. — Mas o que o senhor quer com a velha senhora?

— Apenas isto: se houve algo a ser visto ontem à noite, Miss Marple viu. Não me refiro a nada necessariamente ligado ao crime, ou que ela pense estar ligado ao crime. Refiro-me a algum incidente bizarro ou extravagante, algum pequeno acontecimento simples que pudesse nos dar uma pista da verdade. Algo que ela não acharia que valesse a pena mencionar à polícia.

— É possível, imagino.

— Vale a pena tentar de qualquer maneira. Clement, vou investigar isso a fundo. Pelo bem de Anne, ao menos. E não tenho muita confiança em Slack... ele é um sujeito zeloso, mas o zelo não substitui a inteligência.

— Entendo que você é aquele personagem favorito da ficção, o detetive amador — falei. — Não sei se na vida real eles são realmente páreos aos profissionais.

Redding me olhou com astúcia e riu de repente.

— O que o senhor está fazendo no bosque, pastor?

Tive a decência de corar.

— Arrisco dizer que exatamente o mesmo que eu — prosseguiu ele. — Tivemos a mesma ideia, não é? *Como é que o assassino chegou ao escritório?* Primeira opção, pela alameda e passando pelo portão; segunda opção, pela porta da frente, terceira opção... existe uma terceira opção? Minha ideia era ver se havia algum sinal de que os arbustos estavam remexidos ou quebrados em algum lugar perto do muro do jardim da casa paroquial.

— Essa foi exatamente minha ideia — admiti.

— Mas eu ainda não tinha me dado ao trabalho — continuou Lawrence. — Porque me ocorreu que gostaria de ver Miss Marple primeiro, para ter certeza de que ninguém passou pela alameda ontem à noite, enquanto estávamos no estúdio.

Balancei a cabeça.

— Ela tinha quase certeza de que ninguém passou.

— Sim, ninguém a quem ela chamaria de alguém... parece loucura, mas você entende o que quero dizer. Poderia, no entanto, haver alguém como um carteiro, um leiteiro ou um ajudante de açougueiro, uma pessoa cuja presença seria tão natural que a gente nem pensaria em mencioná-la.

— O senhor andou lendo G.K. Chesterton — afirmei, e Lawrence não negou.

— Mas o senhor não acha que pode haver algo de bom nessa ideia?

— Bem, suponho que possa — admiti.

Sem mais delongas, seguimos para a casa de Miss Marple. Ela estava trabalhando no jardim e nos chamou enquanto atravessávamos a cerca.

— Veja só — murmurou Lawrence —, ela vê todo mundo.

Miss Marple nos recebeu com muita gentileza e ficou muito satisfeita com a imensa pedra de Lawrence, que ele apresentou com a devida solenidade.

— É muita gentileza sua, Mr. Redding. Muita gentileza mesmo.

Encorajado, Lawrence começou a fazer suas perguntas. Miss Marple ouviu atentamente.

— Sim, entendo o que quer dizer, e concordo plenamente, é o tipo de coisa que ninguém menciona ou se dá ao trabalho de mencionar. Mas eu lhe garanto que não houve nada disso. Absolutamente nada.

— Tem certeza, Miss Marple?

— Absoluta.

— A senhora viu naquela tarde alguém passar pela trilha que leva ao bosque? — perguntei. — Ou vindo de lá?

— Ah, sim, várias pessoas. Dr. Stone e Miss Cram foram por ali... é o caminho mais próximo para eles chegarem ao túmulo. Isso foi um pouco depois das catorze horas. E o Dr. Stone voltou por ali... como deve saber, Mr. Redding, já que se juntou ao senhor e a Mrs. Protheroe.

— A propósito — comentei —, aquele tiro... aquele que a senhora ouviu, Miss Marple. Mr. Redding e Mrs. Protheroe também devem ter escutado.

Olhei inquisitivamente para Lawrence.

— Sim — concordou ele, franzindo a testa. — Acho que ouvi alguns tiros. Foram um ou dois tiros?

— Só ouvi um — disse Miss Marple.

— É apenas uma vaga impressão em minha mente — falou Lawrence. — Maldição, queria poder me lembrar. Se ao menos eu soubesse. Veja bem, eu estava tão absorto em... em...

Ele fez uma pausa, envergonhado.

Tossi, diplomático, e Miss Marple, com um toque pudico, mudou de assunto.

— O Inspetor Slack tem tentado me fazer falar se ouvi o tiro depois que Mr. Redding e Mrs. Protheroe saíram do estúdio ou antes. Tenho que confessar que realmente não consigo dizer com certeza, mas tenho a impressão... que quanto mais penso nisso, mais forte fica a impressão de que... de que foi depois.

— Então isso deixa o célebre Dr. Stone de fora de qualquer modo — disse Lawrence, com um suspiro. — Não que alguma vez tenha havido a menor razão para que ele fosse suspeito de atirar no pobre e velho Protheroe.

— Ah! — exclamou Miss Marple. — Mas eu sempre acho prudente suspeitar um pouquinho de todo mundo. O que digo sempre é: a gente *nunca sabe*, não é?

Isso era típico de Miss Marple. Perguntei a Lawrence se ele concordava com ela quanto ao tiro.

— Eu realmente não sei dizer. Veja bem, era um som muito comum. Eu tenderia a pensar que foi disparado quando estávamos no estúdio. O som teria sido abafado e… e seria menos perceptível ali.

Mas não era só porque o som estava abafado, pensei.

— Preciso perguntar a Anne — disse Lawrence. — Ela pode se lembrar. Aliás, me parece haver um fato curioso que precisa de explicação. Mrs. Lestrange, a Dama Misteriosa de St. Mary Mead, fez uma visita ao velho Protheroe depois do jantar na quarta-feira à noite, e ninguém parece ter a mínima ideia do que se tratava. O velho Protheroe não disse nada à esposa, nem a Lettice.

— Talvez o pastor saiba — disse Miss Marple.

Ora, como a mulher sabia que eu tinha ido visitar Mrs. Lestrange naquela tarde? O jeito como sempre sabe das coisas é estranho.

Balancei a cabeça e disse que não podia esclarecer o assunto.

— O que o Inspetor Slack acha? — perguntou Miss Marple.

— Ele fez o possível para intimidar o mordomo, mas aparentemente o homem não estava curioso o suficiente para escutar atrás da porta. Então é isso… ninguém sabe.

— Imagino que alguém tenha ouvido alguma coisa, não é? — falou Miss Marple. — Quer dizer, alguém sempre ouve. Acho que é aí que Mr. Redding pode descobrir alguma coisa.

— Mas Mrs. Protheroe não sabe de nada.

— Eu não me referia a Anne Protheroe — disse Miss Marple. — Eu me referia às criadas. Elas odeiam contar qualquer coisa para a polícia. Mas a um jovem bonito… com sua licença, Mr. Redding… e um que foi injustamente suspeito… Ah! Tenho certeza de que lhe contariam na mesma hora.

— Vou tentar esta noite — replicou Lawrence, com vigor. — Obrigado pela dica, Miss Marple. Irei depois… bem, depois de um trabalhinho que o pastor e eu vamos fazer.

Ocorreu-me que era melhor irmos logo. Despedi-me de Miss Marple e entramos na floresta mais uma vez.

Primeiro, subimos a trilha até chegarmos a um novo ponto onde certamente parecia que alguém havia saído da trilha pelo lado direito. Lawrence explicou que já havia seguido aquela trilha em específico e que não levava a lugar nenhum, mas acrescentou que poderíamos tentar outra vez. Talvez ele estivesse errado.

Contudo, foi como disse. Após dez ou doze jardas, qualquer sinal de folhas quebradas e pisoteadas desapareceu. Foi desse ponto que Lawrence voltara até a trilha para me encontrar mais cedo, à tarde.

Voltamos ao caminho original e caminhamos um pouco mais. Outra vez chegamos a um lugar onde os arbustos pareciam remexidos. Os sinais eram muito tênues, mas, me ocorreu, inconfundíveis. Desta vez, a trilha era mais promissora. Por um caminho tortuoso, serpenteava cada vez mais perto da casa paroquial. Logo chegamos ao local onde os arbustos cresciam densamente até o muro. O muro era alto e ornamentado com fragmentos de garrafas quebradas no topo. Se alguém tivesse encostado uma escada nele, deveríamos encontrar vestígios de sua passagem.

Estávamos avançando lentamente ao longo do muro quando ouvimos o som de um galho quebrando. Segui adiante, forçando passagem por um denso emaranhado de arbustos — e dei de cara com o Inspetor Slack.

— Então é o senhor — disse ele. — E Mr. Redding. Agora, o que os dois cavalheiros acham que estão fazendo?

Um pouco desanimados, explicamos.

— Exatamente — prosseguiu o inspetor. — Não sendo estúpido, ao contrário do que pensam de nós inspetores, eu também tive a mesma ideia. Estou aqui há mais de uma hora. Gostariam de saber uma coisa?

— Sim — respondi, humildemente.

— Quem quer que tenha assassinado o Coronel Protheroe não veio por aqui! Não há nenhum sinal deste lado do muro, nem do outro. Quem o assassinou entrou pela porta da frente. Não havia outra maneira de ter vindo.

— Impossível! — exclamei.

— Impossível por quê? Sua porta fica aberta. Qualquer um só precisa entrar. Não tem como ser visto da cozinha. Eles sabem que o senhor está em segurança, fora do caminho, sabem que Mrs. Clement está em Londres, sabem que Mr. Dennis está em uma partida de tênis. Simples como o abecê. E não precisam ir ou vir pelo vilarejo. Bem em frente ao portão da casa paroquial há uma via pública, e dela se pode entrar nesta mesma mata e sair por qualquer caminho que escolher. A menos que Mrs. Price Ridley saísse pelo portão da frente naquele exato minuto, tudo estaria livre. Muito mais do que escalar muros. As janelas laterais do andar superior da casa de Mrs. Price Ridley dão para a maior parte daquela parede. Não, pode ter certeza, foi por ali que ele veio.

Realmente pareceu que devia estar certo.

Capítulo 17

O Inspetor Slack veio me ver na manhã seguinte. Creio que esteja mais aprazível comigo. Com o tempo, ele talvez esqueça o incidente do relógio.

— Bem, pastor — disse ele —, eu rastreei aquela ligação telefônica que o senhor recebeu.

— É mesmo? — respondi, ansioso.

— É muito estranho. Foi feita da Portaria Norte do Casarão. Mas aquela portaria fica vazia; os funcionários foram aposentados e os novos ainda não chegaram. O lugar estava vazio e era conveniente, uma janela nos fundos estava aberta. Não havia impressões digitais no aparelho de telefone. Elas foram limpas. Isso é sugestivo.

— Como assim?

— Quero dizer que mostra que a ligação foi feita deliberadamente para tirá-lo do caminho. Portanto, o assassinato foi cuidadosamente planejado. Se tivesse sido apenas uma brincadeira inofensiva, as impressões digitais não teriam sido apagadas com tanto cuidado.

— Entendo.

— Também mostra que o assassino conhecia bem o Casarão e seus arredores. Não foi Mrs. Protheroe quem fez a ligação. Anotei cada momento dela naquela tarde. Há outra meia dúzia de criados que podem jurar que ela ficou em casa até as 17h30.

Então, o carro chegou e levou o Coronel Protheroe e ela até o vilarejo. O coronel foi falar com Quinton, o veterinário, sobre um dos cavalos. Mrs. Protheroe fez alguns pedidos na mercearia e na peixaria, e de lá foi direto para a alameda dos fundos, onde Miss Marple a viu. Todas as lojas concordam que a mulher não carregava nenhuma bolsa. A velha senhora tinha razão.

— Ela geralmente tem — falei suavemente.

— E Mrs. Protheroe estava em Much Benham às 17h30.

— Exatamente — concordei. — Meu sobrinho também estava lá.

— Isso a descarta da lista de suspeitos. Com as criadas parece estar tudo certo... um pouco agitadas e incomodadas, mas o que se pode esperar? Claro, estou de olho no mordomo, com a coisa do aviso prévio e tudo mais. Mas acho que ele não sabe de nada.

— Suas investigações parecem ter tido um resultado bastante negativo, inspetor.

— Tiveram e não tiveram, senhor. Aconteceu uma coisa muito estranha... de forma bastante inesperada, eu diria.

— O quê?

— O senhor se lembra da confusão que Mrs. Price Ridley, que mora ao lado, estava causando ontem de manhã? Sobre ter sido chamada ao telefone?

— Sim?

— Bem, nós rastreamos a ligação só para acalmá-la... e de onde o senhor imagina que foi feita?

— De uma central telefônica? — arrisquei.

— Não, Mr. Clement. A chamada veio do chalé de Mr. Lawrence Redding.

— Como é?! — exclamei, surpreso.

— Sim. Um pouco estranho, não é? Mr. Redding não teve nada a ver com isso. Àquela hora, 18h30, ele estava a caminho do Javali Azul com o Dr. Stone e os dois foram vistos por todo o vilarejo. Mas foi o que aconteceu. Sugestivo, não?

Alguém entrou naquela casa vazia e usou o telefone, mas quem? São duas ligações estranhas em um dia. É de se pensar que há alguma conexão entre elas. Eu como meu chapéu se as duas não tiverem sido feitas pela mesma pessoa.

— Mas com qual objetivo?

— Bem, é isso que precisamos descobrir. Parece não haver nenhum propósito específico na segunda ligação, mas deve existir um motivo. E o senhor compreende o que isso significa? Um telefonema da casa de onde Mr. Redding costumava ligar. A pistola de Mr. Redding. Tudo isso levanta suspeitas sobre Mr. Redding.

— Teria feito mais sentido se a *primeira* ligação viesse da casa dele — objetei.

— Ah, mas eu tenho pensado nisso. O que Mr. Redding fazia na maioria das tardes? Ele ia até O Casarão e pintava Miss Protheroe. Ia de moto, passando pela Portaria Norte. Agora o senhor entende o motivo da ligação ter sido feita de lá. *O assassino é alguém que não sabia da briga e não podia prever que Mr. Redding não iria mais para o Casarão.*

Fiquei refletindo por um momento para deixar as observações do inspetor se fixarem em minha mente. Elas me pareciam lógicas e inegáveis.

— Havia alguma impressão digital no telefone da casa de Mr. Redding? — perguntei.

— Não — disse Slack, amargamente. — Aquela velha maldita que limpa a casa para ele já havia passado e tirado o pó ontem de manhã. — Ele refletiu com raiva por alguns minutos. — Ela é uma velha idiota, de qualquer forma. Não consegue lembrar quando viu a pistola pela última vez. Poderia ter estado lá na manhã do crime, ou não. Ela "não tem certeza se tem certeza". São todas iguais! Apenas para cumprir tabela, fui ver o Dr. Stone — continuou ele. — Devo dizer que foi o mais simpático possível. Ele e Miss Cram foram até aquele morro, ou túmulo, ou seja lá o que for, por volta das 14h30 de ontem, e ficaram lá a tarde toda. O Dr. Stone voltou sozinho, e ela veio mais tarde. O médico disse que não ouviu nenhum tiro, mas admite que estava distraído. Tudo isso confirma o que pensamos.

— Ainda assim — falei —, o senhor não pegou o assassino.

— Hum... — disse o inspetor. — Foi uma voz de mulher que o senhor ouviu ao telefone. Provavelmente a mesma voz de mulher que Mrs. Price Ridley ouviu. Se ao menos aquele tiro não tivesse sido dado tão perto do telefonema... bem, eu saberia onde procurar.

— Onde?

— Ah! É justamente isso que é melhor não dizer, senhor.

Sem hesitar, sugeri uma taça de vinho do Porto. Tenho uma garrafa de uma excelente safra. Onze horas da manhã não é a hora habitual de se beber vinho do Porto, mas não achei que isso importasse para o Inspetor Slack. Era, claro, uma crueldade com um Porto velho de tão boa safra, mas não se deve ter escrúpulos com essas coisas.

Quando o oficial terminou a segunda taça, começou a se soltar e a se tornar jovial. Esse era o efeito daquele vinho do Porto específico.

— Imagino que não teria problema contar para o senhor — disse ele. — Vai guardar segredo? Não deixe que isso circule pela paróquia.

Eu o tranquilizei.

— Já que tudo aconteceu em sua casa, é quase como se o senhor tivesse o direito de saber.

— É exatamente o que sinto — falei.

— Bem, então, senhor, e quanto à senhora que visitou o Coronel Protheroe na noite anterior ao assassinato?

— Mrs. Lestrange! — exclamei, falando muito alto para minha própria surpresa.

— Não tão alto, senhor. Mrs. Lestrange é a senhora em que estou de olho. O senhor se lembra do que lhe contei... chantagem.

— Dificilmente seria um motivo para assassinato. Não seria como matar a galinha dos ovos de ouro? Isto é, pressupondo que a hipótese seja verdadeira, o que não aceito nem por um minuto.

O inspetor deu uma piscadela para mim de modo vulgar.

— Ah! Ela é o tipo de pessoa que os cavalheiros sempre defendem. Agora, veja só, senhor. Vamos supor que no passado ela tenha chantageado com sucesso o velho cavalheiro. Passados alguns anos, ela ouve falar dele, vem aqui e tenta de novo. *Mas*, nesse meio-tempo, as coisas mudaram. A lei assumiu uma posição muito diferente. Hoje em dia, são dadas todas as facilidades a quem processa por chantagem... nomes não podem ser divulgados na imprensa. Suponha que o Coronel Protheroe se vire e diga que vai processá-la. Ela está em uma situação delicada. A sentença por chantagem é muito severa. A situação se inverteu. A única coisa a fazer para se salvar é livrar-se dele de uma vez por todas.

Fiquei em silêncio. Tive que admitir que o caso que o inspetor havia construído era plausível. Só uma coisa, na minha opinião, o tornava inadmissível: a personalidade de Mrs. Lestrange.

— Não concordo com o senhor, inspetor — falei. — Mrs. Lestrange não me parece uma chantagista em potencial. Ela é... bem, é uma palavra antiquada, mas é... uma dama.

Ele me lançou um olhar de pena.

— Ah! Bem, senhor — disse Slack, condescendente —, o senhor é um clérigo. Não sabe de metade das coisas. Uma dama, pois é! O senhor ficaria surpreso se soubesse algumas das coisas que eu sei. Não me refiro à mera posição social. De todo modo, eu imaginaria Mrs. Lestrange como uma *déclassée*. O que quero dizer é uma questão de... refinamento pessoal.

O senhor não a vê com os mesmos olhos que eu, senhor. Posso ser um homem, mas também sou policial. Essa gente não me engana com seu refinamento. Ora, aquela mulher é do tipo que enfia uma faca na gente sem pestanejar.

Curiosamente, eu conseguia acreditar que Mrs. Lestrange fosse culpada de assassinato com muito mais facilidade do que se fosse acusada de chantagem.

— Mas, claro, ela não poderia ter telefonado para a velhota e atirado no Coronel Protheroe ao mesmo tempo — continuou o inspetor.

As palavras mal tinham saído de sua boca quando ele bateu na perna ferozmente.

— Já sei! — exclamou. — Foi esse o objetivo do telefonema. Uma espécie de álibi. Sabia que o conectaríamos com o primeiro. Vou investigar isso. Ela pode ter subornado algum rapaz do vilarejo para fazer o telefonema por ela. *Ele* jamais pensaria em ligar isso ao assassinato.

O inspetor saiu apressado.

— Miss Marple quer ver o senhor — informou Griselda, enfiando a cabeça pela porta. — Ela mandou um bilhete muito incoerente… cheio de garranchos e sublinhados. Não consegui ler a maior parte. Aparentemente não pode sair de casa. Apresse-se e vá até lá ver logo o que ela quer. Minhas velhinhas chegarão em dois minutos, senão eu mesma iria. Detesto essas velhas… ficam nos falando de problemas nas pernas e às vezes insistem em mostrar pra gente. Que sorte que o inquérito será hoje à tarde. Você não precisará ter que ir assistir ao jogo de críquete do Clube de Garotos.

Saí rápido, pensando no motivo de ter sido chamado.

Encontrei Miss Marple no que, creio eu, pode ser descrito como um estado de agitação. Ela estava muito corada e um pouco incoerente.

— Meu sobrinho — falou ela. — Meu sobrinho, Raymond West, o escritor. Ele está vindo hoje. Tanta coisa a se fazer.

Preciso cuidar de tudo sozinha. Não se pode confiar em uma empregada para arejar direito uma cama, e, é claro, precisamos ter uma refeição com carne hoje à noite. Os homens precisam de tanta carne, não é mesmo? E bebida. Com certeza deve haver alguma bebida em casa… e um sifão.

— Se eu puder fazer alguma coisa… — comecei.

— Ah! Que gentileza. Mas não era isso que eu queria. Temos bastante tempo, na verdade. Ele traz seu próprio cachimbo e tabaco, fico feliz em dizer. Feliz porque me poupa de descobrir qual tipo de cigarro seria o certo a comprar. Mas é uma pena, porque demora muito para o cheiro sair das cortinas. Claro, eu abro a janela e as sacudo bem cedo todas as manhãs. Raymond acorda muito tarde… acho que os escritores costumam fazer isso. Ele escreve livros muito inteligentes, eu acho, embora as pessoas não sejam assim tão desagradáveis quanto faz parecer. Jovens inteligentes sabem tão pouco da vida, o senhor não acha?

— A senhora gostaria de trazê-lo para jantar na casa paroquial? — perguntei, ainda incapaz de compreender por que eu havia sido chamado.

— Ah! Não, obrigada — disse Miss Marple. — É muita gentileza sua — acrescentou ela.

— Havia… Hã… algo que a senhora queria que eu visse, creio — sugeri, ansioso.

— Ah! É claro. Com toda essa agitação, isso me escapou totalmente — interrompeu-se. Em seguida, chamou sua criada: — Emily… Emily. Esses lençóis, não. Os franzidos, com monogramas, e não os coloque tão perto do fogo.

Miss Marple fechou a porta e voltou para junto de mim na ponta dos pés.

— Uma coisa muito curiosa aconteceu ontem — explicou. — Imaginei que o senhor iria gostar de escutar sobre isso, ainda que na hora não parecesse fazer sentido. Eu custei a dormir na noite anterior… pensando em toda essa situação triste, e me levantei e olhei pela minha janela. E o que o senhor imagina que eu vi?

Eu a encarei, intrigado.

— Gladys Cram — disse Miss Marple, com grande ênfase. — Juro por Deus, entrando no bosque com uma maleta.

— Uma maleta?

— Não é extraordinário? O que ela iria querer com uma maleta no meio do bosque à meia-noite?

Nós nos encaramos.

— O senhor veja só — disse Miss Marple. — Ouso dizer que não tinha nada a ver com o assassinato. Mas é uma Coisa Peculiar. E, neste momento, sinto que todos nós devemos prestar atenção em Coisas Peculiares.

— Realmente extraordinário — falei. — Será que ela não estava indo... hã... dormir no túmulo, por acaso?

— Não dormiu, de modo algum — respondeu Miss Marple —, porque pouco tempo depois ela voltou, e não tinha a mala consigo.

Nós nos encaramos novamente.

Capítulo 18

O inquérito foi realizado naquela tarde (sábado), às catorze horas, no Javali Azul. Nem preciso dizer que a comoção local foi tremenda. Havia pelo menos quinze anos que não ocorria um homicídio em St. Mary Mead, e ter alguém como o Coronel Protheroe assassinado no escritório da casa paroquial é um banquete de sensações que raramente se oferece à população de um vilarejo.

Vários comentários chegaram a meus ouvidos, os quais eu provavelmente não deveria ter escutado.

— Lá está o pastor. Parece pálido, não é? Será que ele teve alguma participação nisso? Afinal, aconteceu na casa paroquial.

— Como pode dizer isso, Mary Adams? Ele estava visitando Henry Abbott na hora.

— Ah! Mas dizem que ele e o coronel tiveram um bate-boca. Lá está Mary Hill. Ela vive se achando por estar trabalhando lá. *Shh*, aí vem o magistrado.

O magistrado era o Dr. Roberts, da cidade vizinha, Much Benham. Ele pigarreou, ajustou os óculos e pareceu importante.

Recapitular todas as evidências seria cansativo. Lawrence Redding testemunhou ter encontrado o corpo e identificou a pistola como sua. Pelo que acreditava, havia visto a arma na terça-feira, dois dias antes. Ela estava guardada em uma prateleira em sua casa, cuja porta ficava habitualmente destrancada.

Mrs. Protheroe declarou que havia visto o marido pela última vez por volta das 17h45, quando se separaram na rua principal do vilarejo. Combinou de encontrá-lo na casa paroquial mais tarde. Fora à casa paroquial por volta das 18h15, passando pela alameda dos fundos e pelo portão do jardim. Não ouviu vozes no escritório e imaginou que a sala estivesse vazia, mas o marido poderia estar sentado à escrivaninha, e nesse caso ela não o teria visto. Pelo que sabia, o coronel estava em seu estado de saúde e humor habituais. Não conhecia nenhum inimigo que pudesse ter rancor dele.

Dei meu depoimento em seguida, contei sobre meu encontro com Protheroe e sobre ser chamado para a casa dos Abbott. Descrevi como encontrei o corpo e que chamei o Dr. Haydock.

— Quantas pessoas, Mr. Clement, sabiam que o Coronel Protheroe iria vê-lo naquela noite?

— Muitas, imagino. Minha esposa sabia, meu sobrinho, e o próprio Coronel Protheroe fizera alusão ao fato naquela manhã, quando o encontrei no vilarejo. Creio que várias pessoas podem tê-lo escutado, pois, sendo um pouco surdo, falava em um tom de voz alto.

— Então, era um assunto de conhecimento público? Qualquer um poderia saber?

Concordei.

A seguir veio Haydock. Ele era uma testemunha importante. O médico descreveu a aparência do corpo de modo técnico e cuidadoso, e as exatas feridas. Sua opinião era de que o falecido havia levado o tiro aproximadamente entre 18h20 e 18h30 — com certeza não depois de 18h35. Estava fora de questão. Ele tinha certeza e foi enfático neste ponto. Suicídio também não era uma opção, a ferida não poderia ter sido autoinfligida.

O depoimento do Inspetor Slack foi discreto e conciso. Ele descreveu como foi chamado e as circunstâncias em que encontrou o corpo. A carta inacabada foi apresentada e a hora nela, 18h20, anotada. O relógio também. Presumiu-se tacitamente que a hora da morte tivesse sido 18h22. A polícia não estava revelando nada. Anne Protheroe me contou depois que lhe disseram para sugerir um horário um pouco anterior às 18h20 para sua visita.

Nossa empregada, Mary, foi a testemunha seguinte, e mostrou-se um tanto truculenta. Ela não havia escutado nada, e não queria escutar nada. Não era como se os cavalheiros que iam ver o pastor costumassem levar tiros. Não levavam. Mary tinha o próprio trabalho com que se preocupar. O Coronel Protheroe havia chegado exatamente às 18h15. Não, não tinha olhado o relógio. Ela escutou o sino da igreja assim que o levou até o escritório. Mary não havia escutado nenhum tiro. E, se tivesse havido um tiro, ela teria escutado. Bem, é claro, sabia que devia ter havido um tiro, uma vez que o cavalheiro foi encontrado alvejado — mas era isso. Mary não havia escutado.

O magistrado não insistiu na questão. Concluí que ele e o Coronel Melchett haviam entrado em acordo.

Mrs. Lestrange havia sido intimada a depor, mas surgiu um atestado médico, assinado pelo Dr. Haydock, dizendo que estava muito doente para comparecer.

Restava só mais uma testemunha, uma velha senhora meio caduca. Aquela que, como dizia Slack, "limpava" a casa de Lawrence Redding.

A pistola foi mostrada a Mrs. Archer e ela a reconheceu como aquela que havia visto na sala de estar de Mr. Redding, "na prateleira da estante, onde ele a guardava meio de qualquer jeito". Ela a havia visto pela última vez no dia do assassinato. Sim — em resposta a mais uma pergunta —, Mrs. Archer tinha bastante certeza de que estava lá na hora do almoço na quinta-feira, às 12h45, quando foi embora.

Eu me lembrei do que o inspetor havia contado e fiquei levemente surpreso. Por mais vaga que a senhora tivesse sido quando ele a questionou, a mulher agora tinha bastante certeza quanto às respostas.

O magistrado encerrou de forma negativa, mas com bastante firmeza. O veredito foi dado quase de imediato: assassinato por pessoa ou pessoas desconhecidas.

Ao sair da sala, percebi um pequeno exército de rapazes de rostos brilhantes e alertas, e certa semelhança superficial entre eles. Eu conhecia muitos deles de vista, por terem assombrado a casa paroquial nos últimos dias. Tentando escapar, voltei para o Javali Azul e tive a sorte de dar de cara com o arqueólogo, Dr. Stone. Eu me juntei a ele sem cerimônia.

— Jornalistas — falei, breve e de modo expressivo. — O senhor consegue me livrar das garras deles?

— Claro, Mr. Clement. Venha comigo para o andar de cima.

Ele me conduziu pela escada estreita até sua sala de estar, onde Miss Cram estava sentada, digitando em uma máquina de escrever com habilidade. Ela me cumprimentou com um largo sorriso de boas-vindas e aproveitou a oportunidade para interromper o trabalho.

— É horrível, não é? — disse ela. — Quer dizer, não saber quem foi. Não que eu esteja desapontada com o inquérito. Foi sem graça, é o que eu diria. Nada que se possa chamar de empolgante, do começo ao fim.

— A senhorita estava lá, Miss Cram?

— Estava, sim. Imaginei que o senhor não tivesse me visto. Não me viu mesmo? Fico um pouco magoada com isso. Sim, de fato. Um cavalheiro, mesmo se for um pastor, não deveria ser tão negligente.

— O senhor também estava presente? — perguntei ao Dr. Stone, em um esforço para escapar daquela brincadeira.

Mulheres jovens como Miss Cram sempre fazem eu me sentir estranho.

— Não, receio que eu tenha muito pouco interesse em coisas assim. Sou um homem bastante absorto em meu próprio hobby.

— Deve ser um hobby muito interessante.

— O senhor conhece algo a respeito, talvez?

Fui obrigado a confessar que não sabia praticamente nada.

O Dr. Stone não era o tipo de homem que se intimida por uma confissão de ignorância. O resultado foi o mesmo que se eu tivesse dito que a escavação de túmulos era meu único passatempo. Ele se agitou e se enredou falando. Túmulos grandes, túmulos redondos, *kistvaens* e cromelequcs da Idade da Pedra, da Idade do Bronze, paleolíticos, neolíticos, tudo isso irrompeu em uma torrente. Eu tinha pouco a fazer a não ser balançar a cabeça e parecer inteligente — nesse último, talvez fosse um exagero de otimismo. O Dr. Stone continuou falando alto. Era um homem pequeno. Sua cabeça era redonda e calva, seu rosto, redondo e rosado, e ele sorria para a gente com o olhar, através de óculos de lentes grossas. Nunca havia conhecido um homem que se entusiasmasse tanto com tão pouco incentivo. Ele discutia todos os argumentos a favor e contra a própria teoria favorita — que, aliás, eu não conseguia entender!

O Dr. Stone detalhou longamente sua diferença de opinião com o Coronel Protheroe.

— Um bronco cheio de opiniões — comentou, com veemência. — Sim, sim, eu sei que ele está morto, e não se deve falar mal dos mortos. Mas a morte não altera os fatos. Um bronco cheio de opiniões é a descrição perfeita para ele. Só porque leu alguns livros, o coronel se põe como uma autoridade... contra um homem que fez do assunto o estudo de uma vida inteira. Minha vida inteira, Mr. Clement, foi dedicada a esse trabalho. Minha vida inteira...

Ele gaguejava de empolgação. Gladys Cram o trouxe de volta à realidade com uma frase concisa.

— Você vai perder o trem se não se apressar — observou ela.

— Ah! — O homenzinho parou no meio da fala e tirou um relógio do bolso. — Santo Deus. Quinze para as...? Impossível.

— Quando o senhor começa a falar, sempre perde a hora. O que faria sem mim para cuidar do senhor, eu realmente não sei.

— Certo, minha querida, certo. — O Dr. Stone deu um tapinha carinhoso em seu ombro. — Esta é uma mulher maravilhosa, Mr. Clement. Nunca esquece nada. Considero-me deveras afortunado por tê-la encontrado.

— Ah! Continue, Dr. Stone — disse a moça. — Está me bajulando.

Não conseguia deixar de sentir que eu deveria estar em condições de dar meu apoio à segunda linha de pensamento — aquela que previa o matrimônio legal como o futuro de Dr. Stone e Miss Cram. Imaginei que, a sua maneira, a jovem fosse bastante inteligente.

— É melhor o senhor ir andando — insistiu Miss Cram.

— Sim, sim, preciso mesmo. — Ele desapareceu na sala ao lado e voltou carregando uma mala.

— O senhor vai embora? — perguntei, um tanto surpreso.

— Vou só passar uns dias na cidade — explicou o arqueólogo. — Tenho que ver minha velha mãe amanhã e tratar de alguns assuntos com meus advogados na segunda-feira. Estarei de volta na terça. Aliás, suponho que a morte do Coronel Protheroe não fará diferença em nosso combinado. Quanto ao túmulo, quero dizer. Mrs. Protheroe não terá objeções em continuarmos o trabalho?

— Sou levado a crer que não.

Enquanto ele falava, me perguntei quem de fato teria autoridade no Casarão. Era possível que Protheroe a tivesse deixado para Lettice. Achei que seria interessante saber o conteúdo do testamento de Protheroe.

— Uma morte causa muitos problemas em uma família — observou Miss Cram, com certo prazer sombrio. — O senhor não acreditaria no tipo de ânimo desagradável que existe às vezes.

— Bem, eu realmente preciso ir.

O Dr. Stone fez tentativas ineficazes de dar conta da mala, um tapete grande e um guarda-chuva pesado. Fui em seu socorro. Ele protestou.

— Não se incomode… não se incomode. Eu consigo me virar perfeitamente. Sem dúvida, deve haver alguém lá embaixo.

Mas não havia nenhum vestígio de um empregado ou de qualquer outra pessoa no andar de baixo. Suspeito que estivessem bebendo à custa da imprensa. O tempo estava passando, então partimos juntos para a estação, o Dr. Stone carregando a mala e eu segurando o cobertor e o guarda-chuva.

O arqueólogo soltava comentários em meio à respiração ofegante enquanto nos apressávamos.

— É realmente muito gentil de sua parte… não tive a intenção… de incomodá-lo… Espero que não percamos… o trem… Gladys é uma boa menina… realmente uma menina maravilhosa… de natureza muito doce… não é muito feliz em casa, receio… absolutamente… tem um coração de criança… um coração de criança. Garanto-lhe que, apesar da… diferença de idade, temos muito em comum…

Senti que vários paralelos com conhecidos teriam ocorrido a Miss Marple se ela estivesse ali.

Vimos a casa de Lawrence Redding assim que viramos para a estação. A residência ficava em um local isolado, sem outras casas por perto. Observei dois jovens de aparência elegante parados na soleira da porta e mais alguns espiando pelas janelas. Era um dia movimentado para a imprensa.

— Bom sujeito, o jovem Redding — comentei, para ver o que meu companheiro diria.

Ele estava tão sem fôlego a essa altura que achou difícil dizer qualquer coisa, mas pronunciou uma palavra que a princípio não entendi direito.

— Perigoso — ofegou ele, quando pedi que repetisse o comentário.

— Perigoso?

— Muito perigoso. Garotas ingênuas... não sabem de nada... enganadas por um sujeito como aquele... sempre rondando mulheres... Nada bom.

Disso deduzi que o único homem jovem no vilarejo não havia passado despercebido pela bela Gladys.

— Nossa! — exclamou o Dr. Stone. — O trem!

Estávamos perto da estação a essa altura, e começamos a correr a toda velocidade. Um trem de partida estava parado na estação e um vindo de Londres se aproximava.

Na bilheteria, nós esbarramos em um rapaz bastante elegante, e reconheci o sobrinho de Miss Marple, que acabava de chegar. Acho que é um jovem que não gosta que esbarrem nele. Orgulha-se de sua postura e seus ares de desapego, e não há dúvida de que o contato vulgar é prejudicial a qualquer tipo de postura. Ele cambaleou para trás. Pedi desculpas apressadamente e entramos. O Dr. Stone subiu no trem e eu lhe entreguei sua bagagem no momento em que a locomotiva deu um solavanco involuntário e começou a andar.

Acenei para ele e então me virei. Raymond West já havia partido, mas nosso farmacêutico local, abençoado pelo nome de Querubim, estava indo em direção ao vilarejo. Caminhei ao lado dele.

— Essa foi por pouco — observou. — Bem, como foi o inquérito, Mr. Clement?

Dei-lhe o veredito.

— Ah! Então foi isso o que aconteceu. Eu achei que esse seria o veredito. Para onde o Dr. Stone vai?

Repeti o que ele havia me dito.

— Foi sorte não ter perdido o trem. Embora com essa linha nunca se sabe. Eu lhe digo, Mr. Clement, é uma pena. Uma vergonha, é como eu chamo. O trem que peguei estava dez minutos atrasado. E isso em um sábado sem trânsito. E na quarta-feira... não, quinta-feira... sim, foi quinta-feira... lembro que era o dia do assassinato porque eu pretendia escrever uma queixa fortíssima para a companhia... e o homicídio do coronel me fez esquecer disso... sim, quinta-feira passada. Eu tinha ido a uma reunião da Sociedade Farmacêutica. E o quão atrasado o senhor acha que o trem das 18h50 estava? *Meia hora*. Exatamente meia hora! O que o senhor acha disso? Dez minutos, eu não me importo, mas, se o trem só chega às 19h20, bem, a gente não consegue chegar em casa antes das 19h30. O que eu quero dizer é: por que chamar de trem das 18h50?

— Exatamente — concordei, e desejando escapar do monólogo, o interrompi com a desculpa de que tinha algo para falar com Lawrence Redding, que vi se aproximando de nós do outro lado da rua.

Capítulo 19

— Fico muito feliz em encontrá-lo — disse Lawrence. — Venha até minha casa.

Entramos pelo pequeno portão rústico, subimos a trilha, então ele tirou a chave do bolso e a inseriu na fechadura.

— O senhor mantém a porta trancada, agora — observei.

— Sim. — Lawrence riu com amargura. — É como trancar a porta da cocheira depois que o cavalo já fugiu, não acha? É mais ou menos isso. Sabe, pastor — disse, segurando a porta aberta, pela qual entrei —, há algo nessa história toda de que não gosto. Parece como algo feito... como posso dizer... algo feito por uma pessoa que sabia de tudo. Alguém sabia sobre minha pistola. Isso significa que o assassino, quem quer que seja, deve ter estado nesta casa, talvez até tenha tomado uma bebida comigo.

— Não necessariamente — objetei. — É provável que todo o vilarejo de St. Mary Mead saiba o exato local onde o senhor guarda sua escova de dentes e que tipo de pasta de dentes o senhor usa.

— Mas por que isso lhes interessaria?

— Não sei — falei —, mas interessa. Se o senhor mudar seu creme de barbear, isso será assunto.

— Devem estar com muita falta de assunto.

— Estão. Nada de empolgante acontece aqui.

— Bem, aconteceu agora... e veio com tudo.

Eu concordei.

— E quem conta todas essas coisas a eles, afinal? Do creme de barbear e coisas assim?

— Provavelmente a velha Mrs. Archer.

— Aquela velha? Ela é uma burra, pelo que percebi.

— Isso é apenas a camuflagem dos pobres — expliquei. — Eles se refugiam atrás de uma máscara de estupidez. O senhor logo descobrirá que a velha senhora tem a cabeça no lugar. Aliás, ela agora parece muito certa de que a pistola estava no devido lugar ao meio-dia de quinta-feira. O que a fez ter tanta certeza de repente?

— Não faço a menor ideia.

— O senhor acha que ela está certa?

— Mais uma vez, não tenho a menor ideia. Não costumo fazer um inventário de meus pertences todos os dias.

Olhei ao redor da pequena sala de estar. Cada prateleira e mesa estava coberta de artigos diversos. Lawrence vivia em meio a uma desordem artística que me teria deixado completamente louco.

— Às vezes dá um pouco de trabalho encontrar as coisas — disse ele, observando meu olhar. — Por outro lado, tudo está à mão, nada é guardado.

— Nada está guardado, isso é certo — concordei. — Talvez tivesse sido melhor se a pistola estivesse.

— Sabe, eu esperava que o magistrado dissesse algo assim. Magistrados são uns idiotas. Eu esperava ser repreendido, ou seja lá como chamam.

— A propósito — falei —, estava carregada?

Lawrence balançou a cabeça.

— Não sou tão descuidado assim. Estava descarregada, mas havia uma caixa de cartuchos ao lado.

— Parece que estava carregada em todas as seis câmaras e um tiro havia sido disparado.

Lawrence assentiu.

— E de quem foi a mão que a disparou? Tudo está bem, senhor, mas, a menos que o verdadeiro assassino seja descoberto, serei suspeito do crime até o fim de meus dias.

— Não diga isso, meu rapaz.

— Claro que digo.

Ele ficou em silêncio, franzindo a testa. Finalmente se recompôs e disse:

— Mas deixe-me contar como me saí ontem à noite. Sabe, a velha Miss Marple sabe uma coisinha ou duas.

— Acho que ela é bastante impopular por causa disso.

Lawrence continuou contando sua história.

Seguindo o conselho de Miss Marple, ele fora até o Casarão. Lá, com a ajuda de Anne, tivera uma conversa com a copeira. Anne dissera apenas:

— Mr. Redding gostaria de lhe fazer algumas perguntas, Rose.

Em seguida, saiu da sala.

Lawrence se sentira um tanto nervoso. Rose, uma bela moça de 25 anos, o fitava com um olhar límpido que lhe pareceu bastante desconcertante.

— É... é sobre a morte do Coronel Protheroe.

— Sim, senhor.

— Estou muito ansioso, veja bem, para descobrir a verdade.

— Sim, senhor.

— Sinto que pode haver... que alguém pode... que... que pode haver algum incidente...

Nesse ponto, Lawrence sentiu que não estava se cobrindo de glórias e amaldiçoou de todo o coração Miss Marple e suas sugestões.

— Será que a senhorita poderia me ajudar?

— Sim, senhor?

O comportamento de Rose era o de uma criada perfeita, educada, ansiosa para ajudar e completamente desinteressada.

— Raios — disse Lawrence —, vocês não conversaram sobre isso na sala dos criados?

Esse método de ataque deixou Rose um pouco perturbada. Sua postura impecável foi abalada.

— Na sala dos criados, senhor?

— Ou na sala da governanta, ou no abrigo do lacaio, ou onde quer que vocês conversem? Deve haver *algum* lugar.

Rose demonstrou uma leve vontade de rir, e Lawrence se sentiu encorajado.

— Veja bem, Rose, você é uma mulher muito gentil. Tenho certeza de que entende como estou me sentindo. Não quero ser enforcado. Eu não matei seu patrão, mas muita gente pensa que matei. Você não pode me ajudar de alguma forma?

Posso imaginar, a essa altura, que Lawrence devia estar com uma aparência muito atraente. Sua bela cabeça jogada para trás, seus olhos azuis irlandeses, suplicantes. Rose amoleceu e concordou.

— Ah, senhor! Com certeza... se alguma de nós pudesse ajudar de alguma forma... Nenhum de nós acha que o senhor fez isso. De fato, não achamos.

— Eu sei, minha querida, mas isso não vai me ajudar com a polícia.

— A polícia! — Rose sacudiu a cabeça. — Posso lhe dizer, senhor, que não temos grande consideração por aquele inspetor. Slack, é como ele se chama. A polícia, sinceramente...

— Mesmo assim, a polícia é muito poderosa. Agora, Rose, você diz que fará o possível para me ajudar. Não consigo deixar de sentir que ainda há muita coisa que não sabemos. Aquela senhora, por exemplo, que esteve com o Coronel Protheroe na noite anterior a sua morte.

— Mrs. Lestrange?

— Sim, Mrs. Lestrange. Não consigo deixar de sentir que havia algo muito estranho naquela visita dela.

— Sim, de fato, senhor, foi o que todos nós dissemos.

— Foi?

— Vindo do jeito que ela veio, e pedindo para falar com o coronel. E é claro que tem havido muito falatório... ninguém sabe nada a respeito dela por aqui. E Mrs. Simmons, a governanta, senhor, ela é da opinião de que a mulher não prestava. Mas, depois de ouvir o que Gladdie disse, bem, eu não sei o que pensar.

— O que foi que Gladdie disse?

— Ah, nada, senhor! Foi só que... nós estávamos conversando, o senhor sabe.

Lawrence a encarou. Sentiu que ela estava escondendo algo.

— Eu muito me pergunto a respeito da conversa dela com o Coronel Protheroe.

— Sim, senhor.

— Imagino que você saiba, Rose.

— Eu? Ah, não, senhor! De fato, eu não sei. Como poderia?

— Veja, Rose. Você disse que iria me ajudar. Se você escutou alguma coisa, qualquer coisa... pode ter sido importante, ou mesmo algo banal... eu seria imensamente grato a você. Afinal, qualquer um poderia... por acaso... só *por acaso*, ter escutado alguma coisa.

— Mas não escutei, senhor, de verdade. Não escutei.

— Então outra pessoa escutou — disse Lawrence, com astúcia.

— Bem, senhor...

— Conte-me, Rose.

— Eu não sei o que Gladdie iria achar.

— Ela iria querer que você me contasse. Quem é Gladdie, por sinal?

— Ela é a ajudante da cozinha, senhor. E veja, ela só tinha saído para conversar com um amigo, estava passando pela janela... a janela do escritório... e o patrão estava lá com aquela senhora. E é claro, ele falava muito alto, o patrão sempre falava alto. E, claro, sentindo-se um pouco curiosa... digo...

— Totalmente natural — afirmou Lawrence. — Digo, a pessoa apenas escutaria.

— Mas é claro que ela não contou para ninguém, exceto para mim. E nós duas achamos muito estranho. Mas Gladdie não podia dizer nada, entende? Porque, se soubessem que ela tinha saído para encontrar... um... um amigo... bem, isso teria causado muitos problemas com Mrs. Pratt, que é a cozinheira, senhor. Mas tenho certeza de que ela lhe contaria qualquer coisa, senhor, se quisesse.

— Bem, posso ir até a cozinha falar com ela?

Rose ficou horrorizada com a sugestão.

— Ah, não, senhor, isso nunca seria possível! Gladdie é uma garota muito nervosa.

Por fim, o assunto foi resolvido, depois de muito debate sobre os pontos mais difíceis, e um encontro clandestino foi marcado no bosque.

Ali, no devido tempo, Lawrence foi confrontado pela nervosa Gladdie, que ele descreveu como se parecendo mais com um coelho tremendo do que com um ser humano. Dez minutos foram gastos tentando tranquilizar a garota, enquanto Gladdie, tremendo, explicava que nunca poderia — que não deveria —, que não achava que Rose a entregaria, que de qualquer forma não tinha a intenção de agir mal, na verdade, não tinha, e que sua situação se complicaria caso Mrs. Pratt algum dia ouvisse sobre isso.

Lawrence a tranquilizou, implorou, persuadiu, e a jovem finalmente consentiu em falar.

— Se o senhor tiver certeza de que isso não vai se espalhar, senhor.

— Claro que não vai.

— E isso não será usado contra mim em um tribunal?

— Nunca.

— E o senhor não vai contar para a patroa?

— De jeito nenhum.

— Se chegasse aos ouvidos de Mrs. Pratt...

— Não vai. Agora me conte, Gladdie.

— O senhor tem certeza de que está tudo bem?

— Claro que está. Você ficará feliz por um dia ter me salvado da forca.

Gladys deu um gritinho.

— Ah! De fato, eu não gostaria disso, senhor. Bem, eu escutei muito pouca coisa... e foi apenas por acaso, como o senhor imagina...

— Eu entendo perfeitamente.

— Mas o patrão, ele estava com certeza muito zangado. "Depois de todos esses anos", era o que estava dizendo, "você ousa vir aqui...", "é um ultraje...". Eu não conseguia ouvir o que a dama dizia, mas depois de um tempo ele falou: "Eu me recuso terminantemente... terminantemente..." Não consigo me lembrar de tudo, parecia que estavam discutindo furiosamente, a mulher querendo que ele fizesse alguma coisa e o coronel se recusando. "É uma vergonha que você tenha vindo aqui", foi uma das coisas que ele disse. E "Você não pode vê-la... eu proíbo...", e isso me fez aguçar os ouvidos. Parecia que a dama queria contar alguma coisa a Mrs. Protheroe, e ele estava com medo disso. E eu pensei comigo mesma: "Ora, imagine só o patrão. Ele, que é tão exigente. E nem é assim tão bonito, afinal. Imagine só!" "Os homens são todos iguais", falei a meu amigo mais tarde. Não que ele concordasse. Sim, ele discordou, mas admitiu que ficou surpreso com o Coronel Protheroe, sendo o zelador da igreja, passando a caixinha da coleta e lendo os sermões aos domingos. "Mas então", eu falei, "com frequência esses costumam ser os piores." Pois foi isso que ouvi minha mãe dizer, muitas vezes.

Gladdie fez uma pausa, sem fôlego, e Lawrence tentou, com tato, voltar ao ponto inicial da conversa.

— Ouviu mais alguma coisa?

— Bem, é difícil lembrar exatamente, senhor. Era tudo a mesma coisa. O coronel disse uma ou duas vezes: "Não acredito." Simples assim. "Seja lá o que Haydock disser, eu não acredito."

— Ele disse isso? "Seja lá o que Haydock disser"?

— Sim. E falou que era tudo uma tramoia.

— Você não ouviu a mulher falar nada?

— Só no final. Ela deve ter se levantado para ir até a janela, e eu ouvi o que ela disse. Fez meu sangue gelar. Nunca vou esquecer. "*A esta hora amanhã à noite, você pode já estar morto*", falou. Foi perverso, o modo como disse. Assim que soube das notícias, "pronto", falei para Rose. "Pronto!"

Lawrence ficou pensando. Sobretudo, se perguntava até que ponto a história de Gladys era confiável. Ainda que no geral verdadeira, suspeitava de que tivesse sido embelezada e polida desde o assassinato. Em especial, duvidava da exatidão da última observação. Lawrence achava altamente possível que ela se devesse apenas ao assassinato.

Ele agradeceu a Gladys, recompensou-a adequadamente, tranquilizou-a quanto ao fato de seus delitos serem revelados a Mrs. Pratt e deixou o Casarão com muito no que pensar.

Uma coisa estava clara: o encontro de Mrs. Lestrange com o Coronel Protheroe certamente não fora pacífico, e havia sido um encontro que ele desejara manter longe do conhecimento de sua esposa.

Pensei no administrador da igreja mencionado por Miss Marple, com sua segunda casa. Seria este um caso semelhante àquele?

Eu me perguntei mais do que nunca onde Haydock se encaixava naquilo. Ele havia poupado Mrs. Lestrange de ter que prestar depoimento no inquérito. Fizera o possível para protegê-la da polícia.

Até onde Haydock levaria essa proteção?

Supondo que suspeitasse de um crime da parte dela, ele ainda tentaria protegê-la?

Ela era uma mulher interessante, uma mulher com um charme magnético muito forte. Eu mesmo odiava a ideia de associá-la ao crime de alguma forma.

Algo em mim dizia: "Não pode ser ela!" Mas por quê?

E um diabinho em minha mente respondeu: "Porque ela é uma mulher muito bonita e atraente. É por isso."

Como diria Miss Marple, há muita natureza humana em todos nós.

Capítulo 20

Quando voltei para a casa paroquial, descobri que estávamos no meio de uma crise doméstica.

Griselda me encontrou no corredor e, com lágrimas nos olhos, me arrastou para a sala de estar.

— Ela vai embora.

— Quem vai embora?

— Mary. Ela pediu demissão.

Eu realmente não conseguia aceitar o anúncio com um espírito de tragédia.

— Bem — disse —, teremos que contratar outra criada.

A mim parecia algo perfeitamente razoável de se dizer. Quando uma criada vai embora, você contrata outra. Não conseguia entender o olhar de reprovação de Griselda.

— Len… você é tão insensível. Você não se importa.

Eu não me importava. Na verdade, eu me sentia quase de coração leve com a perspectiva de não haver mais pudins queimados e vegetais malcozidos.

— Vou ter que procurar uma moça, encontrar uma e treiná-la — continuou Griselda, com uma voz aguda de autopiedade.

— Mary é treinada? — perguntei.

— Claro que ela é.

— Suponho — acrescentei — que alguém a ouviu se dirigir a nós como “senhor” ou “senhora” e imediatamente a arrancou de nós a tomando como exemplar. Só posso dizer que ficarão decepcionados.

— Não é isso — disse Griselda. — Ninguém quer ela. Nem vejo como iriam querer. São os sentimentos dela. Eles foram feridos porque Lettice Protheroe disse que ela não limpa a casa direito.

Griselda costuma fazer declarações surpreendentes, mas me pareceu tão surpreendente que a questionei. A mim parecia a coisa mais improvável do mundo que Lettice Protheroe se desse ao trabalho de interferir em nossos assuntos domésticos e repreendesse nossa empregada por seu trabalhos desleixado. Era completamente atípico de Lettice, e falei isso.

— Não vejo o que nossa poeira tem a ver com Lettice Protheroe — comentei.

— Absolutamente nada — respondeu minha esposa. — É por isso que é tão irracional. Gostaria que você falasse pessoalmente com Mary. Ela está na cozinha.

Eu não tinha nenhuma vontade de falar com a jovem sobre o assunto, mas Griselda, que é muito enérgica e rápida, de pronto me empurrou pela porta de baeta, assim feita para abafar o ruído cozinha adentro, antes que eu tivesse tempo de me rebelar.

Mary estava descascando batatas na pia.

— Ahn... boa tarde — cumprimentei, nervoso.

Ela olhou por cima do ombro e bufou, mas não respondeu.

— Mrs. Clement me disse que você deseja nos deixar — falei.

Mary se dignou a responder.

— Há certas coisas — disse ela, em um tom sombrio — que nenhuma mulher pode ser obrigada a tolerar.

— Poderia ser mais clara, por favor?

— Como é?

— Pode me dizer exatamente o que a aborreceu?

— Posso dizer isso em duas palavras. — (Aqui, devo dizer, ela se subestimou enormemente.) — Pessoas vindo bisbilhotar por aqui quando estou de costas. Fuxicando. E o que ela tem a ver com isso, com a frequência que o escritório é limpo ou arrumado? Se o senhor ou a patroa não reclamarem, não é da conta de mais ninguém. Se dou satisfações ao senhor, é só isso que importa, é o que eu digo.

Mary nunca me deu nenhuma satisfação. Confesso que anseio por um cômodo completamente limpo e arrumado todas as manhãs. O hábito de Mary de tirar a poeira apenas dos lugares mais óbvios nas mesas baixas é, a meu ver, completamente inadequado. No entanto, percebi que, no momento, não adiantava entrar em questões secundárias.

— E ainda tive que ir àquele inquérito, não foi? Diante de doze homens, uma mulher respeitável como eu! E quem saberia que perguntas iam fazer? Vou dizer uma coisa ao senhor. Nunca estive em um lugar onde houvesse um assassinato na casa, e nunca mais quero estar de novo.

— Espero que não — falei. — Pela lei das probabilidades, eu diria que é bastante improvável.

— Não concordo com a lei. *Ele* era magistrado. Muitos pobres coitados foram presos por caçar coelhos, e aquele homem lá, com seus faisões e tudo o mais. E aí, antes mesmo de um sepultamento decente, aquela filha dele aparece e diz que eu não faço meu trabalho direito.

— Quer dizer que Miss Protheroe esteve aqui?

— Encontrei-a aqui quando voltei do Javali Azul. Ela estava no escritório. E disse: "Ah! Estou procurando minha boina amarela, um chapeuzinho amarelo. Deixei aqui outro dia." "Bem", eu falei, "não vi chapéu nenhum. Não estava aqui quando limpei o quarto na quinta-feira de manhã." E ela disse: "Ah! Mas ouso dizer que você não a veria. Não costuma gastar muito tempo limpando uma sala, não é?" E com isso ela arrastou o dedo pela prateleira da lareira e ficou me olhando. Como se eu tivesse tempo em uma manhã como esta para tirar todos aqueles enfeites e colocá-los de volta, com a polícia só destrancando o quarto na noite anterior. "Se o pastor e sua senhora estão satisfeitos, acho que é só isso que importa, senhorita", falei. E ela riu, saiu pela porta de vidro e disse: "Ah! Mas tem certeza de que estão?"

— Compreendo — falei.

— E é isso! Sou uma moça sensível! Eu com certeza iria trabalhar até cansar os dedos para o senhor e a patroa. E quando ela quer que eu tente fazer um prato novo, estou sempre pronta para tentar.

— Tenho certeza de que sim — concordei, tranquilizando-a.

— Mas ela deve ter escutado alguma coisa, senão não teria dito o que disse. E se não me derem satisfações, prefiro ir embora. Não que eu dê a mínima importância ao que Miss Protheroe diz. Ela não é benquista lá no Casarão, isso posso garantir. Nunca diz "por favor" ou "obrigada", e deixa tudo espalhado para todos os lados. Eu mesma não daria a mínima para Miss Lettice Protheroe, apesar de Mr. Dennis ser tão apaixonado por ela. Mas ela é do tipo que sempre consegue conquistar um jovem cavalheiro.

Durante tudo isso, Mary estava arrancando os brotos das batatas com tanta energia que eles estavam voando pela cozinha feito granizo. Nesse momento, um deles me atingiu no olho e causou uma pausa momentânea na conversa.

— Você não acha — comentei, enquanto enxugava o olho com o lenço — que tem estado inclinada demais a se ofender quando não é para tanto? Sabe, Mary, sua patroa vai sentir muito por perdê-la.

— Não tenho nada contra a patroa... nem contra o senhor, aliás.

— Bem, então, não acha que está sendo um pouco boba?

Mary fungou.

— Fiquei um pouco chateada... depois do inquérito e tudo. E sou uma moça sensível, mas não gostaria de causar transtornos à patroa.

— Então está tudo bem.

Saí da cozinha e encontrei Griselda e Dennis me esperando no corredor.

— Então? — perguntou minha esposa.

— Ela vai ficar — disse, suspirando.

— Len, você foi esperto.

Eu me senti inclinado a discordar dela. Não me achava esperto. Sou da firme opinião de que nenhuma criada poderia ser pior do que Mary. Qualquer mudança, acho, teria sido para melhor.

Mas gosto de agradar Griselda. Detalhei os pontos principais da queixa de Mary.

— Típico de Lettice — comentou Dennis. — Ela não poderia ter deixado aquela boina amarela aqui na quarta-feira. Ela a estava usando para jogar tênis na quinta.

— Isso me parece o mais provável.

— Ela nunca sabe onde deixa as coisas — disse meu sobrinho, com uma espécie de orgulho e admiração afetuosos que achei totalmente desnecessários. — Ela perde cerca de uma dúzia de coisas todos os dias.

— Uma característica notavelmente atraente — observei.

Qualquer sarcasmo passou despercebido por Dennis.

— Ela é atraente — concordou ele, com um suspiro profundo. — As pessoas estão sempre a pedindo em casamento… ela me disse isso.

— Devem ser propostas ilícitas, se são feitas a ela aqui — comentei. — Não temos nenhum jovem neste vilarejo.

— Há o Dr. Stone — disse Griselda, com os olhos brilhando.

— Ele a convidou para ver o túmulo outro dia — admiti.

— Claro que convidou — falou Griselda. — Ela *é* atraente, Len. Mesmo arqueólogos carecas percebem isso.

— Muito *sex appeal* — observou Dennis, com sabedoria.

E, contudo, Lawrence Redding parece ser completamente imune ao charme de Lettice. Griselda, porém, explicou isso com ares de quem sabe estar certa.

— Lawrence também tem bastante *sex appeal*. Esse tipo sempre gosta… como posso colocar… do tipo religiosa. Muito reprimida e difícil. O tipo de mulher que todos chamariam de fria. Acho que Anne é a única mulher que poderia dar conta de Lawrence. Acredito que nunca iriam se cansar um do outro. Ao mesmo tempo, acho que ele tem sido muito idiota, de certo modo. Lawrence usou Lettice, sabe? Talvez nem sequer sonhe que ela gosta dele… O homem é terrivelmente modesto. Mas tenho a impressão de que Lettice gosta.

— Ela não suporta ele — contou Dennis, com firmeza. — Ela me disse.

Nunca vi nada parecido com o silêncio piedoso com que Griselda recebeu esse comentário.

Entrei em meu escritório. Em minha imaginação, ainda havia uma sensação um tanto estranha na sala, e eu sabia que precisava superar isso. Uma vez que me entregasse a esse sentimento, provavelmente nunca mais usaria o escritório. Caminhei pensativo até a escrivaninha. Protheroe estivera sentado ali, com o rosto vermelho, vigoroso, presunçoso, e ali, em um instante, ele foi abatido. Bem ali, onde eu estava, um inimigo havia se posicionado…

E então Protheroe deixou de existir…

Ali estava a caneta que seus dedos seguraram.

No assoalho havia uma leve mancha escura — o tapete havia sido lavado, mas o sangue havia impregnado os fios.

Tive um calafrio.

— Não consigo usar esta sala — falei em voz alta. — Não consigo.

Então, algo chamou minha atenção: um mero ponto azul brilhante. Eu me abaixei. Entre o chão e a escrivaninha, vi um pequeno objeto. Peguei-o.

Eu estava parado, olhando-o ele na palma da mão, quando Griselda entrou.

— Esqueci de lhe dizer, Len. Miss Marple quer que a gente vá lá hoje à noite, depois do jantar. Para entreter o sobrinho. Ela tem medo de ele ficar entediado. Falei que iríamos.

— Muito bem, minha querida.

— O que você está olhando?

— Nada.

Fechei a mão e, olhando para minha esposa, observei:

— Se você não divertir o ilustre Raymond West, minha querida, ele deve ser muito difícil de agradar.

— Não seja ridículo, Len — disse Griselda, e ficou vermelha.

Ela saiu outra vez, e eu abri a mão.

Na palma havia um brinco de lápis-lazúli azul cravejado em pérolas miúdas.

Era uma joia bastante incomum, e eu sabia muito bem onde a tinha visto pela última vez.

Capítulo 21

Não posso dizer que tenha tido, em algum momento, grande admiração por Mr. Raymond West. Sei que ele é considerado um romancista brilhante e que ganhou grande fama como poeta. Seus poemas não têm letras maiúsculas, o que, acredito, é a essência da modernidade. Seus livros são sobre pessoas desagradáveis que levam vidas de uma monotonia insuperável.

Mr. West tem uma afeição tolerante pela "tia Jane", a quem se refere, em sua presença, como uma "sobrevivente".

Ela ouve sua conversa com um interesse lisonjeiro, e se às vezes há um brilho divertido em seus olhos, tenho certeza de que o sobrinho nunca percebe.

Ele grudou em Griselda de imediato, de um modo abrupto e elogioso. Discutiram peças modernas e, dali, passaram a projetos contemporâneos de decoração. Griselda finge rir de Raymond West, mas acho que é suscetível à conversa dele.

Em intervalos de minha conversa (sem graça) com Miss Marple, ouvi de vez em quando a repetição "você está presa nesse fim de mundo".

Isso começou enfim a me irritar.

— Imagino que o senhor nos considere muito atrasados por aqui, não é? — falei, de súbito.

Raymond West gesticulou com o cigarro.

— Eu considero St. Mary Mead — comentou ele, com autoridade — um lago de águas paradas.

Ele olhou para nós, preparado para o ressentimento diante de sua declaração, mas, de certa forma, creio que para seu desgosto, ninguém se mostrou incomodado.

— Essa não é realmente uma comparação muito boa, caro Raymond — disse Miss Marple rapidamente. — Nada, creio eu, é tão cheio de vida sob o microscópio quanto uma gota d'água de uma poça estagnada.

— Há vida... de certa forma — admitiu o romancista.

— É tudo vida, na verdade, não é? — disse Miss Marple.

— Você se compara a um habitante de uma lagoa estagnada, tia Jane?

— Meu querido, você disse algo parecido em seu último livro, pelo que lembro.

Nenhum jovem inteligente gosta de ter suas obras citadas contra si mesmo. Raymond West não era exceção.

— Isso foi completamente diferente — retrucou ele.

— Afinal, a vida é praticamente igual em todos os lugares — disse Miss Marple com sua voz plácida. — Você sabe, nascer, crescer... e entrar em contato com outras pessoas... ser chacoalhado... e depois se casar e ter mais filhos...

— E finalmente a morte — completou Raymond West. — E nem sempre a morte com atestado de óbito. Morte em vida.

— Falando em morte — disse Griselda. — Sabia que tivemos um assassinato aqui?

Raymond West afastou o assunto do homicídio com um aceno de seu cigarro.

— Assassinatos são tão vulgares — argumentou. — Não tenho nenhum interesse neles.

Essa afirmação não me convenceu nem por um instante. Dizem que o mundo inteiro adora um amante — aplique esse ditado a um assassinato e terá uma verdade ainda mais infalível. Ninguém consegue não se interessar por um assassinato.

Pessoas simples como Griselda e eu podemos admitir isso, mas alguém como Raymond West precisa fingir estar entediado — ao menos nos primeiros cinco minutos.

Miss Marple, no entanto, entregou o sobrinho ao comentar:

— Raymond e eu não conversamos sobre outra coisa durante todo o jantar.

— Tenho grande interesse por todas as notícias locais — acrescentou Raymond, apressado.

Ele sorriu benigna e tolerantemente para Miss Marple.

— O senhor tem uma teoria, Mr. West? — perguntou Griselda.

— Lógico — disse Raymond West, agitando o cigarro de novo —, apenas uma pessoa poderia ter matado Protheroe.

— Quem? — indagou Griselda.

Aguardamos suas palavras com lisonjeira expectativa.

— O pastor — afirmou Raymond, apontando um dedo acusador para mim.

Eu respirei fundo.

— Claro, sei que o senhor não fez isso. — Ele me tranquilizou. — A vida nunca é o que deveria ser. Mas imagine o drama, como se encaixa bem, o administrador da igreja assassinado no escritório do pastor pelo pastor. Maravilhoso!

— E o motivo? — perguntei.

— Ah! Isso é interessante. — Raymond West se endireitou na cadeira, deixando seu cigarro apagar. — Complexo de inferioridade, creio. Muitas inibições, possivelmente. Eu gostaria de escrever a história do caso. Muito complexo. Semana após semana, ano após ano, ele convive com o homem… nas reuniões da sacristia… nos passeios dos meninos do coro… fazendo a coleta da caixinha… levando ao altar. Sempre desgostou do homem… e sempre sufocou seu desgosto. É pouco cristão, não quer alimentá-lo. E então fica se remoendo, até que um dia…

Raymond fez um gesto expressivo. Griselda se voltou para mim.

— Você já se sentiu assim, Len?

— Nunca — respondi, com sinceridade.

— Contudo, ouvi dizer que, não faz muito tempo, o senhor desejou que ele fosse embora deste mundo — observou Miss Marple.

(Aquele maldito Dennis! Mas era minha culpa, claro, por ter feito tal comentário.)

— Receio que sim — falei. — Foi um comentário estúpido, mas eu realmente havia tido uma manhã cansativa com ele.

— Isso é decepcionante — disse Raymond West. — Porque, é claro, se seu inconsciente estivesse mesmo planejando acabar com ele, nunca teria lhe permitido fazer esse comentário.

O escritor suspirou.

— Minha teoria cai por terra. Provavelmente se trata de um assassinato bem comum... um ladrão de caça qualquer, ou algo do tipo.

— Miss Cram veio me ver esta tarde — comentou Miss Marple. — Eu a encontrei no vilarejo e perguntei se gostaria de ver meu jardim.

— Ela gosta de jardins? — perguntou Griselda.

— Acho que não — disse Miss Marple, com um leve brilho nos olhos. — Mas é uma desculpa muito útil para conversar, não acha?

— O que a senhora achou dela? — questionou Griselda. — Não acredito que seja tão má assim.

— Ela me deu muitas informações, muitas mesmo — disse Miss Marple. — Sobre si mesma, sabe, e sobre sua família. Ao que parece estão todos mortos ou na Índia. Muito triste. A propósito, Miss Cram foi para o Casarão passar o fim de semana.

— O quê?

— Sim, parece que Mrs. Protheroe a convidou... ou ela sugeriu a Mrs. Protheroe... não sei bem quem fez o quê...

realizar algum trabalho de secretária para ela... há tantas cartas com que lidar. Acabou sendo uma sorte. Como o Dr. Stone está fora, ela não tem nada para fazer. Esse túmulo tem causado muita agitação.

— Stone? — disse Raymond. — É o tal arqueólogo?

— Sim, ele está escavando um túmulo. Na propriedade dos Protheroe.

— É um bom homem — falou Raymond. — Muito dedicado ao trabalho. Eu o conheci em um jantar não muito tempo atrás, e tivemos uma conversa muito interessante. Vou procurá-lo uma hora dessas.

— Infelizmente, o doutor acabou de partir para Londres para o fim de semana. Ora, o senhor na realidade esbarrou com ele na estação de trem hoje à tarde.

— Eu esbarrei no senhor. O senhor, e um gordinho que estava com o senhor, um de óculos.

— Sim, o Dr. Stone.

— Mas, meu caro... aquele não era Stone.

— Não era Stone?

— Não o arqueólogo. Eu o conheço muito bem. Aquele homem não era Stone. Não tinha a menor semelhança.

Olhamos todos uns para os outros. Em particular, encarei Miss Marple.

— Extraordinário — falei.

— A mala — disse Miss Marple.

— Mas por quê? — perguntou Griselda.

— Isso me lembra daquela vez que um homem andou por aí fingindo ser o inspetor de gás — murmurou Miss Marple. — Arrecadou um bom dinheiro.

— Um impostor — falou Raymond West. — Isso é realmente interessante.

— A questão é: será que tem algo a ver com o assassinato? — disse Griselda.

— Não necessariamente — respondi. — Mas…

Olhei para Miss Marple.

— É uma Coisa Peculiar — afirmou ela. — Outra Coisa Peculiar.

— Sim — concordei, levantando-me. — Acho que o inspetor deveria ser informado sobre isso imediatamente.

Capítulo 22

As ordens do Inspetor Slack, assim que consegui falar com ele por telefone, foram breves e enfáticas. Nada poderia "se espalhar". Em particular, Miss Cram não deveria ser alertada. Enquanto isso, uma busca pela mala seria iniciada nas proximidades do túmulo.

Griselda e eu voltamos para casa muito agitados com essa novidade. Não podíamos falar muita coisa com Dennis presente, pois havíamos prometido fielmente ao Inspetor Slack não contar nada a ninguém.

De qualquer forma, meu sobrinho estava cheio de problemas. Ele entrou em meu escritório e começou a mexer nas coisas, a arrastar os pés e a parecer completamente envergonhado.

— O que foi, Dennis? — perguntei enfim.

— Tio Len, eu não quero ir para a Marinha.

Fiquei surpreso. O rapaz tinha estado tão decidido a respeito de sua carreira até então.

— Mas você estava tão entusiasmado.

— Sim, mas mudei de ideia.

— O que você quer fazer?

— Quero trabalhar com finanças.

Fiquei ainda mais surpreso.

— Como assim, finanças?

— Só isso. Quero ir para a cidade.

— Mas, meu bom garoto, tenho certeza de que você não iria gostar dessa vida. Mesmo que eu conseguisse um emprego para você em um banco...

Dennis disse que não era isso que queria dizer. Ele não queria trabalhar em um banco. Perguntei-lhe exatamente o que desejava e, claro, como eu suspeitava, o rapaz não sabia ao certo.

Por "entrar no mundo das finanças", ele referia-se apenas ao ato de enriquecer rapidamente, o que, com o otimismo da juventude, imaginava ser uma certeza se alguém "fosse para a cidade". Procurei tirar dele essa ideia com o máximo de gentileza possível.

— O que o fez pensar nisso? — perguntei. — Você estava tão contente com a ideia de ir para o mar.

— Eu sei, tio Len, mas andei pensando. Vou querer me casar um dia... e é preciso ser rico para se casar com uma boa mulher.

— Os fatos desmentem sua teoria.

— Eu sei... mas uma mulher de verdade. Quer dizer, uma acostumada com as coisas boas.

Era muito vago, mas achei que entendia o que ele queria dizer.

— Sabe, nem todas as mulheres são como Lettice Protheroe — falei, com gentileza.

Ele se irritou na mesma hora.

— O senhor está sendo terrivelmente injusto com ela. O senhor não gosta de Lettice. Griselda também não. Diz que ela é chata.

Do ponto de vista feminino, Griselda tinha toda a razão. Lettice era chata. Eu podia perceber, no entanto, que o garoto se ressentira do adjetivo.

— Se ao menos as pessoas fizessem algumas concessões. Porque até os Hartley Napier ficam reclamando dela! Só porque ela foi embora mais cedo da partida de tênis deles. Por que ficaria, se estava entediada? Foi muito decente da parte dela ao menos ter ido, em minha opinião.

— Um grande favor — comentei, mas Dennis não suspeitou de minha ironia.

Ele estava absorto nas próprias queixas relacionadas a Lettice.

— Ela é tremendamente altruísta, na realidade. Só para mostrar ao senhor, ela me fez ficar. Eu também queria ir embora, claro. Mas ela não quis nem saber. Disse que seria uma pena para os Napier. Então, só para agradá-la, fiquei mais quinze minutos.

Os jovens têm visões muito curiosas sobre o altruísmo.

— E agora soube que Susan Hartley Napier anda por aí dizendo que Lettice tem péssimos modos.

— Se eu fosse você — falei —, não me preocuparia com isso.

— Está tudo bem, mas... — Ele se interrompeu. — Eu... eu faria qualquer coisa por Lettice.

— Pouquíssimos de nós podem fazer qualquer coisa por outra pessoa — acrescentei. — Por mais que desejemos, somos impotentes.

— Eu queria estar morto — disse Dennis.

Pobre rapaz. O primeiro amor é uma doença virulenta. Eu me abstive de dizer qualquer uma das coisas óbvias e irritantes que vêm tão facilmente aos lábios. Em vez disso, desejei uma boa noite e fui para a cama.

Eu tive a missa das oito horas na manhã seguinte e, quando voltei, encontrei Griselda sentada à mesa do café da manhã com um bilhete na mão. Era de Anne Protheroe.

Querida Griselda, se você e o pastor puderem vir almoçar aqui hoje, discretamente, eu ficaria muito grata. Algo muito estranho aconteceu e gostaria do conselho de Mr. Clement.

Por favor, não mencione isso quando vier, pois não contei a ninguém.

Com carinho,
Anne Protheroe

— Precisamos ir, é claro — disse Griselda.

Concordei.

— Eu me pergunto o que terá acontecido.

Eu também.

— Sabe, acho que ainda não estamos perto do fim desse caso — falei para Griselda.

— Isto é, não enquanto ninguém tiver sido realmente preso?

— Não — respondi. — Não foi isso que quis dizer. Quis dizer que há ramificações, subcamadas, sobre as quais não sabemos nada. Há muitas coisas para esclarecer antes de chegarmos à verdade.

— Está se referindo a coisas que, na verdade, não importam, mas que atrapalham?

— Sim, acho que isso expressa muito bem o que quero dizer.

— Acho que estamos todos exagerando — disse Dennis, servindo-se de geleia. — É muito bom que o velho Protheroe esteja morto. Ninguém gostava dele. Ah! Eu sei que a polícia precisa se preocupar, é o trabalho deles, mas espero que nunca solucionem o crime. Eu iria odiar ver Slack sendo promovido e se gabando de sua esperteza.

Sou humano o suficiente para sentir que concordo com a questão da promoção de Slack. Um homem que sistematicamente irrita as pessoas não pode esperar ser popular.

— O Dr. Haydock pensa como eu — continuou Dennis. — Ele jamais entregaria um assassino à justiça. Ele disse isso.

Acho que esse é o perigo das opiniões de Haydock. Elas podem até ser sensatas, isso não me cabe avaliar, mas causam tal impressão em uma mente jovem e descuidada que, tenho certeza, o próprio Haydock nunca pretendeu transmitir.

Griselda olhou pela janela e comentou que havia repórteres no jardim.

— Imagino que estejam fotografando as janelas do escritório novamente — disse ela, com um suspiro.

Vínhamos sofrendo muito com isso. Primeiro foi a curiosidade dos desocupados do vilarejo, todo mundo vindo para ficar olhando boquiaberto. A seguir vieram os repórteres munidos de câmeras, e o vilarejo de novo veio observar os repórteres. No fim, foi preciso ter um policial de Much Benham de serviço do lado de fora da janela.

— Bem, o funeral é amanhã de manhã — falei. — Depois disso, certamente, essa agitação vai passar.

Notei alguns repórteres rondando o Casarão quando chegamos lá. Eles me abordaram com várias perguntas, às quais dei a invariável resposta (que achamos ser a melhor): "Nada a declarar."

Fomos conduzidos pelo mordomo à sala de estar, cuja única ocupante era Miss Cram, em aparente estado de grande alegria.

— Que surpresa, não é? — indagou ela, enquanto apertava a mão de todos. — Eu nunca teria imaginado tal coisa, mas Mrs. Protheroe é gentil, não é? E, claro, não é o que se poderia chamar de agradável para uma jovem ficar sozinha em um lugar como o Javali Azul, com repórteres por perto e tudo o mais. E, claro, não é como se eu não tivesse conseguido me fazer útil... é realmente necessária uma secretária em um momento como este, e Miss Protheroe não faz nada para ajudar, não é?

Achei divertido notar que a velha animosidade contra Lettice persistia, mas que a moça aparentemente se tornara uma fervorosa apoiadora de Anne. Ao mesmo tempo, me perguntei se a história de sua vinda para cá era totalmente verdadeira. Segundo ela, a iniciativa partira de Anne, mas me perguntei se de fato foi assim. A primeira menção quanto a não gostar de ficar sozinha no Javali Azul poderia facilmente ter vindo da própria moça. Ainda que eu mantivesse a mente aberta quanto ao assunto, não imaginei que Miss Cram estivesse sendo rigorosamente sincera.

Naquele momento, Anne Protheroe entrou na sala.

Estava vestida discretamente de preto. Trazia na mão um jornal de domingo, que me estendeu com um olhar pesaroso.

— Eu nunca tive experiência com esse tipo de coisa. É bem horrível, não é? Vi um repórter no inquérito. Eu apenas disse que estava terrivelmente perturbada e não tinha nada a dizer, e então ele me perguntou se eu não estava bastante ansiosa para encontrar o assassino de meu marido, e eu falei "sim". Então ele perguntou se eu tinha alguma suspeita, e eu falei "não". E se eu não achava que o crime demonstrava conhecimento da região, e falei que com certeza parecia. E isso foi tudo. E agora olhem isto!

No meio da página havia uma fotografia, evidentemente tirada havia pelo menos dez anos — só Deus sabe de onde a tinham desenterrado. Trazia uma grande manchete:

VIÚVA DECLARA QUE NÃO DESCANSARÁ ATÉ ENCONTRAR ASSASSINO DO MARIDO

Mrs. Protheroe, a viúva do homem assassinado, tem certeza de que o assassino deve ser procurado na região. Ela tem suspeitas, mas nenhuma certeza. Declarou-se prostrada de pesar, mas reiterou sua determinação em encontrar o assassino.

— Não soa como algo que eu diria, soa? — disse Anne.

— Acho que poderia ter sido pior — respondi, devolvendo o jornal.

— Eles são atrevidos, não são? — disse Miss Cram. — Gostaria de ver um desses sujeitos tentando arrancar alguma coisa de mim.

Pelo brilho nos olhos de Griselda, fiquei convencido de que ela considerou essa afirmação mais ao pé da letra do que Miss Cram pretendia.

O almoço foi anunciado e entramos. Lettice não chegou antes de o almoço já estar na metade, quando se sentou no lugar vazio com um sorriso para Griselda e um aceno de cabeça para mim. Eu a observei com certa atenção, por motivos próprios, mas a jovem parecia a mesma criatura vaga de sempre. Muito bonita, isso eu precisava admitir. Ela ainda não estava de luto, mas vestia um tom de verde-claro que realçava toda a delicadeza de sua pele.

Depois de tomarmos café, Anne disse, baixinho:

— Quero ter uma conversinha com o pastor. Vou levá-lo para a minha sala de estar.

Por fim, eu descobriria o motivo de termos sido convocados. Eu me levantei e a segui escada acima. Ela parou na porta da sala. Quando eu estava prestes a falar, estendeu a mão para me impedir. Continuou ouvindo, olhando para o corredor.

— Ótimo. Estão saindo para o jardim. Não… não entre aí. Podemos subir direto.

Para minha surpresa, ela me conduziu pelo corredor até a extremidade da outra ala. Ali, uma escada estreita, semelhante a uma escada de mão, seguia até o andar de cima, e Mrs. Protheroe a subiu, comigo logo atrás. Nós nos vimos em um corredor empoeirado e coberto de tábuas. Anne abriu uma porta e me conduziu a um sótão amplo e escuro, que evidentemente era usado como quarto de despejo. Havia baús, móveis velhos e quebrados, alguns quadros empilhados e as inúmeras bugigangas que um quarto de despejo acumula.

Minha surpresa foi tão evidente que ela deu um leve sorriso.

— Antes de mais nada, preciso explicar. Estou dormindo um sono muito leve recentemente. Ontem à noite... ou melhor, esta manhã, por volta das três horas, tive a certeza de ter ouvido alguém se movendo pela casa. Escutei por algum tempo e, finalmente, me levantei e saí para ver. No patamar da escada, percebi que os sons vinham não de baixo, mas de cima. Cheguei ao pé da escada. De novo pensei ter ouvido um som. Gritei: "Tem alguém aí?" Mas não houve resposta, e não ouvi mais nada, então presumi que meus nervos estavam me pregando peças e voltei para a cama. Porém, ao retornar apenas por curiosidade, encontrei *isso*!

Ela se abaixou e virou um quadro que estava encostado na parede, com o verso da tela voltado para nós.

Soltei um suspiro de surpresa. O quadro era evidentemente um retrato a óleo, mas o rosto havia sido cortado e retalhado de uma forma tão selvagem que o tornava irreconhecível. Além disso, os cortes eram claramente recentes.

— Que coisa extraordinária — falei.

— Não é? Diga-me, o senhor consegue pensar em alguma explicação?

Balancei a cabeça.

— Há certa selvageria nisso, da qual não gosto — respondi. — Parece que foi feito em um acesso de fúria maníaca.

— Sim, foi o que pensei.

— De quem é o retrato?

— Não faço a menor ideia. Nunca o vi antes. Todas essas coisas estavam no sótão quando me casei com Lucius e vim morar aqui. Nunca passei pela obra nem me preocupei com ela.

— Extraordinário — comentei.

Eu me abaixei e examinei as outras pinturas. Eram exatamente o que se esperaria encontrar — algumas paisagens medíocres, algumas oleografias e algumas reproduções em molduras baratas.

Não havia mais nada útil. Um grande baú antigo, do tipo que costumava ser chamado de "arca", tinha as iniciais E.P. gravadas. Levantei a tampa. Estava vazio. Nada mais no sótão era minimamente sugestivo.

— É realmente um acontecimento espantoso — falei. — É tão… sem sentido.

— Sim — disse Anne. — Isso me assusta um pouco.

Não havia mais nada para ver. Eu a acompanhei até a sala de estar, onde ela fechou a porta.

— Acha que devo fazer alguma coisa a respeito? Contar à polícia?

Hesitei.

— Não é fácil dizer, à primeira vista, se…

— Tem algo a ver com o assassinato ou não — concluiu Anne. — Eu sei. Isso que é tão difícil. À primeira vista, parece não haver conexão alguma.

— Não, mas é outra "coisa peculiar".

Nós dois ficamos em silêncio, com expressões perplexas.

— Quais são seus planos, se me permite perguntar? — perguntei de imediato.

Ela levantou a cabeça.

— Vou morar aqui por pelo menos mais seis meses! — disse ela, desafiadora. — Não queria. Detesto a ideia de morar nesta propriedade, mas acho que é a única coisa a ser feita. Senão, as pessoas vão dizer que eu fugi, que fiquei com a consciência pesada.

— Claro que não.

— Ah! Vão, sim. Principalmente quando… — Ela fez uma pausa e então disse: — Quando os seis meses acabarem, vou me casar com Lawrence. — Seus olhos encontraram os meus. — Nenhum de nós vai esperar mais.

— Eu imaginei que isso aconteceria — falei.

De repente, Mrs. Protheroe desabou, afundando a cabeça nas mãos.

— O senhor não sabe o quanto sou grata… não sabe. Nós nos despedimos… ele estava indo embora. Eu não me sinto… não me sinto tão mal com a morte de Lucius. Se tivéssemos planejado ir embora juntos, e então ele morresse… seria horrível. Mas o senhor nos fez ver o quão errado seria. É por isso que sou grata.

— Eu também sou grato — falei, seriamente.

— Mesmo assim, sabe? — Ela se sentou. — A menos que o verdadeiro assassino seja encontrado, eles sempre vão pensar que foi Lawrence… Ah! Sim, vão pensar. E ainda mais quando ele se casar comigo.

— Minha querida, o depoimento do Dr. Haydock deixou perfeitamente claro…

— Que importância as pessoas dão para depoimentos? Elas nem entendem isso. E evidências médicas nunca significam nada para quem vê de fora, de todo modo. Essa é outra razão pela qual estou aqui. Mr. Clement, *vou descobrir a verdade*.

Seus olhos brilharam enquanto ela falava. Ela acrescentou:

— Foi por isso que chamei aquela mulher aqui.

— Miss Cram?

— Sim.

— A senhora a convidou, então? Digo, foi ideia sua?

— Totalmente. Ah! Para ser sincera, ela estava reclamando um pouco. No inquérito… ela estava lá quando eu cheguei. Não, eu a convidei para vir aqui de propósito.

— Mas certamente a senhora não crê que aquela moça bobinha possa ter algo a ver com o crime! — exclamei.

— É terrivelmente fácil parecer boba, Mr. Clement. É uma das coisas mais fáceis do mundo.

— Então a senhora realmente acha…?

— Não, não acho. Honestamente, não acho. O que eu acho é que aquela moça sabe de alguma coisa… ou pode saber de alguma coisa. Eu quero analisá-la de perto.

— E na mesma noite em que ela chegou, a pintura foi retalhada — observei, pensativo.

— O senhor acha que ela fez isso? Mas por quê? Parece tão absurdo e impossível.

— Me parecia totalmente impossível e absurdo que seu marido pudesse ser assassinado em meu escritório — falei, amargamente. — Mas foi.

— Eu sei. — Ela pousou a mão em meu braço. — É horrível para o senhor. Eu sei, embora não tenha falado muito sobre isso.

Tirei o brinco azul de lápis-lazúli do bolso e o estendi para ela.

— Acho que é seu.

— Ah, sim! — Ela estendeu a mão para pegá-lo com um sorriso satisfeito. — Onde o senhor o encontrou?

Não coloquei a joia em sua mão estendida.

— A senhora se importaria se eu o guardasse por mais um tempo? — falei.

— Ora, certamente.

Ela pareceu confusa e um pouco curiosa, mas não satisfiz sua curiosidade. Em vez disso, perguntei como Anne estava financeiramente.

— É uma pergunta impertinente — falou ela —, mas realmente não é essa minha intenção.

— Não acho que seja nada impertinente. O senhor e Griselda são os melhores amigos que tenho aqui. E gosto daquela velhinha engraçada, Miss Marple. Lucius era muito rico, sabe? Ele deixou as coisas divididas igualmente entre mim e Lettice. O Casarão fica comigo, mas Lettice poderá escolher móveis suficientes para mobiliar uma casa pequena, e ela receberá uma quantia separada para comprar uma, a fim de equilibrar as coisas.

— Quais são os planos dela, você sabe?

Anne fez uma careta cômica.

— Ela não me conta. Imagino que vá embora daqui o mais rápido possível. Ela não gosta de mim… nunca gostou. Ouso dizer que a culpa é minha, embora eu sempre tenha tentado ser decente. Mas imagino que qualquer garota se ressinta de uma madrasta jovem.

— A senhora gosta dela? — perguntei sem rodeios.

Ela não respondeu de imediato, o que me convenceu de que Anne Protheroe é uma mulher muito honesta.

— No começo, gostava — disse ela. — Ela era uma garotinha tão bonita. Acho que não gosto mais. Não sei por quê. Talvez seja porque ela não gosta de mim. Eu gosto que gostem de mim, sabe?

— Todos nós gostamos — respondi, e a mulher sorriu.

Eu tinha mais uma tarefa a cumprir. Era falar a sós com Lettice Protheroe. Consegui isso com bastante facilidade, avistando-a na sala de estar deserta. Griselda e Gladys Cram estavam no jardim.

Entrei e fechei a porta.

— Lettice — falei —, quero falar com você sobre uma coisa.

Ela olhou para cima, indiferente.

— Sim?

Eu já tinha pensado no que dizer. Estendi o brinco de lápis-lazúli e disse, baixinho:

— Por que você deixou isso cair em meu escritório?

Eu a vi se enrijecer por um instante — foi quase instantâneo. Sua recuperação foi tão rápida que eu mesmo dificilmente teria percebido o movimento. Então ela disse, de modo descuidado:

— Eu nunca deixei nada cair em seu escritório. Isso não é meu. Isso pertence a Anne.

— Eu sei disso — falei.

— Bem, por que me perguntar, então? Anne deve ter deixado cair.

— Mrs. Protheroe só esteve em meu escritório uma vez desde o assassinato, e na ocasião estava de preto, então provavelmente não usaria um brinco azul.

— Nesse caso, suponho que ela o tenha deixado cair antes — disse Lettice, e acrescentou: — É o mais lógico.

— É muito lógico — falei. — Suponho que você não se lembre de quando sua madrasta usou esses brincos pela última vez, certo?

— Ah! — Ela me olhou com um olhar perplexo e confiante. — É muito importante?

— Pode vir a ser.

— Vou tentar lembrar. — Ela ficou ali, franzindo as sobrancelhas. Nunca vi Lettice Protheroe com uma aparência mais encantadora do que naquele momento. — Ah, sim! — disse, de repente. — Ela os usou... na quinta-feira. Agora me lembro.

— Quinta-feira — repeti — foi o dia do assassinato. Mrs. Protheroe foi ao escritório no jardim naquele dia, mas, se você se lembra, no depoimento dela, ela só foi até a janela do escritório, não entrou no cômodo.

— Onde o senhor encontrou isso?

— Tinha rolado para baixo da escrivaninha.

— Então está parecendo — disse Lettice friamente — que ela não disse a verdade, não é?

— Você quer dizer que ela entrou e ficou de pé perto da escrivaninha?

— Bem, parece que sim, não é?

Seus olhos encontraram os meus, serenos.

— Se quer saber — falou a jovem, calmamente —, nunca achei que ela estivesse dizendo a verdade.

— E eu sei que *você* não está, Lettice.

— O que o senhor quer dizer com isso?

Ela ficou alarmada.

— Quero dizer — falei — que a última vez que eu vi esse brinco foi na sexta-feira pela manhã, quando vim aqui com o Coronel Melchett. Ele estava junto de seu par na penteadeira de sua madrasta. Eu inclusive peguei os dois na mão.

— Ah...! — Ela hesitou, então de repente se jogou de lado sobre o braço da cadeira e começou a chorar. Seus cabelos curtos e loiros quase tocavam o chão. Era uma atitude estranha, linda e descontrolada.

Eu a deixei soluçar por alguns instantes em silêncio e então disse com muita gentileza:

— Lettice, por que você fez isso?

— O quê? — Ela se levantou em um pulo, jogando os cabelos para trás de modo alterado. Lettice parecia fora de si, quase apavorada. — Como assim?

— O que a levou a fazer isso? Foi ciúme? Por não gostar de Anne?

— Ah! Ah, sim! — Ela afastou os cabelos do rosto e pareceu de repente recuperar o controle total. — Sim, pode chamar de ciúme. Sempre detestei Anne, desde que ela chegou aqui, tomando conta de tudo. Coloquei aquela coisa maldita debaixo da mesa. Esperava que isso a deixasse encrencada. Teria funcionado se o senhor não fosse tão intrometido, mexendo em coisas em penteadeiras. De qualquer forma, não é da conta de um clérigo ajudar a polícia.

Foi um desabafo rancoroso e infantil. Não dei importância. De fato, naquele momento, Lettice parecia uma criança muito patética.

Sua tentativa infantil de vingança contra Anne não me pareceu algo a ser levado a sério. Eu lhe disse isso e acrescentei que deveria devolver o brinco e não mencionar as circunstâncias em que o havia encontrado. Ela pareceu bastante comovida.

— É gentil de sua parte.

Lettice fez uma pausa e então disse, evitando me encarar e evidentemente escolhendo as palavras com cuidado:

— Sabe, Mr. Clement, eu tiraria... eu tiraria Dennis daqui logo, se fosse o senhor. Eu... acho que seria melhor.

— Dennis? — Ergui as sobrancelhas, levemente surpreso, mas também achando um pouco de graça.

— Acho que seria melhor. — Ela acrescentou, ainda com o mesmo jeito constrangido: — Sinto muito pelo Dennis. Eu não achei que ele... enfim, sinto muito.

Deixamos por isso mesmo.

Capítulo 23

No caminho de volta, propus a Griselda que fizéssemos um desvio e déssemos a volta pelo túmulo. Eu estava ansioso para ver se a polícia estava trabalhando e, em caso afirmativo, o que eles tinham encontrado. Griselda, no entanto, tinha coisas para fazer em casa, então eu fui deixado para fazer a expedição por conta própria.

Encontrei o guarda Hurst no comando das operações.

— Até agora nenhum sinal, senhor — relatou ele. — E, no entanto, parece razoável supor que este é o único lugar para um *cache*.

O uso que fez da palavra *cache* me intrigou por um momento, pois ele pronunciou cachê, mas seu significado real me ocorreu quase imediatamente.

— Seja lá como for, senhor, para onde mais a moça poderia estar indo, entrando no bosque por aquele caminho? O trajeto vai para O Casarão e vem para cá, e é só isso.

— Imagino que o Inspetor Slack iria desdenhar de uma atitude tão simples como perguntar diretamente à jovem — falei.

— Ele está preocupado em não deixar a moça alerta — disse Hurst. — Qualquer coisa que ela escreva para Stone, ou que ele escreva para ela, pode nos dar alguma luz sobre as coisas... e se ela souber que estamos atrás dela, irá se calar.

O *como* foi algo que ficou em aberto, mas eu pessoalmente duvidava que Miss Gladys Cram fosse algum dia se calar do modo descrito. Era impossível imaginá-la de outra maneira que não fosse falando sem parar.

— Quando um homem é um impostor, a gente quer saber por que ele é um impostor — disse o guarda Hurst, de modo didático.

— Naturalmente.

— E a resposta deve estar neste túmulo... senão por que ele estava sempre mexendo nisso?

— Uma *raison d'être* de ficar bisbilhotando por aí — sugeri, mas esse pouquinho de francês foi demais para o guarda. Ele se vingou de sua incompreensão dizendo, friamente:

— É como um amador veria.

— De qualquer forma, o senhor não encontrou a mala.

— Mas vamos encontrar, senhor. Não tenha dúvida.

— Não tenho tanta certeza — comentei. — Estive pensando. Miss Marple disse que levou bem pouco até a moça reaparecer de mãos vazias. Se tiver sido isso, ela não teria tido tempo de subir até aqui e voltar.

— Não se pode dar atenção ao que dizem as velhotas. Quando elas veem algo curioso e ficam ansiosas esperando, ora, o tempo simplesmente voa para elas. E, de qualquer forma, nenhuma senhora sabe nada sobre tempo.

Muitas vezes me pergunto por que o mundo inteiro é tão propenso a generalizar. Generalizações raramente, ou nunca, são verdadeiras e geralmente são totalmente imprecisas. Eu mesmo tenho uma péssima noção de tempo (daí o fato de eu estar sempre com o relógio adiantado) e Miss Marple, devo dizer, tem uma muito apurada. Seus relógios marcam as horas minuto a minuto e ela mesma é rigorosamente pontual em todas as ocasiões.

No entanto, eu não tinha nenhuma intenção de discutir com o guarda Hurst sobre o assunto. Desejei-lhe boa tarde e boa sorte e segui meu caminho.

Foi bem quando eu estava me aproximando de casa que a ideia me ocorreu. Não houve nada que conduzisse a isso. Simplesmente me veio à mente como uma possível solução.

Devem se lembrar de que, em minha primeira busca ao longo do caminho, no dia seguinte ao assassinato, encontrei os arbustos remexidos em certo ponto. Eles se provaram, ou assim pensei na ocasião, terem sido remexidos por Lawrence, empenhado na mesma missão que eu.

Mas eu lembrei que depois, juntos, ele e eu havíamos encontrado outra trilha levemente marcada, que provou ser a do inspetor. Ao refletir sobre isso, eu lembrei claramente que a primeira trilha (a de Lawrence) havia sido muito mais perceptível que a segunda, como se mais de uma pessoa tivesse passado por ali. E refleti que provavelmente foi isso que chamou a atenção de Lawrence em primeiro lugar. Suponhamos que tivesse sido feita originalmente pelo Dr. Stone ou por Miss Cram.

Lembrei, ou então imaginei lembrar, que havia várias folhas secas e galhos quebrados. Se fosse esse o caso, a trilha não poderia ter sido feita na tarde da nossa busca.

Estava me aproximando do local em questão. O reconheci facilmente e, de novo, abri passagem por entre os arbustos. Desta vez, notei galhos frescos quebrados. Alguém *havia* passado por ali depois de Lawrence e eu.

Logo cheguei ao local onde havia encontrado Lawrence. A trilha tênue, no entanto, persistia além, e continuei a seguir por ela. De repente, ela se alargou em uma pequena clareira, que mostrava sinais recentes de atividade. Digo uma clareira porque a densidade da vegetação rasteira estava mais rala ali, mas os galhos das árvores se fechavam acima e todo o local não tinha mais do que alguns metros de largura. Do outro lado, a vegetação rasteira crescia densamente de novo, e parecia bastante claro que ninguém havia forçado passagem por ela recentemente. No entanto, parecia ter sido mexida em um ponto.

Eu me aproximei e me ajoelhei, empurrando os arbustos para os lados com as mãos. Fui recompensado com a visão de uma superfície marrom brilhante. Cheio de entusiasmo, estendi o braço e, com bastante dificuldade, puxei uma pequena mala marrom.

Soltei uma exclamação de triunfo. Tive sucesso. Esnobado com frieza pelo guarda Hurst, eu ainda assim havia provado que estava certo em meu raciocínio. Ali estava, sem dúvida, a mala carregada por Miss Cram. Tentei abrir, mas estava trancada. Ao me levantar, notei um pequeno cristal amarronzado caído no chão. Quase automaticamente, peguei-o e o guardei no bolso.

Então, segurando meu achado pela alça, voltei para a trilha.

Ao subir os degraus da escadinha sobre o muro que margeava a alameda, uma voz agitada que estava por perto gritou:

— Ah! Mr. Clement. O senhor a encontrou! Que inteligente de sua parte!

Registrando mentalmente o fato de que, na arte de ver sem ser vista, Miss Marple não tinha rival, equilibrei meu achado na cerca entre nós.

— É essa mesma — disse Miss Marple. — Eu a reconheceria em qualquer lugar.

Isso, pensei, era um leve exagero. Havia milhares de malas baratas e brilhantes, todas exatamente iguais. Ninguém conseguia reconhecer uma em particular, vista de tão longe sob o luar, mas percebi que toda aquela história da mala era o triunfo particular de Miss Marple e, como tal, ela tinha direito a um pequeno exagero perdoável.

— Imagino que esteja trancada, Mr. Clement?

— Sim. Eu estava indo levá-la até a delegacia.

— O senhor não acha que seria melhor telefonar?

É claro que, sem dúvida, seria melhor telefonar. Atravessar a vila a passos largos, com a mala na mão, atrairia uma atenção provavelmente indesejável.

Destranquei o portão do jardim de Miss Marple e entrei na casa pela porta de vidro, e na santidade da sala de estar, com a porta fechada, telefonei para dar a notícia.

O resultado foi que o Inspetor Slack anunciou que estaria vindo imediatamente.

Quando chegou, estava em seu estado de espírito mais rabugento.

— Então, conseguimos, não é? — disse ele. — Sabe, senhor, o senhor não deveria guardar segredo das coisas. Se o senhor tivesse algum motivo para crer que sabia onde o artigo em questão estava escondido, o senhor deveria ter relatado às autoridades competentes.

— Foi por acidente. A ideia me ocorreu por acaso.

— Essa é uma desculpa esfarrapada. Quase um quilômetro de floresta, e o senhor vai direto ao local certo e põe as mãos nela.

Eu teria contado ao Inspetor Slack o passo a passo do raciocínio que me levou àquele lugar específico, mas ele havia conseguido, como sempre, me irritar. Logo, não falei nada.

— E então? — disse o Inspetor Slack, olhando para a mala com antipatia e pretensa indiferença. — Imagino que podemos dar uma olhada no que tem dentro.

Ele havia trazido um conjunto de chaves e fios. A fechadura era barata. Em poucos segundos, a mala foi aberta.

Não sei o que esperávamos encontrar — alguma coisa muito sensacional, imagino. Mas a primeira coisa que vimos foi um seboso cachecol escocês. O inspetor o pôs de lado. Em seguida, veio um desbotado sobretudo azul-escuro, bastante surrado. Depois, um boné xadrez.

— Um monte de porcaria — disse o inspetor.

Um par de botas muito gastas e surradas veio a seguir. No fundo da mala, havia um pacote embrulhado em jornal.

— Uma camisa chique, imagino — disse o inspetor com amargura, enquanto o rasgava.

No momento seguinte, ele prendeu a respiração, surpreso.

Dentro do pacote havia alguns pequenos e discretos objetos de prata e uma bandeja redonda do mesmo metal.

Miss Marple soltou uma exclamação estridente de reconhecimento.

— Os saleiros de prata! — exclamou ela. — Os saleiros de prata do Coronel Protheroe e a taça Charles II. Onde já se viu uma coisa dessas?

O inspetor ficou muito vermelho.

— Então era esse o esquema — murmurou ele. — Roubo. Mas não consigo entender. Não houve menção ao desaparecimento dessas coisas.

— Talvez não tenham descoberto ainda — sugeri. — Presumo que essas coisas valiosas não teriam sido guardadas à vista. O Coronel Protheroe provavelmente as mantinha trancadas em um cofre.

— Tenho que investigar isso — disse o inspetor. — Vou direto para o Casarão agora. Então foi por isso que nosso Dr. Stone sumiu. Com o assassinato e mais uma coisinha ou outra, ele temia que soubéssemos de suas atividades. Muito provavelmente, seus pertences poderiam ter sido revistados. Ele mandou a moça escondê-los na floresta com uma conveniente muda de roupa. Ele pretendia voltar por outro caminho e levar tudo alguma uma noite, ao passo ela ficaria aqui para dissipar suspeitas. Bem, há uma coisa boa nessa história. Isso o deixa fora do assassinato. Ele não tem nada a ver com isso. Um esquema bem diferente.

O inspetor arrumou a mala novamente e partiu, recusando a oferta de Miss Marple de uma taça de xerez.

— Bem, um mistério já foi esclarecido — falei, suspirando. — O que Slack diz é bem verdade; não há base para suspeitar dele pelo assassinato. Tudo foi explicado de forma bastante satisfatória.

— Realmente é o que parece — disse Miss Marple. — Embora nunca se possa ter muita certeza, não é?

— Há uma completa falta de motivo — apontei. — Ele tinha conseguido o que queria e estava indo embora.

— Sim...

Ela claramente não estava muito satisfeita, e eu a encarei com certa curiosidade. Ela se apressou em responder a meu olhar inquisitivo com certa ânsia de desculpas.

— Não tenho dúvidas de que estou *muito* enganada. Sou tão estúpida com essas coisas. Mas só queria saber... Quero dizer, essa prata é muito valiosa, não é?

— Uma taça foi vendida outro dia por mais de mil libras, eu acho.

— Digo... não é o valor do metal.

— Não, é o que se poderia chamar de valor do especialista.

— É isso que eu quero dizer. A venda dessas coisas levaria um tempinho para ser organizada, e mesmo que fosse organizada, não poderia ser feita sem sigilo. Quer dizer, se o roubo fosse denunciado e houvesse um alvoroço, bem, as coisas não poderiam ser comercializadas de jeito nenhum.

— Não entendi bem o que a senhora quer dizer.

— Sei que estou me expressando mal. — Ela ficou mais perturbada e se desculpou. — Mas me parece que... que as coisas não poderiam ter sido simplesmente furtadas, por assim dizer. A única coisa satisfatória a fazer seria substituir essas peças por réplicas. Então, talvez, o roubo não fosse descoberto por algum tempo.

— Essa é uma ideia muito engenhosa — comentei.

— Seria a única maneira de fazer isso, não é? E se fosse assim, é claro, como o senhor disse, uma vez realizada a substituição, não haveria razão para assassinar o Coronel Protheroe, muito pelo contrário.

— Exatamente. Foi o que eu falei.

— Sim, mas eu só fiquei pensando... não sei, claro... e o Coronel Protheroe sempre falava muito sobre fazer as coisas antes de realmente fazê-las, e, claro, às vezes nem as fazia, mas ele disse...

— Sim?

— Que ele ia fazer todas as suas coisas serem reavaliadas... um homem viria de Londres. Para o inventário... não, isso é quando a gente morre... para o seguro. Alguém lhe disse que era a coisa a ser feita. Ele falou muito sobre isso e sobre a importância de fazer isso. Claro, não sei se ele tinha feito algum arranjo de fato, mas se tivesse...

— Entendo — falei lentamente.

— Claro, no momento em que o perito visse a prata, ele saberia, e então o Coronel Protheroe se lembraria de ter mostrado as coisas ao Dr. Stone... me pergunto se isso foi feito naquela época. Prestidigitação, não é assim que chamam? Tão inteligente... e então, bem, sua batata estaria assando, para usar uma expressão antiquada.

— Entendo sua ideia — falei. — Acho que precisamos descobrir com certeza.

Fui mais uma vez ao telefone. Em poucos minutos, eu estava conectado com o Casarão e falando com Anne Protheroe.

— Não, não é nada muito importante. O inspetor já chegou? Ah! Bem, ele está a caminho. Mrs. Protheroe, pode me dizer se os objetos do Casarão já foram avaliados? O que a senhora sabe disso?

Sua resposta veio clara e rápida. Agradeci, coloquei o fone no gancho e me virei para Miss Marple.

— Não há dúvidas. O Coronel Protheroe havia providenciado a vinda de um homem de Londres na segunda-feira...

amanhã... para fazer uma avaliação completa. Devido à morte do coronel, o assunto foi adiado.

— Então *havia* um motivo — disse Miss Marple suavemente.

— Um motivo, sim. Mas só isso. A senhora esqueceu. Quando o tiro foi disparado, o Dr. Stone tinha acabado de se juntar aos outros, ou estava pulando o muro para fazer isso.

— Sim — respondeu Miss Marple, pensativa. — Então isso o exclui da lista de suspeitos.

Capítulo 24

Retornei à casa paroquial e encontrei Hawes me esperando em meu escritório. Ele estava andando de um lado para o outro, de um modo nervoso, e, quando entrei na sala, ele se assustou como se tivesse levado um tiro.

— O senhor me perdoe — disse ele, enxugando a testa. — Meus nervos andam à flor da pele ultimamente.

— Meu bom amigo — falei —, você precisa sair e mudar de ares. Ou veremos você ter um colapso, e isso não será nada bom.

— Não posso abandonar meu posto. Não, isso é algo que nunca farei.

— Não é um caso de deserção. Você está doente. Tenho certeza de que Haydock concordaria comigo.

— Haydock... Haydock. Que espécie de médico ele é? Um clínico geral ignorante e provinciano.

— Acho que você está sendo injusto com ele. Sempre foi considerado um homem muito competente.

— Ah! Talvez. Arrisco dizer que sim. Mas não gosto dele. Porém, não foi isso que eu vim dizer. Vim perguntar se o senhor faria a gentileza de pregar hoje à noite em meu lugar. Eu... eu realmente não me sinto à altura.

— Ora, com certeza. Vou ministrar a missa em seu lugar.

— Não, não. Eu gostaria de ministrar. Estou perfeitamente bem. É apenas a ideia de ficar de pé no púlpito, com todos aqueles olhos me encarando...

Ele cerrou os olhos e engoliu em seco repetidamente.

Para mim, está claro que há algo muito errado com Hawes. Ele pareceu perceber meus pensamentos, pois abriu os olhos e disse rapidamente:

— Não há nada de errado comigo. São apenas essas dores de cabeça... essas dores de cabeça horríveis e torturantes. Será que o senhor poderia me dar um copo d'água?

— Claro.

Fui eu mesmo pegar. Tocar campainhas é uma forma inútil de chamar criados em nossa casa.

Levei a água para ele, que me agradeceu. Tirou do bolso uma pequena caixa de papelão e, abrindo-a, extraiu uma cápsula de papel de arroz, que engoliu com a ajuda da água.

— Remédio para dor de cabeça — explicou ele.

De súbito fiquei me perguntando se Hawes não poderia ter se viciado em drogas. Isso explicaria muitas de suas peculiaridades.

— Você não está tomando demais, espero — falei.

— Não... ah, não. O Dr. Haydock me alertou sobre isso. Mas é realmente maravilhoso. Traz alívio instantâneo.

De fato, ele já parecia mais calmo e recomposto. Ele se pôs de pé.

— Então o senhor vai pregar esta noite? É muita gentileza de sua parte, senhor.

— De modo algum, e insisto também em cuidar do serviço. Vá para casa e descanse. Não, não vou discutir. Nem mais uma palavra.

Ele me agradeceu novamente. Então seus olhos passaram de mim para a janela, e ele disse:

— O senhor... esteve no Casarão hoje, não é, senhor?

— Sim.

— Com sua licença, mas... o senhor foi chamado?

Olhei para ele surpreso, e ele corou.

— Desculpe, senhor. Eu... eu só pensei que algum novo desdobramento pudesse ter surgido e que era por isso que Mrs. Protheroe mandou chamá-lo.

Eu não tinha a menor intenção de satisfazer a curiosidade de Hawes.

— Ela queria discutir comigo os preparativos do funeral e um ou dois outros assuntos menores.

— Ah! Só isso. Entendo.

Eu não falei nada. Ele se remexeu, trocando o apoio de um pé para o outro, e por fim disse:

— Mr. Redding veio me ver ontem à noite. Eu... eu não consigo imaginar por quê.

— Ele não lhe disse?

— Ele... ele só disse que pensou em me procurar. Disse que ficava um pouco solitário à noite. Ele nunca fez uma coisa dessas antes.

— Bem, ele é considerado uma companhia agradável — falei, sorrindo.

— Por que ele quis vir me ver? Não gosto disso. — Sua voz se elevou de modo estridente. — Ele falou em aparecer de novo. O que significa tudo isso? Que ideia o senhor acha que ele meteu na cabeça?

— Por que você acha que ele tem algum motivo oculto? — perguntei.

— Não gosto disso — repetiu Hawes obstinadamente. — Nunca fiz nada contra *ele*, de modo algum. Nunca sugeri que *ele* fosse culpado... mesmo quando ele se acusou, falei que parecia incompreensível. Se já suspeitei de alguém, foi de Archer, nunca dele. Com Archer é outra história... um baderneiro sem Deus nem religião. Um canalha bêbado.

— Você não acha que está sendo um pouco duro? — questionei. — Afinal, sabemos muito pouco sobre o homem.

— Um caçador ilegal, entrando e saindo da prisão, é capaz de qualquer coisa.

— Você acha mesmo que ele atirou no Coronel Protheroe? — perguntei, curioso.

Hawes tem uma inveterada aversão a responder sim ou não. Tenho notado isso com frequência, ultimamente.

— O senhor não acha que essa é a única solução possível?

— Até onde sabemos, não há nenhuma prova contra ele.

— As ameaças dele — disse Hawes, ansioso. — O senhor se esquece das ameaças dele.

Estou farto de ouvir sobre as ameaças de Archer. Até onde sei, não há evidência direta de que ele tenha feito alguma.

— Ele estava determinado a se vingar do Coronel Protheroe. Ele se embebedou e depois atirou nele.

— Isso é pura suposição.

— Mas o senhor admite que é perfeitamente provável?

— Não, não admito.

— Possível, então?

— Possível, sim.

Hawes me olhou de soslaio.

— Por que o senhor não acha que seja provável?

— Porque um homem como Archer — falei — não pensaria em atirar em alguém com uma pistola. É a arma errada.

Hawes pareceu surpreso com meu argumento. Evidentemente, não era a objeção que ele esperava.

— O senhor acha mesmo que essa objeção é viável? — perguntou ele, em dúvida.

— Para mim, isso é um obstáculo completo para Archer ter cometido o crime.

Diante de minha afirmação positiva, Hawes não disse mais nada.

Ele me agradeceu novamente e foi embora.

Eu tinha ido até a porta da frente com ele e, na mesa do corredor, vi quatro bilhetes. Eles tinham certas características em comum. A caligrafia era quase inconfundivelmente feminina, todos traziam as palavras "em mãos, urgente", e a única diferença que eu conseguia ver era que um estava visivelmente mais sujo do que os outros.

A semelhança deles me deu uma curiosa sensação de ver não em dobro, mas quadruplicado.

Mary saiu da cozinha e me pegou olhando para eles.

— Vieram entregar na hora do almoço — explicou ela. — Todos, menos um. Esse eu encontrei na caixa de correio.

Assenti, recolhi os bilhetes e os levei para o escritório. O primeiro dizia o seguinte:

Prezado Mr. Clement, chegou a meus ouvidos algo que considero importante para o senhor. Diz respeito à morte do pobre Coronel Protheroe. Eu apreciaria muito seu conselho sobre o assunto, se devo ou não ir à polícia. Desde a morte de meu querido marido, tenho medo de qualquer tipo de exposição. Talvez o senhor possa vir me ver por alguns minutos esta tarde.

Atenciosamente,
Martha Price Ridley.

Abri o segundo:

Caro Mr. Clement, estou tão perturbada, tão inquieta, tentando entender o que devo fazer. Chegou algo a meus ouvidos que considero importante. Tenho pavor de me envolver com a polícia, seja de que forma for. Estou tão perturbada e angustiada. Seria pedir demais, caro pastor, que aparecesse por alguns minutos e resolvesse minhas dúvidas e perplexidades, da maneira maravilhosa como sempre faz?
Perdoe-me por incomodá-lo.

Atenciosamente,
Caroline Wetherby.

O terceiro, senti, quase poderia ser recitado de antemão.

Caro Mr. Clement, uma coisa importantíssima chegou a meus ouvidos. Sinto que o senhor deveria ser o primeiro a saber. Poderia me visitar esta tarde? Aguardo o senhor.

Esta epístola militante foi assinada por "Amanda Hartnell".

Abri a quarta missiva. Tem sido minha sorte ser incomodado com pouquíssimas cartas anônimas. Uma carta anônima é, creio eu, a arma mais vil e cruel que existe. Esta não foi exceção. Parecia ter sido escrita por uma pessoa semianalfabeta, mas várias coisa me levaram a desacreditar dessa suposição.

Caro pastor, acho que o senhor devia saber o que tá acontecendo. Sua senhora foi vista saindo do chalé de Mr. Redding de forma sorrateira. O senhor sabe o que quero dizer. Os dois estão se envolvendo. Acho que o senhor deveria saber.

Um amigo.

Soltei uma leve exclamação de desgosto e, amassando o papel, joguei-o na lareira aberta no momento em que Griselda entrou no quarto.

— O que é isso que você está jogando fora com tanto desprezo? — perguntou ela.

— Uma nojeira! — respondi.

Pegando um fósforo do bolso, o acendi e me abaixei. Griselda, porém, foi rápida. Ela se abaixou, pegou a bola de papel amassada e a alisou antes que eu pudesse impedi-la.

Ela leu, soltou uma pequena exclamação de desgosto e a jogou de volta para mim, virando de costas ao fazê-lo. Eu acendi o papel e o observei queimar.

Griselda havia se afastado. Ela estava parada perto da janela, olhando o jardim.

— Len — disse ela, sem se virar.

— Sim, minha querida.

— Quero lhe contar uma coisa. Sim, não me impeça. Eu quero, por favor. Quando... quando Lawrence Redding chegou aqui, deixei você pensar que eu o conhecia apenas de vista. Isso não era verdade. Eu... o conhecia bem. Na verdade, antes de conhecer você, eu era apaixonada por ele. Acho que a maioria das pessoas é apaixonada por Lawrence. Eu era... bem, completamente boba a respeito dele em certa época. Não estou dizendo que lhe escrevi cartas comprometedoras ou qualquer coisa idiota como fazem nos livros, mas eu era bastante apaixonada por ele em certa época.

— Por que você não me contou? — perguntei.

— Ah! Porque não! Eu não sei exatamente, exceto que... bem, você é tolo em alguns aspectos. Só porque é muito mais velho do que eu, você acha que eu... bem, que eu estou inclinada a gostar de outras pessoas. Achei que talvez fosse ficar aborrecido sobre Lawrence e eu sermos amigos.

— Você é muito esperta ao esconder as coisas — falei, lembrando-me do que ela me dissera naquele quarto, menos de uma semana antes, e de maneira tão natural.

— Sim, sempre consegui esconder as coisas. De certa forma, gosto de fazer isso.

Sua voz tinha um tom infantil de prazer.

— Mas é bem verdade o que eu disse. Não sabia sobre Anne, e me perguntei por que Lawrence estava tão diferente, não... bem, não me notando de verdade. Não estou acostumada com isso.

Houve uma pausa.

— Você entende, Len? — disse Griselda, ansiosa.

— Sim, eu entendo.

Mas será que eu entendi?

Capítulo 25

Percebi ser difícil me livrar da impressão deixada pela carta anônima. A mancha fica.

Contudo, juntei as outras três cartas, olhei meu relógio e saí de casa.

Fiquei pensando muito no que seria aquilo que "chegara aos ouvidos" de três senhoras simultaneamente. Imaginei que fosse a mesma notícia. Nisso, eu acabaria percebendo que minha psicologia havia falhado.

Não posso fingir que meus telefonemas me levaram além da delegacia. Meus pés gravitaram até lá por conta própria. Eu estava ansioso para saber se o Inspetor Slack havia retornado do Casarão.

Descobri que sim, e, além disso, que Miss Cram havia retornado com ele. A bela Gladys estava sentada na delegacia, resolvendo o assunto com autoridade. Ela negou terminantemente ter levado a mala para a floresta.

— Só porque uma dessas velhas fofoqueiras não tinha nada melhor para fazer do que ficar olhando pela janela a noite toda, você vem e me ataca. Ela se enganou uma vez, lembra? Quando disse que me viu no final da rua na tarde do assassinato. Se ela se enganou à luz do dia, como poderia ter me reconhecido ao luar? É perverso o modo como essas velhas senhoras agem por aqui. Elas dizem qualquer coisa. E eu dormindo em minha cama, tão inocente. Vocês deveriam se envergonhar, todos vocês.

— E supondo que a proprietária do Javali Azul identifique a maleta como sendo sua, Miss Cram?

— Se ela disse qualquer coisa do tipo, está errada. Não há nome nela. Quase todo mundo tem uma maleta como essa. Quanto ao pobre Dr. Stone, acusando-o de ser um ladrão comum! E ele tinha muitos diplomas em seu nome.

— A senhorita então se recusa a dar qualquer explicação, Miss Cram?

— Não estou me recusando a nada, o senhor cometeu um engano, só isso. O senhor e essas intrometidas Marples. Não vou dizer mais nenhuma palavra… não sem meu advogado presente. Vou embora agora mesmo… a não ser que o senhor esteja me prendendo.

Como resposta, o inspetor se levantou e abriu a porta para ela. Jogando a cabeça para trás, Miss Cram saiu caminhando.

— Essa é a linha que ela decidiu adotar — disse Slack, voltando para sua cadeira. — Negar tudo. E, é claro, a velha senhora poderia ter se enganado. Nenhum júri irá acreditar que se pode reconhecer alguém daquela distância em uma noite de luar. E é claro, como eu disse, a velha senhora poderia ter se enganado.

— Poderia — falei —, mas não acho que tenha. Miss Marple costuma estar certa. É isso que a torna impopular.

O inspetor sorriu.

— Foi o que Hurst disse. Meu Deus, esses vilarejos.

— E quanto à prata, inspetor?

— Pareceu estar perfeitamente em ordem. Claro, isso significava que um lote ou outro deve ser falso. Há um homem muito bom em Much Benham, uma autoridade em prata antiga. Telefonei para ele e enviei um carro para buscá-lo. Em breve saberemos qual é qual. Ou o roubo foi um fato consumado, ou então foi apenas planejado. Não faz muita diferença de qualquer maneira... digo, para nós. Roubo é algo pequeno comparado a assassinato. Esses dois não estão envolvidos no crime. Talvez consigamos uma pista sobre ele através da garota, foi por isso que a deixei ir sem mais problemas.

— Eu estranhei — comentei.

— Uma pena quanto a Mr. Redding. Não é sempre que se encontra um homem tão disposto a nos facilitar a vida.

— Acho que não — falei, sorrindo levemente.

— Mulheres causam muitos problemas — moralizou o inspetor. Ele suspirou e continuou, para minha surpresa: — E é claro, tem o Archer.

— Ah! — exclamei. — O senhor pensou nele?

— Ora, claro, senhor, foi o primeiro. Não precisei de carta anônima para ficar na cola dele.

— Cartas anônimas — falei, ríspido. — Então o senhor recebeu uma?

— Não é nada novo, senhor. Recebemos pelo menos uma dúzia por dia. Ah, sim, fomos informados sobre o Archer. Como se a polícia não pudesse se virar sozinha! Archer está sob suspeita desde o início. O problema é que ele tem um álibi. Não que isso signifique alguma coisa, mas é difícil de superar.

— O que quer dizer com não significar alguma coisa? — perguntei.

— Bem, parece que ele passou a tarde toda com alguns amigos. Não que isso importe muito, como eu disse. Homens como Archer e seus amigos jurariam qualquer coisa. Não se pode acreditar em uma palavra sequer do que dizem. Nós sabemos disso. Mas o público não, e o júri é escolhido do público, o que é uma pena. Eles não sabem de nada, e a probabilidade de acreditarem em tudo o que é dito no banco das testemunhas é de dez para um, não importa quem deponha. E é claro que o próprio Archer vai jurar que não foi ele até ficar roxo de vergonha.

— Não será tão prestativo quanto Mr. Redding — falei com um sorriso.

— Não — disse o inspetor, fazendo a observação como uma simples declaração do fato.

— É natural, eu imagino, agarrar-se à vida — refleti.

— O senhor ficaria surpreso se soubesse quantos assassinos escapam impunes graças à bondade do júri — comentou o inspetor, de modo sombrio.

— Mas o senhor realmente acha que Archer cometeu o crime? — perguntei.

Sempre me pareceu curioso que o Inspetor Slack nunca tenha opiniões pessoais sobre o assassinato. A facilidade ou a dificuldade de obter uma condenação são os únicos pontos que parecem atraí-lo.

— Gostaria de ter um pouco mais de certeza — admitiu. — Uma impressão digital, uma pegada ou um avistamento nas proximidades na hora do crime. Não posso me arriscar a prendê-lo sem algo desse tipo. Ele foi visto na casa de Mr. Redding uma ou duas vezes, mas irá dizer que foi para falar com a mãe. Ela é uma pessoa decente. Não, no geral, prefiro aquela senhora. Se ao menos eu conseguisse provas definitivas de chantagem… mas não se consegue provas definitivas de nada neste crime! É teoria, teoria, teoria. É uma pena que não haja uma única solteirona morando na estrada diante de sua rua, Mr. Clement. Aposto que ela teria visto alguma coisa.

Suas palavras me lembraram de minhas visitas, e me despedi dele. Foi a única ocasião em que o vi de bom humor.

Minha primeira visita foi para Miss Hartnell. Ela devia estar me observando da janela, pois, antes que eu tivesse tempo de tocar a campainha, abriu a porta e, apertando minha mão firmemente na sua, me conduziu até a soleira.

— Que bom que o senhor veio. Venha aqui para dentro. É mais discreto.

Entramos em uma sala microscópica, do tamanho de um galinheiro. Miss Hartnell fechou a porta e, com um ar de profundo segredo, acenou para que eu escolhesse uma cadeira (eram apenas três). Percebi que ela estava se divertindo.

— Eu nunca fui do tipo de ficar enrolando — disse ela com sua voz alegre, ligeiramente atenuada para condizer às exigências da situação. — O senhor sabe como as coisas acontecem em uma cidadezinha como esta.

— Infelizmente, eu sei — falei.

— Concordo com o senhor. Ninguém detesta fofocas mais do que eu. Mas é isso. Achei que era meu dever dizer ao inspetor de polícia que visitei Mrs. Lestrange na tarde do assassinato e que ela estava fora de casa. Não espero que me agradeçam por cumprir meu dever, eu simplesmente o cumpro. Ingratidão é o que encontramos do começo ao fim nesta vida. Ora, ontem mesmo aquela atrevida Mrs. Baker...

— Sim, sim — respondi, na esperança de evitar aquela ladainha de sempre. — Muito triste, muito triste. Mas a senhora estava dizendo...

— As classes baixas não sabem quem são seus melhores amigos — disse Miss Hartnell. — Sempre digo algo adequado quando estou de visita. Não que me agradeçam por isso.

— A senhora estava contando ao inspetor sobre sua visita a Mrs. Lestrange — instiguei.

— Exatamente... A propósito, ele não me agradeceu. Disse que pediria informações quando quisesse, não exatamente com essas palavras, mas esse era o espírito. Há uma classe diferente de homens na polícia hoje em dia.

— Muito provavelmente — respondi. — Mas a senhora ia dizer alguma coisa?

— Que desta vez decidi que não chegaria perto de nenhum inspetor miserável. Afinal, um pastor é um cavalheiro... ao menos alguns são — acrescentou ela.

Entendi que a qualificação pretendia me incluir.

— Se eu puder ajudar a senhora de alguma forma — comecei.

— É uma questão de dever — disse Miss Hartnell, e fechou a boca bruscamente. — Não queria ter que dizer essas coisas. Ninguém aprecia isso menos do que eu. Mas dever é dever.

Esperei.

— Me deram a entender — continuou Miss Hartnell, ficando um pouco vermelha — que Mrs. Lestrange disse que estava em casa o tempo todo... que não atendeu a porta porque... bem, não quis. Está se achando muito superior. Só a visitei por uma questão de dever, e para ser tratada assim!

— Ela esteve doente — falei, suavemente.

— Doente? Bobagem. O senhor é muito ingênuo, Mr. Clement. Não há nada de errado com aquela mulher. Doente demais para comparecer ao inquérito, até parece! Com atestado médico do Dr. Haydock. Ela consegue dominá-lo, todo mundo sabe disso. Bem, onde eu estava?

Eu não sabia bem. Com Miss Hartnell é difícil saber quando a narrativa termina e começam os vitupérios.

— Ah, sobre visitá-la naquela tarde. Bem, é bobagem dizer que ela estava em casa. Não estava. Eu sei.

— Como a senhora sabe?

O rosto de Miss Hartnell ficou ainda mais vermelho. Em alguém menos truculenta, seu comportamento poderia se passar por constrangimento.

— Eu bati e toquei a campainha — explicou ela. — Duas vezes. Se não três. E de repente me ocorreu que a campainha poderia estar quebrada.

Fiquei feliz em notar que ela não conseguia me olhar nos olhos ao dizer isso. O mesmo empreiteiro constrói todas as nossas casas e as campainhas que ele instala são claramente audíveis quando estamos em pé no capacho do lado de fora. Tanto Miss Hartnell quanto eu sabíamos disso perfeitamente, mas suponho que as decências devem ser preservadas.

— E então? — murmurei.

— Eu não queria colocar meu cartão de visitas na caixa de correio. Isso pareceria muito rude, e eu posso ser muita coisa, mas nunca sou rude.

Ela fez essa declaração surpreendente sem nem sequer piscar.

— Então, pensei em simplesmente dar uma volta pela casa e… e bater na vidraça da janela — continuou, sem corar. — Dei uma volta completa pela casa e olhei por todas as janelas, mas não havia ninguém lá dentro.

Eu a entendi perfeitamente. Aproveitando o fato de a casa estar vazia, Miss Hartnell deu rédea solta a sua curiosidade e andou pela casa examinando o jardim e espiando por todas as janelas para ver o máximo possível do interior. Ela decidiu contar essa história para mim, acreditando que eu seria uma plateia mais compreensiva e tolerante do que a polícia. O clero deve dar o benefício da dúvida a seus paroquianos.

Não fiz nenhum comentário sobre a situação. Apenas uma pergunta.

— Que horas eram, Miss Hartnell?

— Até onde me lembro — disse ela —, deviam ser quase seis da tarde. Fui direto para casa depois, e cheguei por volta das 18h10, e Mrs. Protheroe chegou por volta das 18h30, deixando o Dr. Stone e Mr. Redding do lado de fora, e conversamos sobre bulbos de flores. E nesse tempo todo o pobre coronel jazia assassinado. É um mundo triste.

— Às vezes é um mundo bastante desagradável. — Levantei-me. — E é só isso que a senhora tem a me dizer?

— Eu só achei que poderia ser importante.

— Pode ser — concordei.

E, recusando-me a me alongar mais, para grande decepção de Miss Hartnell, eu me despedi.

Miss Wetherby, a quem visitei em seguida, recebeu-me com certa agitação.

— Caro pastor, que gentileza. Já tomou chá? Não quer mesmo? Uma almofada para as costas? É muita gentileza sua vir tão prontamente. Sempre disposto a se sacrificar pelos outros.

Houve muita discussão sobre isso antes de chegarmos ao ponto, e mesmo assim a abordagem foi feita com bastante circunlóquios.

— O senhor tenha em mente que ouvi isso de fonte segura.

Em St. Mary Mead, a fonte segura é sempre o criado de outra pessoa.

— A senhora não pode me dizer quem lhe contou?

— Eu prometi, caro Mr. Clement. E sempre acho que uma promessa deve ser algo sagrado.

Ela parecia muito solene.

— Digamos que um passarinho me contou. Isso é seguro, não é?

Eu queria dizer: "É uma bobagem danada." Eu bem que gostaria de ter dito. Eu gostaria de ter observado o efeito em Miss Wetherby.

— Bem, esse passarinho me contou que viu uma certa senhora, que não direi o nome.

— Outro tipo de pássaro? — perguntei.

Para minha grande surpresa, Miss Wetherby caiu na gargalhada e me deu um tapinha brincalhão no braço, dizendo:

— Ah, pastor, não seja tão danadinho!

Quando se recuperou, continuou:

— Uma certa senhora, e para onde o senhor acha que essa certa senhora estava indo? Ela dobrou a esquina da casa paroquial, mas, antes disso, olhou para os dois lados da rua de um jeito muito peculiar... para ver se alguém que ela conhecia estava notando, imagino.

— E o passarinho...? — perguntei.

— Fazendo uma visita ao peixeiro... na sala em cima da loja.

Sei para onde as empregadas vão em seus dias de folga. Sei que há um lugar para onde elas nunca vão se puderem evitar — qualquer lugar ao ar livre.

— E a hora — continuou Miss Wetherby, inclinando-se misteriosamente para a frente — era pouco antes das dezoito.

— Em que dia?

Miss Wetherby deu um gritinho.

— O dia do assassinato, claro. Não foi o que eu disse?

— Eu deduzi — respondi. — E o nome da moça?

— Começa com L — falou Wetherby, balançando a cabeça várias vezes.

Sentindo que havia chegado ao fim das informações que Miss Wetherby tinha a transmitir, levantei-me.

— O senhor não vai deixar a polícia me interrogar, vai? — disse Miss Wetherby, de um modo patético, enquanto apertava minha mão entre as suas. — Eu realmente evito chamar a atenção e me pôr de pé no tribunal!

— Em casos especiais — falei —, eles deixam as testemunhas se sentarem.

E fui embora.

Ainda faltava Mrs. Price Ridley para visitar. Aquela senhora me pôs em meu lugar imediatamente.

— Não vou me meter em nenhum assunto policial — disse ela, taciturna, depois de apertar minha mão friamente. — Por outro lado, o senhor entende que, tendo me deparado com uma circunstância que precisa ser explicada, acho que deveria ser levada ao conhecimento das autoridades.

— Isso diz respeito a Mrs. Lestrange? — indaguei.

— Por que deveria? — perguntou Mrs. Price Ridley friamente.

Ela me deixou em desvantagem.

— É uma questão muito simples — continuou ela. — Minha empregada, Clara, estava parada no portão da frente, ela foi até ali por um ou dois minutos… *diz ela* que queria tomar ar fresco. Muito improvável, eu diria. Muito mais provável que ela estivesse procurando o garoto do peixeiro... se é que se pode chamá-lo de garoto... um rapaz atrevido e insolente, que acha que, por ter 17 anos, pode brincar com todas as garotas. Enfim, como eu disse, ela estava parada no portão e ouviu um espirro.

— Sim — respondi, esperando por mais.

— É só isso. Estou lhe dizendo que ela ouviu um espirro. E não me venha dizer que já não sou tão jovem quanto era e que posso ter me enganado, porque foi Clara quem ouviu, e ela só tem 19 anos.

— Mas por que ela não poderia ter escutado um espirro? — perguntei.

Mrs. Price Ridley me observou com evidente pesar por minha pobreza de intelecto.

— Ela ouviu um espirro no dia do assassinato, em uma hora em que não havia ninguém em sua casa. Sem dúvida, o assassino estava escondido nos arbustos, esperando a oportunidade. O que o senhor precisa procurar é um homem que esteja resfriado.

— Ou alguém sofrendo de rinite alérgica — sugeri. — Mas, na verdade, Mrs. Price Ridley, acho que esse mistério tem uma solução muito fácil. Nossa empregada, Mary, está com um forte resfriado. Aliás, o fungar dela tem nos incomodado muito ultimamente. Deve ter sido o espirro dela que sua empregada ouviu.

— Foi o espirro de um homem — disse Mrs. Price Ridley com firmeza. — E o senhor poderia ouvir sua empregada espirrar de sua cozinha em nosso portão.

— Do seu portão a senhora não conseguiria ouvir ninguém espirrando no escritório — falei. — Ou, pelo menos, duvido muito.

— Eu disse que o homem poderia estar escondido nos arbustos — lembrou Mrs. Price Ridley. — Com certeza, quando Clara entrou, ele veio pela porta da frente.

— Bem, claro que é possível — comentei.

Tentei não fazer minha voz soar intencionalmente reconfortante, mas devo ter falhado, pois de repente Mrs. Price Ridley me lançou um olhar furioso.

— Estou acostumada a não ser ouvida, mas devo mencionar também que deixar uma raquete de tênis jogada largada de qualquer jeito na grama sem uma capa a estraga completamente. E raquetes de tênis são muito caras hoje em dia.

Não parecia haver sentido nesse ataque lateral. Isso me deixou totalmente desconcertado.

— Mas talvez o senhor não concorde — disse Mrs. Price Ridley.

— Ah! Concordo… com certeza.

— Fico feliz. Bem, isso é tudo o que tenho a dizer. Lavo minhas mãos de todo esse assunto.

Ela se recostou e fechou os olhos como se estivesse cansada deste mundo. Agradeci e me despedi.

Na porta, aventurei-me a perguntar a Clara sobre a declaração de sua patroa.

— É bem verdade, senhor, ouvi um espirro. E não foi um espirro comum, de forma alguma.

Nada a respeito de um crime é comum. O tiro não foi um tipo comum de tiro. O espirro não foi um tipo comum de espirro. Era um espirro especial de assassino, eu presumo. Perguntei à garota a que horas isso ocorreu, mas ela foi muito vaga, achava que havia sido algum momento entre 18h15 e 18h30. De todo modo, "foi antes de a patroa receber aquele telefonema e passar mal".

Perguntei a ela se tinha escutado qualquer tipo de tiro. E ela disse que os tiros tinham sido horríveis. Depois disso, dei muito pouco crédito a suas declarações.

Eu estava passando por meu portão quando decidi visitar um amigo.

Olhando o relógio, vi que dava tempo de fazer isso antes de ir para a oração das Vésperas. Desci a rua até a casa de Haydock. Ele veio até a porta para me receber.

Notei novamente como ele estava preocupado e abatido. Esse assunto parecia tê-lo envelhecido além de qualquer conhecimento.

— Que bom ver você — disse ele. — Quais as novidades?

Contei a ele as últimas novidades a respeito de Stone.

— Um ladrão de alta classe — comentou ele. — Bem, isso explica muita coisa. Ele leu sobre o assunto, mas cometia deslizes de tempos em tempos. Protheroe deve tê-lo pegado na mentira alguma vez. Lembre-se da briga que tiveram. O que o senhor acha quanto à moça? Ela também está envolvida?

— Minha opinião sobre isso ainda é indefinida. De minha parte, acho que está tudo certo com a moça. — E acrescentei: — Ela é uma perfeita idiota.

— Ah! Eu não diria isso. Ela é bastante astuta, Miss Gladys Cram. Ela é um espécime perfeitamente saudável. É improvável que seja do interesse de membros de minha profissão.

Disse-lhe que estava preocupado com Hawes e que eu ansiava que ele viajasse para um verdadeiro descanso e mudança de ares.

Algo evasivo surgiu em seu jeito quando eu disse isso. Sua resposta não soou muito verdadeira.

— Sim — disse ele, devagar. — Imagino que seria a melhor coisa. Coitado. Coitado.

— Pensei que você não gostasse dele.

— Não gosto... não muito. Mas me lamento por muitas pessoas das quais não gosto. — Ele acrescentou, depois de um instante: — Lamento até pelo Protheroe. Coitado... ninguém nunca gostou muito dele. Muito convencido de sua própria virtude. É bastante desagradável. Ele sempre foi assim, mesmo quando jovem.

— Eu não sabia, você já o conhecia, então?

— Ah, sim! Quando ele morava em Westmorland, eu tinha um consultório não muito longe. Isso já faz muito tempo. Quase vinte anos.

Suspirei. Vinte anos atrás, Griselda tinha 5 anos.

O tempo é uma coisa estranha…

— É só isso que veio me dizer, Clement?

Olhei para cima, assustado. Haydock me observava com olhos penetrantes.

— Há mais uma coisa, não é? — disse ele. Assenti.

Eu estava em dúvida se deveria falar ou não quando entrei, mas agora decidi fazê-lo. Gosto de Haydock tanto quanto de qualquer homem que conheço. Ele é um sujeito esplêndido em todos os sentidos. Senti que o que eu tinha a dizer poderia ser útil para ele. Recitei minhas conversas com Miss Hartnell e Miss Wetherby.

Ele ficou em silêncio por um longo tempo depois que eu falei.

— É bem verdade, Clement — disse ele finalmente. — Venho tentando proteger Mrs. Lestrange de qualquer inconveniente que eu possa. Na verdade, ela é uma velha amiga. Mas esse não é o meu único motivo. Aquele meu atestado médico não é a invenção que vocês pensam que é. — Ele fez uma pausa e prosseguiu, seriamente: — Isso é entre nós dois, Clement. Mrs. Lestrange está condenada.

— O quê?

— Ela é uma mulher moribunda. Dou a ela um mês, no máximo. Você se pergunta por que eu quero evitar que ela seja importunada e interrogada? Quando ela virou a esquina nesta rua naquela noite, foi para cá que ela veio, para esta casa.

— Você nunca disse isso.

— Eu não quis criar falatório. Das dezoito às dezenove não é meu horário de atender pacientes, e todo mundo sabe disso. Mas pode acreditar em mim, ela estava aqui.

— Mas ela não estava aqui quando vim buscá-lo. Quer dizer, quando descobrimos o corpo.

— Não. — Ele pareceu perturbado. — Ela tinha saído... para um compromisso.

— Em que direção era o compromisso? Na casa dela?

— Eu não sei, Clement. Juro por minha honra, não sei.

Acreditei nele, mas...

— E supondo que um homem inocente seja enforcado?

— Não — replicou. — Ninguém será enforcado pelo assassinato do Coronel Protheroe. Pode acreditar em mim.

Mas era exatamentc isso que eu não podia fazer. E, no entanto, a certeza em sua voz era muito grande.

— Ninguém será enforcado — repetiu ele. — Este homem, Archer...

Ele fez um movimento impaciente.

— Não tem cérebro suficiente para limpar as impressões digitais da pistola.

— Talvez não — respondi, em dúvida.

Então me lembrei de algo e, tirando do bolso o pequeno cristal amarronzado que encontrara na floresta, estendi-o a ele e perguntei o que era.

— Hum — hesitou ele. — Parece ácido pícrico. Onde você o encontrou?

— Esse é o segredo de Sherlock Holmes — respondi. Ele sorriu. — O que é ácido pícrico?

— Bem, é um explosivo.

— Sim, isso eu sei, mas tem outra utilidade, não tem?

Ele assentiu.

— É usado na medicina... em solução para queimaduras. Uma maravilha.

Estendi a mão e, com certa relutância, ele a devolveu.

— Provavelmente não tem importância — falei. — Mas eu o encontrei em um lugar bastante incomum.

— Você não vai me dizer onde?

Sendo um tanto infantil, eu não diria.

Ele tinha seus segredos. Bem, eu teria os meus.

Fiquei um pouco ofendido por ele não ter confiado mais em mim.

Capítulo 26

Eu estava me sentindo estranho quando subi ao púlpito naquela noite.

A igreja estava estranhamente cheia. Não posso crer que tenha sido a perspectiva de ouvir a pregação de Hawes que tenha atraído tantas pessoas. Os sermões de Hawes são chatos e dogmáticos. Se havia circulado a notícia de que eu iria pregar em seu lugar, isso tampouco seria tão convidativo, pois meus sermões são chatos e didáticos. Receio que tampouco posso atribuir aquilo à devoção.

Todos tinham vindo, concluí, para ver quem mais estava lá e, possivelmente, fofocar um pouco no pórtico da igreja depois.

Haydock estava na igreja, o que é incomum, e também Lawrence Redding. E, para minha surpresa, ao lado de Lawrence, vi o rosto pálido e tenso de Hawes. Anne Protheroe estava lá, mas ela geralmente vai às Vésperas aos domingos, embora eu dificilmente imaginasse que ela iria naquele dia. Fiquei muito mais surpreso ao ver Lettice. Ir à igreja era obrigatório na manhã de domingo — o Coronel Protheroe era inflexível nesse ponto, mas eu nunca tinha visto Lettice na missa noturna antes.

Gladys Cram estava lá, parecendo descaradamente jovem e saudável em contraste com um bando de solteironas enrugadas, e imaginei que uma figura indistinta no fundo da igreja, que havia chegado tarde, fosse Mrs. Lestrange.

Não preciso dizer que Miss Price Ridley, Miss Hartnell, Miss Wethery e Miss Marple estavam lá a todo vapor. Toda a gente do vilarejo estava lá, com raras exceções. Não lembro quando tivemos tanta gente na congregação.

Multidões são coisas esquisitas. Havia uma atmosfera magnética naquela noite, e a primeira pessoa a sentir sua influência fui eu mesmo.

Via de regra, eu preparo meus sermões com antecedência. Sou cuidadoso e meticuloso, mas ninguém está mais ciente de suas deficiências do que eu.

Naquela noite, por necessidade, eu estava pregando de improviso e, ao olhar para o mar de rostos voltados para cima, uma loucura repentina me invadiu a mente. Deixei de ser, em qualquer sentido, um Ministro de Deus. Tornei-me um ator. Tinha uma plateia diante de mim e queria comovê-la — e, mais ainda, sentia a capacidade de comovê-la.

Não me orgulho do que fiz naquela noite. Não creio nem um pouco em pregações exaltadas. No entanto, desempenhei o papel de um evangelista vociferante e desvairado.

Apresentei meu texto lentamente.

Não vim para chamar os justos, mas sim os pecadores ao arrependimento.

Repeti isso duas vezes e ouvi minha própria voz, uma voz ressonante e vibrante, diferente da voz cotidiana de Leonard Clement.

De seu banco na primeira fila, vi Griselda olhar para cima, surpresa, e Dennis seguir seu exemplo.

Prendi a respiração por um ou dois instantes e então me deixei levar.

A congregação naquela igreja estava em um estado de emoção reprimida, pronta para ser manipulada. Eu a manipulei. Exortei os pecadores ao arrependimento. Entreguei-me a um frenesi emocional. Repetidamente, estendi a mão em tom de denúncia e repeti a frase:

— Estou falando *com você*...

E a cada vez, de diferentes partes da igreja, uma espécie de suspiro espantado se elevava.

A emoção em massa é uma coisa estranha e terrível.

Terminei com aquelas belas e pungentes palavras — talvez as mais pungentes de toda a Bíblia:

— *Esta noite lhe pedirão sua alma*...

Foi uma possessão estranha e breve. Quando voltei para a casa paroquial, havia retornado a meu eu normal, desbotado e indefinido. Achei Griselda bastante pálida. Ela enroscou seu braço no meu.

— Len — disse ela —, você estava bastante assustador esta noite. Eu... eu não gostei. Nunca ouvi você pregar desse jeito antes.

— E não creio que jamais verá outra vez — falei, afundando cansado no sofá. Eu estava exausto.

— O que o levou a fazer isso?

— Fui tomado por uma loucura repentina.

— Ah! Não foi... algo especial?

— Como assim... algo especial?

— Fiquei me perguntando... só isso. Você é muito imprevisível, Len. Nunca sinto que o conheço de verdade.

Sentamo-nos para uma ceia fria, pois Mary estava fora.

— Tem um bilhete para você no corredor — informou Griselda.

— Pegue para mim, Dennis, por favor?

Dennis, que estivera em silêncio, obedeceu.

Peguei o bilhete e grunhi. No canto superior esquerdo, estava escrito: *Em mãos — Urgente*.

— Esse deve ser de Miss Marple — falei. — Não sobrou mais ninguém.

Minha suposição estava perfeitamente certa.

Caro Mr. Clement, eu gostaria muito de ter uma conversinha com o senhor sobre uma ou duas coisas que me ocorreram. Sinto que todos nós deveríamos tentar ajudar a elucidar este triste mistério. Passarei por volta das 21h30, se me permite, e darei uma batida na porta de vidro de seu escritório. Talvez a querida Griselda pudesse ser gentil o suficiente para vir aqui e animar meu sobrinho. E Mr. Dennis também, é claro, se ele quiser vir. Se eu não receber resposta, esperarei por eles e irei pessoalmente na hora marcada.

Atenciosamente,

Jane Marple.

Entreguei o bilhete para Griselda.

— Ah, a gente vai! — disse ela, animada. — Uma ou duas tacinhas de licor caseiro são exatamente do que se precisa em uma noite de domingo. Acho que é o manjar branco da Mary que é tão terrivelmente deprimente. Parece algo saído de um necrotério.

Dennis pareceu menos encantado com a perspectiva.

— Para você está tudo ótimo — resmungou ele. — Você sabe falar todas essas coisas intelectuais sobre arte e livros. Eu sempre me sinto um completo idiota sentado ouvindo vocês.

— Isso será bom para você — comentou Griselda serenamente. — Porque o coloca em seu devido lugar. De qualquer forma, não acho que Mr. Raymond West seja tão incrivelmente inteligente quanto finge ser.

— Muito poucos de nós somos.

Eu me perguntava muito sobre o que exatamente Miss Marple queria discutir. De todas as senhoras de minha congregação, eu a considerava de longe a mais astuta. Ela não só vê e ouve praticamente tudo o que acontece, como também tira deduções surpreendentemente claras e pertinentes dos fatos que chegam até ela.

Se, em algum momento, eu fosse embarcar em uma carreira de trapaceiro, seria de Miss Marple que eu teria medo.

O que Griselda chamou de "Comitê de Entreter Sobrinho" começou um pouco depois das 21h, e enquanto eu esperava a chegada de Miss Marple, me diverti elaborando o cronograma dos fatos relacionados ao crime. Organizei-os, na medida do possível, em ordem cronológica. Não sou uma pessoa pontual, mas sou organizada e gosto das coisas anotadas de forma metódica.

Pontualmente às 21h30, ouvi uma leve batida na porta de vidro, levantei-me e deixei Miss Marple entrar.

Ela usava um belo xale rendado jogado sobre a cabeça e os ombros, e estava parecendo um tanto velha e frágil. Entrou cheia de pequenas observações alvoroçadas.

— Que gentileza sua me deixar vir... e que gentileza da querida Griselda... Raymond a admira tanto... uma perfeita pintura de Greuze, como ele sempre a chama... Não, não quero um banquinho.

Coloquei o xale rendado em uma cadeira e voltei para me sentar de frente para minha convidada. Olhamos um para o outro, e um pequeno sorriso depreciativo se abriu em seu rosto.

— Acho que o senhor deve estar se perguntando por que... por que estou tão interessada em tudo isso. O senhor pode achar que é muito pouco feminino. Não... por favor... eu gostaria de explicar, se me permite.

Ela fez uma pausa, com um rubor surgindo nas bochechas.

— Veja bem — enfim começou —, vivendo sozinha, como eu, em uma parte um tanto remota do mundo, é preciso ter um hobby. É claro, há o tricô, servir de guia, assistência social e desenhos, mas meu hobby é, e sempre foi, a Natureza Humana. É tão variada... e tão fascinante. E, claro, em um pequeno vilarejo, sem nada para nos distrair, temos amplas oportunidades de nos tornarmos o que eu poderia chamar de proficientes em nossos estudos. Começamos a classificar as pessoas, de forma bastante definida, como se fossem pássaros ou flores, agrupar este com aquele, este gênero, aquela espécie. Às vezes, é claro, cometemos erros, mas, com o passar do tempo, cada vez menos. E então, também, testamos a nós mesmos. Pegue um probleminha… por exemplo, o vidro de camarões em conserva que tanto divertiu a querida Griselda… um mistério sem importância, mas absolutamente incompreensível a menos que seja resolvido corretamente. E então havia aquela questão das pastilhas para tosse trocadas e do guarda-chuva da mulher do açougueiro… este último absolutamente sem sentido, a menos que se suponha que o verdureiro não estivesse se comportando nada bem com a mulher do farmacêutico… o que, claro, acabou sendo o caso. É tão fascinante, sabe, aplicar o próprio julgamento e descobrir que se está certo.

— Geralmente a senhora está, eu acho — falei, sorrindo.

— Receio que tenha sido isso que me deixou um pouco convencida — confessou Miss Marple. — Mas sempre me perguntei se, caso um dia surgisse um mistério realmente grande, eu conseguiria fazer a mesma coisa. Digo, apenas resolvê-lo corretamente. Pela lógica, deveria ser exatamente a mesma coisa. Afinal, um pequeno protótipo de um torpedo é igual a um torpedo de verdade.

— A senhora quer dizer que é tudo uma questão de relação entre as coisas — falei lentamente. — Deveria ser… pela lógica, eu admito. Mas não sei se é realmente assim.

— Certamente deve ser a mesma coisa — disse Miss Marple. — Os… o que na escola a gente costumava chamar de fatores… são os mesmos. Há o dinheiro, a atração mútua entre pessoas do… hã… sexo oposto… e há transviados, é claro… Tantas pessoas são um pouquinho transviadas, não são? Na verdade, a maioria das pessoas é, quando a gente as conhece bem. E pessoas normais às vezes fazem coisas tão espantosas, e pessoas anormais às vezes são tão sãs e comuns. Na verdade, a única maneira é comparar as pessoas com outras que você conheceu ou com quem cruzou caminho. O senhor ficaria surpreso se soubesse quão poucos tipos diferentes existem no total.

— A senhora me assusta — comentei. — Sinto que estou sendo examinado sob um microscópio.

— Claro, eu nem sonharia em dizer nada disso ao Coronel Melchett... um homem tão autoritário, não é? E o pobre Inspetor Slack... bem, ele é exatamente como a moça da loja de botas que quer lhe vender couro envernizado porque tem uma de seu tamanho, e não liga para o fato de você querer pelica marrom.

Essa, realmente, é uma ótima descrição de Slack.

— Mas o senhor, Mr. Clement, tenho certeza de que sabe tanto sobre o crime quanto o Inspetor Slack. Pensei que, se pudéssemos trabalhar juntos...

— Fico pensando... — comecei. — Acho que cada um de nós, no fundo, se imagina como um Sherlock Holmes.

Então contei a ela sobre as três intimações que recebera naquela tarde. Contei a ela sobre a descoberta do quadro com o rosto cortado feita por Anne. Também contei a ela sobre a atitude de Miss Cram na delegacia e descrevi a identificação que Haydock fez do cristal que eu havia pegado.

— Tendo eu mesmo descoberto isso — concluí —, gostaria que fosse importante, mas provavelmente não tem nada a ver com o caso.

— Ultimamente tenho lido muitas histórias policiais americanas na biblioteca — disse Miss Marple —, esperando que sejam úteis.

— Havia algo nelas sobre ácido pícrico?

— Receio que não. Lembro-me de ter lido uma história certa vez, na qual um homem foi envenenado com ácido pícrico e lanolina, que foi esfregada nele como se fosse uma pomada.

— Mas como ninguém foi envenenado aqui, isso não parece entrar na equação.

Então peguei minha agenda e a entreguei a ela.

— Tentei recapitular os fatos do caso da forma mais clara possível — comentei.

MEU CRONOGRAMA
Quinta-feira, 21 de setembro

12h30 — O Coronel Protheroe altera seu compromisso das 18h para as 18h30. Provavelmente foi escutado por metade do vilarejo.

12h45 — A pistola é vista pela última vez em seu devido lugar. (Mas isso é duvidoso, pois Mrs. Archer havia dito anteriormente que não conseguia se lembrar.)

17h30 (aprox.) — O coronel e Mrs. Protheroe saem do Casarão e vão até a aldeia de carro.

17h30 — Uma ligação falsa é feita para mim da Portaria Norte, no Casarão.

18h15 (ou um pouquinho antes) — O Coronel Protheroe chega à casa paroquial. Mary o conduz ao escritório.

18h20 — Mrs. Protheroe vem pela alameda de trás e atravessa o jardim para ir à porta de vidro do escritório. O Coronel Protheroe não está visível.

18h29 — Ligação da casa de Lawrence Redding transferida para Mrs. Price Ridley (de acordo com a central telefônica).

18h30/18h35 — Um tiro é escutado. (Aceitando o horário da ligação telefônica como correto.) Os depoimentos de Lawrence Redding, Anne Protheroe e do Dr. Stone parecem indicar que foi antes, mas Mrs. Price Ridley provavelmente está certa.

18h45 — Lawrence Redding chega à casa paroquial e encontra o corpo.

18h48 — Encontro Lawrence Redding.
18h49 — O corpo é descoberto por mim.
18h55 — Haydock examina o corpo.

Nota: As únicas duas pessoas que não têm nenhum tipo de álibi para as 18h30–18h35 são Miss Cram e Mrs. Lestrange. Miss Cram diz que estava no túmulo, mas não há confirmação. Parece razoável, no entanto, dispensá-la do caso, pois não parece haver nada que a conecte a ele. Mrs. Lestrange saiu da casa do Dr. Haydock algum tempo depois das dezoito horas para um compromisso. Onde era o compromisso e com quem? Dificilmente poderia ter sido com o Coronel Protheroe, pois se esperava que estivesse ocupado comigo. É verdade que Mrs. Lestrange estava perto do local no momento em que o crime foi cometido, mas parece duvidoso qual motivo ela poderia ter tido para assassiná-lo. Ela não se beneficiou com a morte dele, e não posso aceitar a teoria de chantagem do inspetor. Mrs. Lestrange não é esse tipo de mulher. Também parece improvável que ela tivesse se apossado da pistola de Lawrence Redding.

— Muito claro — disse Miss Marple, balançando a cabeça em aprovação. — Muito claro mesmo. Os cavalheiros sempre fazem excelentes memorandos.

— Concorda com o que escrevi? — perguntei.

— Ah, sim, o senhor expôs tudo muito bem.

Fiz-lhe então a pergunta que sempre quis fazer.

— Miss Marple — falei. — De quem a senhora suspeita? A senhora disse uma vez que havia sete pessoas.

— É exatamente isso, eu acho — disse Miss Marple distraidamente. — Imagino que cada um de nós suspeite de alguém diferente. Na verdade, se pode ver que sim.

Ela não me perguntou de quem eu suspeitava.

— A questão é — disse ela — que é preciso dar uma explicação para tudo. Cada coisa precisa ser explicada de modo satisfatório. Se a gente tem uma teoria que se encaixa em todos os fatos, bem, então deve ser a correta. Mas isso é extremamente difícil. Se não fosse por aquele bilhete...

— O bilhete? — perguntei, surpreso.

— Sim, o senhor se lembra, eu lhe disse. Aquele bilhete tem me preocupado o tempo todo. Está errado, de algum modo.

— Com certeza — falei —, isso está explicado agora. Foi escrito às 18h35 por outra mão, a do assassino, que colocou o enganoso 18h20 no cabeçalho. Acho que isso está claramente estabelecido.

— Mas mesmo assim — disse Miss Marple — está tudo errado.

— Mas por quê?

— Escute. — Miss Marple inclinou-se para a frente, ansiosa. — Mrs. Protheroe passou pelo meu jardim, como eu lhe disse, e foi até a porta de vidro do escritório, olhou para dentro e não viu o Coronel Protheroe.

— Porque ele estava escrevendo na escrivaninha.

— E é isso que está errado. Isso foi às 18h20. Nós concordamos que ele não iria se sentar para dizer que não podia esperar mais até depois das 18h30... Então, por que ele estava sentado à escrivaninha?

— Nunca pensei nisso — falei devagar.

— Vamos repassar tudo de novo, meu querido Mr. Clement. Mrs. Protheroe chega à porta de vidro e pensa que a sala está vazia... ela deve ter pensado isso, porque, do contrário, nunca teria descido ao estúdio para encontrar Mr. Redding. Não teria sido seguro. A sala devia estar absolutamente silenciosa se ela pensou que estava vazia. E isso nos deixa três alternativas, não é?

— A senhora quer dizer...

— Bem, a primeira alternativa seria a de que o Coronel Protheroe já estava morto, mas não acho que seja a mais provável. Para começar, ele só estava lá havia cerca de cinco minutos, e ela ou eu teríamos ouvido o tiro; e, em segundo lugar, a mesma dificuldade permanece quanto a presença dele na escrivaninha. A segunda alternativa, claro, é que ele estava sentado à escrivaninha escrevendo um bilhete, mas, nesse caso, deve ter sido um bilhete completamente diferente. Não pode ter sido para dizer que não podia esperar. E a terceira...

— Sim?

— Bem, a terceira, claro, é que Mrs. Protheroe estava certa e que a sala estava vazia.

— A senhora quer dizer que, depois de ter entrado, ele saiu e voltou depois?

— Sim.

— Mas por que ele faria isso?

Miss Marple estendeu as mãos em um pequeno gesto de perplexidade.

— Isso significaria ter que olhar para o caso de um ângulo completamente diferente.

— Muitas vezes temos que fazer isso... para tudo. O senhor não acha?

Não respondi. Eu estava repassando cuidadosamente em minha mente as três alternativas que Miss Marple havia sugerido.

Com um leve suspiro, a velha senhora se levantou.

— Preciso voltar. Estou muito feliz por ter tido esta breve conversa... embora não tenhamos ido muito longe, não é?

— Para dizer a verdade — falei, enquanto buscava seu xale —, tudo me parece um labirinto desconcertante.

— Ah! Eu não diria isso. Acho que, no geral, uma teoria serve para quase tudo. Isto é, se a gente admitir uma coincidência... e acho que uma coincidência é admissível. Mais do que uma, claro, é improvável.

— A senhora realmente acha isso? Sobre a teoria, quero dizer? — perguntei, olhando para ela.

— Admito que há um ponto fraco em minha teoria, um fato que não consigo superar. Ah! Se ao menos aquele bilhete tivesse sido bem diferente…

Ela suspirou e balançou a cabeça. Foi até a janela e, distraída, estendeu a mão e apalpou a planta de aparência um tanto deprimida que estava no alto de um suporte.

— Sabe, querido Mr. Clement, esta planta aqui deveria ser regada com mais frequência. Coitada, está precisando muito. Sua empregada deveria regá-la todos os dias. Suponho que seja ela quem cuida da planta, não é?

— Tanto quanto ela cuida de qualquer coisa — respondi.

— Não está bem treinada ainda — sugeriu Miss Marple.

— Sim — respondi. — E Griselda se recusa terminantemente a tentar demiti-la. Ela acha que apenas uma criada completamente indesejável permanecerá conosco. No entanto, a própria Mary pediu demissão outro dia.

— É mesmo? Sempre imaginei que ela gostasse muito de vocês dois.

— Não que eu tenha percebido — respondi. — Mas, na verdade, foi Lettice Protheroe quem a aborreceu. Mary voltou do inquérito um tanto temperamental e encontrou Lettice aqui e… bem, elas discutiram.

— Ah! — disse Miss Marple.

Ela estava prestes a passar pela porta de vidro quando parou de repente, e uma série desconcertante de mudanças passou por seu rosto.

— Oh, céus! — murmurou para si mesma. — Eu fui estúpida. Então era isso. Perfeitamente possível o tempo todo.

— Perdão?

Ela virou-se para mim com uma expressão preocupada.

— Nada. Uma ideia que acabou de me ocorrer. Preciso ir para casa e pensar bem nas coisas. Sabe, acho que fui extremamente estúpida… de um modo inacreditável.

— Acho difícil de acreditar — falei, galantemente.

Acompanhei-a pela porta de vidro e pelo gramado.

— Pode me dizer o que lhe ocorreu tão de repente? — perguntei.

— Prefiro não… por enquanto. Veja bem, ainda existe a possibilidade de eu estar enganada, mas acho que não. Aqui estamos, no portão de meu jardim. Muito obrigada. Por favor, não precisa me acompanhar mais.

— O bilhete ainda é um obstáculo? — perguntei, enquanto ela passava pelo portão e o trancava.

Ela me olhou distraidamente.

— O bilhete? Ah! É claro que não era o bilhete verdadeiro. Nunca pensei que fosse. Boa noite, Mr. Clement.

Ela subiu rapidamente o caminho em direção à casa, deixando-me com o olhar fixo nela.

Eu não sabia o que pensar.

Capítulo 27

Griselda e Dennis ainda não haviam voltado. Concluí que o mais natural a se fazer seria eu ir até a casa com Miss Marple e buscá-los. Tanto ela quanto eu estivemos tão completamente absortos com nossas preocupações sobre o mistério, que nos esquecemos de que existia mais alguém no mundo além de nós.

Eu estava parado no corredor, pensando se não deveria ir me juntar a eles naquele exato momento, quando a campainha tocou. Fui até lá. Vi que havia uma carta na caixa e, presumindo que fosse essa a causa da campainha, a peguei.

Enquanto fazia isso, porém, a campainha tocou novamente. Enfiei a carta às pressas no bolso e abri a porta da frente.

Era o Coronel Melchett.

— Olá, Clement. Estou voltando da cidade para casa de carro. Pensei em dar uma olhada e ver se você poderia me servir uma bebida.

— Com prazer — falei. — Venha para o escritório.

Ele tirou o casaco de couro que estava usando e me seguiu até o escritório. Peguei o uísque, soda e duas taças. Melchett estava parado de pé em frente à lareira, com as pernas bem abertas, alisando o bigode bem aparado.

— Tenho uma novidade para você, Clement. A coisa mais espantosa que você já ouviu. Mas deixe isso para lá por enquanto.

Como estão as coisas por aqui? Mais alguma velhinha com uma pista quente?

— Elas não estão tão mal assim — comentei. — Uma delas, pelo menos, acha que chegou lá.

— Nossa amiga Miss Marple, certo?

— Nossa amiga Miss Marple.

— Mulheres assim sempre acham que sabem de tudo — disse o Coronel Melchett.

Ele tomou um gole de uísque com soda, contemplativo.

— Provavelmente é uma interferência desnecessária de minha parte perguntar — comentei —, mas suponho que alguém tenha interrogado o menino da peixaria. Quer dizer, se o assassino saiu pela porta da frente, há uma possibilidade de que o menino o tenha visto.

— Slack já o interrogou devidamente — disse Melchett. — Mas o menino disse que não encontrou ninguém. Era pouco provável que tivesse encontrado. O assassino não estaria exatamente procurando atenção. Há muito onde se esconder perto de seu portão da frente. Ele teria dado uma olhada para ver se a estrada estava livre. Precisou que passar na casa paroquial, na de Haydock e na de Mrs. Price Ridley. Era muito fácil se esquivar dele.

— Sim, suponho que sim.

— Por outro lado — continuou Melchett —, se por acaso aquele canalha do Archer tivesse feito o serviço, e o jovem Fred Jackson o visse por aí, duvido muito que ele revelasse. Archer é primo dele.

— Você suspeita mesmo de Archer?

— Bem, sabe, o velho Protheroe estava com a faca no pescoço de Archer. Havia muita animosidade entre eles. Leniência não era o ponto forte de Protheroe.

— Não. Ele era um homem muito implacável.

— O que eu digo é: viva e deixe viver — disse Melchett. — É claro que a lei é a lei, mas nunca é demais dar a um homem o benefício da dúvida. Foi isso que Protheroe nunca fez.

— Ele se orgulhava disso — falei. Houve uma pausa, e então perguntei: — Que "notícia espantosa" é essa que você me prometeu?

— Bem, *ela é* espantosa. Sabe aquela carta incompleta que Protheroe estava escrevendo quando foi morto?

— Sim.

— Contratamos um especialista nisso, para dizer se aquele "18h20" foi acrescentado por outra pessoa. Naturalmente, enviamos amostras da caligrafia de Protheroe. E você sabe o veredito? *Aquela carta nunca foi escrita por Protheroe.*

— Quer dizer que foi uma falsificação?

— É uma falsificação. O "18h20", eles acham que está escrita por outra letra, mas não têm certeza. O cabeçalho está com outra tinta, mas a carta em si é uma falsificação. Protheroe nunca a escreveu.

— Eles têm certeza?

— Bem, eles têm a certeza dos especialistas. Você sabe como são os especialistas! Ah! Mas eles têm certeza.

— Incrível.

Então, uma lembrança me tomou de assalto.

— Ora — falei, exasperado —, lembro-me de que na época Mrs. Protheroe disse que não se parecia em nada com a letra do marido, e eu não dei importância.

— Sério?

— Achei que era um daqueles comentários tolos que as mulheres fazem. Se havia uma coisa certa na Terra, era que Protheroe tinha escrito aquele bilhete.

Nós nos entreolhamos.

— É curioso — falei lentamente. — Miss Marple estava dizendo esta noite que aquele bilhete estava todo errado.

— Maldita mulher, ela não teria como saber mais sobre isso nem se tivesse cometido o assassinato ela mesma.

Naquele momento, o telefone tocou. Há um tipo estranho de psicologia em uma campainha de telefone. Ela agora tocava com persistência e com uma espécie de significado sinistro.

Aproximei-me e peguei o fone.

— Aqui é da casa paroquial — falei. — Quem está falando?

Uma voz estranha, aguda e histérica soou:

— *Quero confessar. Meu Deus, quero confessar.*

— Alô, alô. Olhe aqui, você interrompeu a ligação. Que número era esse?

Uma voz lânguida disse que não sabia. Acrescentou que lamentava eu ter sido incomodado.

Desliguei o telefone e me virei para Melchett.

— Uma vez você disse que enlouqueceria se outra pessoa se acusasse do crime — comentei.

— O que tem?

— Era alguém que queria confessar... E a central telefônica nos interrompeu.

Melchett correu e pegou o fone.

— Vou falar com eles.

— Faça isso — respondi. — Você talvez consiga algo. Vou deixá-lo com isso. Vou sair. Acho que reconheci aquela voz.

Capítulo 28

Caminhei apressado pela rua do vilarejo. Eram 23h, e às 23h de uma noite de domingo todo o vilarejo de St. Mary Mead parecia morto. Contudo, ao passar eu vi uma luz na janela do primeiro andar, e, concluindo que Hawes ainda estivesse acordado, parei e toquei a campainha da porta.

Após o que pareceu um longo tempo, a governanta de Hawes, Mrs. Sadler, destrancou laboriosamente dois ferrolhos, uma corrente, girou uma chave e me olhou desconfiada.

— Ora, é o pastor! — exclamou ela.

— Boa noite — cumprimentei. — Gostaria de ver Mr. Hawes. Noto que há uma luz na janela, então ele ainda está acordado.

— Pode ser. Não o vejo desde que levei seu jantar. Ele teve uma noite tranquila, nenhuma visita, e não saiu.

Assenti e, passando por ela, subi rapidamente as escadas. Hawes tem um quarto e uma sala de estar no primeiro andar. Entrei neste último. Hawes estava recostado em uma poltrona comprida, dormindo. Minha chegada não o acordou. Uma caixa de selos vazia e um copo d'água pela metade estavam a seu lado. No chão, ao lado de seu pé esquerdo, havia uma folha de papel amassada com algo escrito. Peguei-a e a desamassei.

Começava assim: "*Meu caro Clement*..."

Li a carta do começo ao fim, soltei uma exclamação e a enfiei no bolso. Então, inclinei-me sobre Hawes e o observei atentamente.

Em seguida, estendendo a mão para o telefone que estava ao lado dele, dei o número da casa paroquial. Melchett devia estar ainda tentando rastrear a ligação, pois me disseram que o número estava ocupado. Pedi que me ligassem e larguei o aparelho.

Coloquei a mão no bolso para olhar novamente o papel que havia pegado. Com ele, tirei o bilhete que encontrara na caixa de correio e que ainda estava fechado. Sua aparência era terrivelmente familiar. Era a mesma caligrafia da carta anônima que chegara naquela tarde.

Abri-a.

Li uma, duas vezes, sem conseguir entender seu conteúdo.

Eu estava começando a ler pela terceira vez quando o telefone tocou. Como um homem em um sonho, peguei o fone e falei.

— Alô?

— Alô.

— É você, Melchett?

— Sim, onde você está? Eu rastreei aquela ligação. O número é...

— Eu sei o número.

— Ah, que bom! É de onde você está falando?

— Sim.

— E quanto à confissão?

— Eu tenho sim a confissão.

— Quer dizer que você encontrou o assassino?

Tive então a maior tentação de minha vida. Olhei para o rabisco anônimo. Olhei para a caixa vazia com o nome de Querubim. Lembrei-me de certa conversa casual.

Fiz um esforço imenso.

— Eu... não sei — falei. — É melhor você vir aqui. — E dei a ele o endereço.

Então me sentei na cadeira em frente a Hawes para pensar. Eu tinha dois minutos livres para isso.

Em dois minutos, Melchett iria chegar.

Peguei a carta anônima e a li novamente pela terceira vez.

Então fechei os olhos e pensei...

Capítulo 29

Não sei por quanto tempo fiquei sentado ali — imagino que apenas alguns minutos, na realidade. Contudo pareceu como se tivesse passado uma eternidade quando eu escutei a porta se abrir e, virando-me, vi Melchett entrando na sala.

Ele observou Hawes dormindo em sua cadeira, então se voltou para mim.

— O que é isso, Clement? O que isso tudo significa?

Das duas cartas que eu tinha em mãos, selecionei uma e entreguei a ele. Ele a leu em voz alta, em um tom grave:

Meu caro Clement, é algo particularmente desagradável o que tenho a dizer. No fim das contas, acho que prefiro escrevê-lo.

Podemos discutir isso mais tarde. Diz respeito aos recentes desvios de dinheiro. Lamento dizer que estou convencido, sem sombra de dúvida, quanto à identidade do culpado. Por mais doloroso que seja para mim ter que acusar um pastor ordenado da Igreja, meu dever é dolorosamente claro. É preciso que seja dado um exemplo e…

Ele me olhou de um modo interrogativo. Nesse ponto, a escrita se perdia em um rabisco indistinguível onde a morte havia alcançado a mão do escritor.

Melchett respirou fundo e olhou para Hawes.

— Então essa é a solução! O único homem que nunca sequer consideramos. E o remorso o levou a confessar!

— Ele tem estado muito esquisito ultimamente — falei.

De repente, Melchett caminhou até o homem adormecido e soltou uma exclamação aguda. Agarrou-o pelo ombro e o sacudiu, primeiro gentilmente, depois com crescente violência.

— Ele não está dormindo! Ele está drogado! Qual é o significado disso?

Seu olhar foi para a caixa de selos vazia. Ele a pegou.

— Será que ele...

— Acho que sim — falei. — Ele me mostrou isso outro dia. Disse-me que tinha sido alertado quanto a uma overdose. É a saída dele, coitado. Talvez a melhor. Não cabe a nós julgá-lo.

Mas Melchett era o chefe de polícia do condado antes de qualquer outra coisa. Os argumentos que me atraíam não tinham peso para ele. Ele havia capturado um assassino e queria que o assassino fosse enforcado.

Num instante, ele estava ao telefone, sacudindo o fone para cima e para baixo impacientemente até obter uma resposta. Pediu o número de Haydock. Depois, houve uma nova pausa durante a qual ele se levantou, com o ouvido ao telefone e os olhos fixos na figura inerte na cadeira.

— Alô... alô... alô... é da casa do Dr. Haydock? O doutor poderia vir imediatamente até a rua do comércio? Na casa de Mr. Hawes. É urgente... como é? Bem, que número é esse, então?... Ah, desculpe.

Ele desligou, bufando de raiva.

— Número errado, número errado... é sempre o número errado! E a vida de um homem dependendo disso. ALÔ... você me passou para o número errado... Sim... não perca tempo... me passe para o três-nove... *nove*, não cinco.

Outro momento de impaciência, dessa vez mais curto.

— Alô... é você, Haydock? Aqui é o Melchett. Venha para a rua do comércio, número 19, imediatamente, por favor? Hawes tomou uma overdose de alguma coisa. Venha já, homem, é vida ou morte.

Ele desligou e caminhou impacientemente de um lado ao outro da sala.

— Por que diabos você não chamou o médico de imediato, Clement? Não consigo entender. Você deve ter perdido o juízo.

Felizmente, nunca ocorre a Melchett que alguém possa ter ideias diferentes das suas quanto ao modo de agir. Eu não falei nada, e ele continuou:

— Onde você encontrou esta carta?

— Amassada no chão... onde havia caído da mão dele.

— Que coisa extraordinária... aquela solteirona estava certa quanto a termos encontrado o bilhete errado. Eu me pergunto como ela chegou a essa conclusão. Mas o sujeito foi um imbecil ao não destruir este. Imagine só ficar com ele... a prova mais danosa que se possa imaginar!

— A natureza humana é cheia de inconsistências.

— Se não fosse, duvido que conseguiríamos pegar qualquer assassino! Cedo ou tarde, eles sempre fazem alguma bobagem. Você parece estar muito indisposto, Clement. Imagino que este tenha sido o choque mais terrível para você, não é?

— Foi. Como eu disse, Hawes vinha tendo um comportamento estranho há algum tempo, mas nunca imaginei...

— Quem poderia imaginar? Opa, parece estar vindo um carro. — Ele foi até a janela, levantou o caixilho e se inclinou para fora. — Sim, é o Haydock mesmo.

Um instante depois, o médico entrou no quarto.

Em poucas palavras, Melchett explicou a situação. Haydock não é um homem que demonstra seus sentimentos. Apenas ergueu as sobrancelhas, assentiu e caminhou até o paciente. Sentiu seu pulso, levantou a pálpebra e examinou atentamente o olho.

Então, virou-se para Melchett.

— Quer salvá-lo para a forca? — perguntou ele. — Ele está bem mal, sabe? De qualquer forma, vai ser por um triz. Duvido que eu consiga fazê-lo voltar a si.

— Faça todo o possível.

— Certo.

Ele se ocupou com a maleta que havia trazido, preparando uma injeção hipodérmica que aplicou no braço de Hawes. Então se levantou.

— O melhor é levá-lo a Much Benham... ao hospital de lá. Ajude-me a levá-lo até o carro.

Nós dois ajudamos. Quando Haydock subiu no banco do motorista, ele soltou um comentário de despedida por cima do ombro.

— Sabe, Melchett, você não vai conseguir enforcá-lo.

— Está dizendo que ele não vai se recuperar?

— Pode ser que sim ou pode ser que não. Não quis dizer isso. Quero dizer que, mesmo que ele se recupere... bem, o pobre coitado não foi responsável por seus atos. Vou apresentar provas nesse sentido.

— O que ele quis dizer com isso? — perguntou Melchett enquanto subíamos as escadas novamente.

Expliquei que Hawes havia sido vítima de encefalite letárgica.

— A doença do sono, é? Hoje em dia, sempre há um bom motivo para cada ato sujo que se faz. Não concorda?

— A ciência está nos ensinando muito.

— Que se dane a ciência... me desculpe, Clement, mas toda essa confusão me incomoda. Sou um homem simples. Bem, acho que é melhor darmos uma olhada por aqui.

Mas nesse momento houve uma interrupção, e das mais surpreendentes. A porta se abriu e Miss Marple entrou na sala.

Ela estava corada e um tanto perturbada, e pareceu perceber nossa perplexidade.

— Sinto muito... sinto muito mesmo... por me intrometer... boa noite, Coronel Melchett. Como eu disse, sinto muito, mas ao saber que Mr. Hawes estava doente, senti que precisava passar aqui e ver se não podia fazer alguma coisa.

Ela fez uma pausa. O Coronel Melchett a observava com certo desgosto.

— Muito gentil de sua parte, Miss Marple — disse ele secamente. — Mas não precisa se preocupar. A propósito, como soube?

Era a pergunta que eu mesmo queria tanto fazer!

— O telefone — explicou Miss Marple. — São tão descuidados com os números errados, não é? O senhor falou comigo primeiro, pensando que eu era o Dr. Haydock. Meu número é o três-cinco.

— Então foi isso! — exclamei.

Sempre há uma explicação perfeitamente boa e razoável para a onisciência de Miss Marple.

— Então... — continuou ela — só vim ver se poderia ser útil.

— Foi muita gentileza sua — disse Melchett de novo, ainda mais seco desta vez. — Mas não há nada a ser feito. Haydock o levou para o hospital.

— Para o hospital, foi mesmo? Ah, que grande alívio! Fico muito feliz em ouvir isso. Ele estará bem seguro lá. Quando o senhor diz que "não há nada a ser feito", quer dizer que ele não vai se recuperar?

— Eu duvido muito — falei.

Os olhos de Miss Marple se voltaram para a caixa de selos.

— Imagino que ele tenha tomado uma overdose — disse ela.

Melchett, eu acho, preferiria ser reticente. Talvez eu pudesse ter sido em outras circunstâncias, mas minha discussão sobre o caso com Miss Marple estava muito fresca em minha mente para que eu tivesse a mesma opinião, embora eu deva admitir que sua rápida aparição em cena e sua curiosidade ansiosa me repeliram um pouco.

— É melhor a senhora dar uma olhada nisso — falei, e entreguei a ela a carta inacabada de Protheroe.

Ela a pegou e leu sem demonstrar surpresa.

— A senhora já havia deduzido algo parecido, não é? — perguntei.

— Sim, sim, de fato. Posso lhe perguntar, Mr. Clement, o que o trouxe aqui esta noite? Esse é um ponto que me intriga. O senhor e o Coronel Melchett… não era nada do que eu esperava.

Expliquei o telefonema e que acreditava ter reconhecido a voz de Hawes. Miss Marple assentiu, pensativa.

— Muito interessante. Muito providencial, se me permite o termo. Sim, o trouxe aqui na hora certa.

— Na hora certa para quê? — perguntei, amargamente.

Miss Marple pareceu surpresa.

— Para salvar a vida de Mr. Hawes, é claro.

— A senhora não acha — falei — que seria melhor se Hawes não se recuperasse? Melhor para ele… melhor para todos. Sabemos a verdade agora e…

Eu parei, pois Miss Marple balançava a cabeça com uma veemência tão peculiar que me fez perder o fio da meada.

— É claro — disse ela. — É claro! É isso que ele quer que o senhor pense! Que pense saber a verdade… e que é melhor para todos do jeito que está. Ah, sim, tudo se encaixa… a carta, a overdose, o estado de espírito do pobre Mr. Hawes e sua confissão. Tudo se encaixa… *mas está errado*…

Nós a encaramos.

— É por isso que estou tão aliviada que Mr. Hawes esteja seguro, em um hospital, onde ninguém pode atingi-lo. Se ele se recuperar, irá lhes dizer a verdade.

— A verdade?

— Sim… de que ele nunca tocou em um fio de cabelo do Coronel Protheroe.

— Mas o telefonema — falei. — A carta… a overdose. Está tudo muito claro.

— Isso é o que ele quer que o senhor pense. Ah, ele é muito esperto! Ficando com a carta e a usando desse modo, foi mesmo muita esperteza.

— O que a senhora quer dizer com "ele"? — perguntei.

— Eu me refiro ao assassino — disse Miss Marple. Ela acrescentou, calmamente: — Quero dizer, Mr. Lawrence Redding…

Capítulo 30

Nós ficamos a encarando. Eu realmente acho que, por alguns instantes, nós acreditamos que ela tivesse ficado louca. A acusação nos pareceu um completo absurdo.

O Coronel Melchett foi o primeiro a falar. Ele falou de modo amigável e com certa tolerância complacente.

— Isso é absurdo, Miss Marple — disse ele. — O jovem Redding foi completamente inocentado.

— É natural — falou Miss Marple. — Ele fez tudo para isso.

— Pelo contrário — rebateu o Coronel Melchett, seco. — Ele fez o possível para se incriminar pelo assassinato.

— Sim — disse Miss Marple. — Ele fez todos nós pensarmos isso, até eu mesma, como os demais. O senhor lembra, caro Mr. Clement, que eu fiquei bastante surpresa quando ouvi que Mr. Redding havia confessado o crime. Isso bagunçou todas as minhas ideias e me fez pensar que ele fosse inocente… quando, até então, eu estava convencida de que ele era culpado.

— Era de Lawrence Redding que a senhora suspeitava?

— Sei que nos livros é sempre a pessoa menos esperada, mas acho que essa regra nunca se aplica à vida real. Nela, com frequência o óbvio é que é a verdade. Por mais que eu sempre tenha gostado de Mrs. Protheroe, não pude deixar de chegar à conclusão de que ela estava completamente sob a influência de Mr. Redding e faria qualquer coisa que ele lhe dissesse, e, claro, ele não é o tipo de jovem que sonharia em fugir com uma mulher que não tenha um tostão. Do ponto de vista dele, era necessário que o Coronel Protheroe fosse removido... e então o removeu. Um desses jovens encantadores sem senso moral.

O Coronel Melchett bufava impacientemente fazia algum tempo. Então explodiu.

— Isso tudo é um completo absurdo! Todas as atividades de Redding estão totalmente contabilizadas até as 18h50, e Haydock diz positivamente que Protheroe não poderia ter sido baleado naquela ocasião. Suponho que a senhora pense que sabe mais do que um médico. Ou sugere que Haydock está mentindo deliberadamente... só Deus sabe por quê?

— Creio que o depoimento do Dr. Haydock foi absolutamente verdadeiro. Ele é um homem muito honesto. E, claro, foi Mrs. Protheroe quem atirou no Coronel Protheroe, não Mr. Redding.

Nós a encaramos outra vez. Miss Marple ajeitou seu lenço de renda, empurrou para trás o xale felpudo que lhe cobria os ombros e começou a proferir um sermão gentil, típico de uma solteirona, fazendo as declarações mais surpreendentes da maneira mais natural do mundo.

— Não achei que fosse certo falar, até agora. Nossas próprias crenças, mesmo sendo tão fortes a ponto de equivalerem ao conhecimento, não são o mesmo que uma prova. E, a menos que se tenha uma explicação que se encaixe em todos os fatos (como eu estava dizendo ao querido Mr. Clement esta noite), não se pode apresentá-la com convicção real. E minha própria explicação não estava totalmente completa... faltava apenas uma coisa, mas de repente, quando eu estava saindo do escritório de Mr. Clement, notei a palmeira no vaso perto da janela, e... bem, estava tudo ali! Claro como a luz do dia!

— Doida, completamente doida — Melchett murmurou para mim.

Mas Miss Marple sorriu para nós com serenidade e continuou com sua voz gentil e delicada.

— Eu lamentei muito acreditar no que acreditei… muito mesmo. Porque eu gostava dos dois. Mas os senhores sabem como é a natureza humana. E, para começar, quando primeiro ele e depois ela confessaram da maneira mais tola… bem, fiquei mais aliviada do que conseguiria dizer. Eu estava errada. E comecei a pensar em outras pessoas que tinham um possível motivo para querer tirar o Coronel Protheroe do caminho.

— Os sete suspeitos! — murmurei. Ela sorriu para mim.

— Sim, de fato. Havia aquele homem, Archer… era improvável, mas estando cheio de bebida, tão alcoolizado, a gente nunca sabe. E, claro, havia sua Mary. Ela está saindo com Archer há muito tempo e é uma mulher de temperamento estranho. Motivo e oportunidade… ora, ela estava sozinha em casa! A velha Mrs. Archer poderia facilmente ter conseguido a pistola na casa de Mr. Redding para qualquer um dos dois. E então, é claro, havia Lettice… querendo liberdade e dinheiro para fazer o que quisesse. Conheci muitos casos em que as garotas mais bonitas e etéreas demonstraram quase nenhum escrúpulo moral… embora, é claro, os cavalheiros nunca queiram pensar isso delas.

Eu tive um calafrio.

— E então havia a raquete de tênis — continuou Miss Marple.

— A raquete de tênis?

— Sim, aquela que a Clara de Mrs. Price Ridley viu caída na grama perto do portão da casa paroquial. Parecia que Mr. Dennis tinha voltado da partida de tênis mais cedo do que disse. Garotos de 16 anos são muito suscetíveis e muito desequilibrados. Seja qual for o motivo, pelo bem de Lettice ou pelo seu, era uma possibilidade. E então, é claro, havia o pobre Mr. Hawes e o senhor... não os dois juntos, naturalmente, mas modo excludente, como dizem os advogados.

— Eu? — exclamei, com vivo espanto.

— Bem, sim. Peço desculpas... e, na verdade, nunca pensei muito nisso, mas havia a questão daquelas somas de dinheiro que desapareciam. Ou o senhor ou Mr. Hawes deviam ser culpados, e Mrs. Price Ridley andava insinuando para todo lado que o senhor era o culpado... principalmente porque se opôs tão vigorosamente a qualquer tipo de investigação sobre o assunto. É claro que eu mesma sempre tive certeza de que era Mr. Hawes... ele me lembrava muito daquele infeliz organista que mencionei; mas mesmo assim não se podia ter certeza *absoluta*...

— A natureza humana sendo como é — completei, sombrio.

— Exato. E então, é claro, havia a querida Griselda.

— Mas Mrs. Clement estava completamente fora disso — interrompeu Melchett. — Ela voltou no trem das 18h50.

— Isso foi o que ela *disse* — redarguiu Miss Marple. — E a gente não deve nunca se fiar no que as pessoas dizem. O trem das 18h50 estava meia hora atrasado naquela noite. Mas às 19h15 eu a vi com meus próprios olhos a caminho do Casarão. Então se conclui que ela devia ter vindo em um trem mais cedo. Ela de fato foi vista, mas talvez o senhor saiba disso.

Ela olhou para mim, inquisitiva.

Algum magnetismo em seu olhar me impeliu a estender a última carta anônima, aquela que eu havia aberto havia tão pouco tempo. Ela relatava em detalhes que Griselda fora vista saindo da casa de Lawrence Redding pela janela dos fundos às 18h20 do dia fatal.

Não mencionei nada então, nem em nenhum momento, sobre a terrível suspeita que, por um instante, me assaltara a mente. Eu a via como um pesadelo, uma intriga do passado entre Lawrence e Griselda, isso chegando aos ouvidos de Protheroe, sua decisão de me informar dos fatos... e Griselda, desesperada, roubando a pistola e silenciando Protheroe. Como eu disse, apenas um pesadelo, mas por alguns minutos trajado de uma terrível aparência de realidade.

Não sei se Miss Marple tinha alguma suspeita de tudo isso. Muito provavelmente sim. Com ela, poucas coisas ficam ocultas.

Ela me devolveu o bilhete com um leve aceno de cabeça.

— Isso se espalhou por todo o vilarejo — disse ela. — E parecia bastante suspeito, não é? Principalmente com Mrs. Archer jurando no inquérito que a pistola ainda estava na casa quando ela saiu ao meio-dia.

Ela fez uma pausa e então continuou:

— Mas estou me desviando terrivelmente do assunto. O que quero fazer, e acredito que seja meu dever, é apresentar minha própria explicação do mistério para os senhores. Se não acreditarem, bem, terei feito meu melhor. Contudo, meu desejo de ter certeza antes de falar pode ter custado a vida do pobre Mr. Hawes.

Ela fez uma pausa novamente e, quando retomou, sua voz tinha um tom diferente. Estava menos tímida, mais decidida.

— Esta é minha própria explicação dos fatos. Na tarde de quinta-feira, o crime já havia sido totalmente planejado nos mínimos detalhes. Lawrence Redding visitou primeiro o pastor, sabendo que ele estava fora. Trazia consigo a pistola, que escondeu naquele vaso no suporte perto da janela. Quando o pastor entrou, Lawrence justificou sua visita afirmando que havia decidido ir embora. Às 17h30, Lawrence Redding telefonou da Portaria Norte para o pastor, adotando uma voz de mulher (os senhores se lembrem de como ele era um bom ator amador). Mrs. Protheroe e o marido tinham acabado de partir para a aldeia. E, uma coisa muito curiosa (embora ninguém pensasse dessa forma), Mrs. Protheroe não levou nenhuma bolsa. Realmente uma coisa muito incomum para uma mulher fazer. Pouco antes das 18h20, ela passou pelo meu jardim, parou e conversou, para me dar a oportunidade de notar que não tinha nenhuma arma consigo e também que estava em seu estado normal. Eles perceberam, veja bem, que eu sou uma pessoa observadora. Ela desapareceu na esquina da casa, em direção à janela do escritório. O pobre coronel estava sentado à escrivaninha escrevendo uma carta para o senhor. Ele era surdo, como todos sabemos. Ela pegou a pistola no vaso onde a deixara, aproximou-se dele por trás e lhe deu um tiro na cabeça, largou a pistola e saiu feito um raio, descendo pelo jardim até o estúdio. Quase qualquer um juraria que não deu tempo!

— Mas e o tiro? — objetou o coronel. — A senhora não escutou o tiro?

— Existe, eu creio, uma invenção chamada silenciador Maxim. Foi o que aprendi com histórias de detetives. Eu me pergunto se, talvez, o espirro que a criada, Clara, escutou poderia ter sido na verdade o tiro. Mas não importa. Mrs. Protheroe se encontra com Lawrence Redding no estúdio. Eles entram juntos... e, sendo a natureza humana como é, receio que eles concluíram que eu não iria sair do jardim até que eles saíssem outra vez!

Nunca gostei tanto de Miss Marple como nesse momento, com sua percepção bem-humorada da própria fraqueza.

— Quando enfim eles saem, seu comportamento é alegre e natural. E nisso, na realidade, cometeram um erro. Porque, se tivessem realmente se despedido um do outro, como fingiram ter feito, teriam parecido muito diferentes. Mas, veja bem, esse é o ponto fraco deles. Eles simplesmente não *ousam* parecer chateados de forma alguma. Pelos dez minutos seguintes, eles tomam o cuidado de providenciarem para si próprios o que se chama um álibi, creio eu. Por fim, Mr. Redding vai para a casa paroquial, saindo o mais tarde que ousa. Ele provavelmente viu o senhor na trilha de longe e conseguiu cronometrar as coisas com precisão. Ele pega a pistola e o silenciador, deixa a carta falsificada com a hora escrita em uma tinta diferente e, aparentemente, com uma caligrafia diferente. Quando a falsificação for descoberta, parecerá uma tentativa desajeitada de incriminar Anne Protheroe. Mas, quando ele deixa a carta, encontra a que realmente foi escrita pelo Coronel Protheroe... algo bastante inesperado. E sendo um jovem muito inteligente, e vendo que essa carta pode ser muito útil, ele a leva consigo. Ele altera os ponteiros do relógio para a mesma hora da carta, sabendo que este fica sempre adiantado em quinze minutos. A mesma ideia, tentar lançar suspeitas sobre Mrs. Protheroe. Então ele sai, encontrando o senhor do lado de fora do portão e age como alguém quase perturbado. Como eu disse, ele é realmente muito inteligente. O que um assassino que cometeu um crime tentaria fazer? Comportar-se naturalmente, é claro. Então é exatamente isso que o Mr. Redding não faz. Ele se livra do silenciador, mas entra na delegacia com a pistola e faz uma autoacusação perfeitamente ridícula que engana todo mundo.

Havia algo de fascinante no resumo que Miss Marple fez do caso. Ela falou com tanta certeza que nós dois sentimos que fora dessa forma e de nenhuma outra que o crime havia sido cometido.

— E quanto ao tiro ouvido no bosque? — perguntei. — Teria sido a coincidência a que a senhora se referiu mais cedo esta noite?

— Ah, querido, não! — Miss Marple balançou a cabeça de modo brusco. — *Aquilo* não era coincidência, muito longe disso. Era absolutamente necessário que se escutasse o tiro... de outro modo, as suspeitas sobre Mrs. Protheroe poderiam ter continuado. Como Mr. Redding fez isso, eu não sei. Mas entendo que o ácido pícrico explode se você deixar cair um peso por cima dele, e o senhor irá lembrar, meu caro pastor, que o senhor encontrou Mr. Redding carregando uma grande pedra bem naquela parte do bosque onde o senhor pegou aquele cristal mais tarde. Os cavalheiros são tão espertos para organizar as coisas... a pedra suspensa sobre os cristais e então algum tipo de detonador... ou teria sido um estopim? Algo que levasse cerca de vinte minutos para queimar, de modo que a explosão ocorresse perto das 18h30, quando ele e Mrs. Protheroe já teriam saído do estúdio e estariam às vistas de todos. Um dispositivo muito seguro, pois o que haveria para encontrar depois? Só uma pedra grande! Mas até isso ele tentou remover... quando o senhor o encontrou.

— Acho que a senhora tem razão! — exclamei, lembrando-me do sobressalto de surpresa que Lawrence demonstrou ao me ver naquele dia.

Parecera muito natural na ocasião, mas agora...

Miss Marple pareceu ler meus pensamentos, pois balançou a cabeça de modo astuto.

— Sim — disse ela. — Deve ter sido um choque bem horrível para ele, cruzar caminho com o senhor justo na hora. Mas ele se saiu muito bem... fingindo que estava trazendo para mim, para meu jardim de rocalhas. Apenas que... — De súbito, Miss Marple ficou muito enfática. — *Era o tipo errado de pedra para o meu jardim de rocalhas!* E isso me pôs na pista certa!

Esse tempo todo, o Coronel Melchett ficou sentado como que hipnotizado. Agora dava sinais de estar voltando a si. Bufou uma ou duas vezes, assoou o nariz de um modo perplexo, e disse:

— Mas veja só! Ora, veja só!

Para além disso, ele não se comprometeu. Acho que, assim como eu, ficou impressionado com a precisão lógica das conclusões de Miss Marple. Mas, naquele momento, ele não estava disposto a admitir.

Em vez disso, estendeu a mão, pegou a carta amassada e bradou:

— Tudo muito bonito. Mas como a senhora explica esse sujeito, Hawes? Ora, ele realmente telefonou e confessou.

— Sim, foi isso que foi tão providencial. O sermão do pastor, sem dúvida. Sabe, caro Mr. Clement, o senhor realmente pregou um sermão extraordinário. Deve ter afetado profundamente Mr. Hawes. Ele não aguentou mais e sentiu que precisava confessar… sobre os desvios de fundos da igreja.

— O quê?

— Sim… e foi isso, pela Divina Providência, que salvou sua vida. (Pois espero e confio que ela esteja salva. O Dr. Haydock é tão esperto.) A meu ver, Mr. Redding guardou esta carta (algo arriscado de se fazer, mas imagino que ele a escondeu em algum lugar seguro) e esperou até descobrir com certeza a quem se referia. Logo se certificou de que era Mr. Hawes. Eu soube que ele voltou para cá com Mr. Hawes ontem à noite e passou muito tempo com ele. Suspeito que ele então substituiu a cápsula de Mr. Hawes por uma própria e colocou esta carta no bolso do roupão de Mr. Hawes. O pobre rapaz engoliria a cápsula fatal com toda a inocência… após sua morte, suas coisas seriam revistadas, a carta seria encontrada e todos concluiriam precipitadamente que ele havia atirado no Coronel Protheroe e tirado a própria vida por remorso. Imagino que Mr. Hawes deve ter encontrado essa carta hoje à noite, logo após engolir a cápsula fatal. Em seu estado confuso, deve ter lhe parecido algo sobrenatural e, somando-se ao sermão do pastor, deve tê-lo impelido a confessar tudo.

— Mas veja só — disse o Coronel Melchett. — Mas veja só! *Muito* extraordinário! Eu… eu… não acredito em uma palavra disso.

Ele nunca dera uma declaração que soasse menos convincente. Deve ter soado assim a seus próprios ouvidos, pois continuou:

— E a senhora tem como explicar o outro telefonema... aquele do chalé de Mr. Redding para Mrs. Price Ridley?

— Ah! — disse Miss Marple. — É isso que eu considero uma coincidência. A querida Griselda deu aquele telefonema... ela e Mr. Dennis, imagino. Eles ouviram os boatos que Mrs. Price Ridley estava espalhando a respeito do pastor e pensaram nessa maneira (um tanto infantil, talvez) de silenciá-la. A coincidência reside no fato de que o telefonema deve ter sido feito exatamente ao mesmo tempo que o tiro falso da floresta. Isso fez levar a crer que os dois deviam estar conectados.

De repente, lembrei-me de como todos que falaram daquele tiro o descreveram como "diferente" de um tiro usual. Eles estavam certos. No entanto, como é difícil explicar exatamente em que consistia a "diferença" do tiro.

O Coronel Melchett pigarreou.

— Sua solução é muito plausível, Miss Marple — disse ele. — Mas permita-me salientar que não há a mínima sombra de prova.

— Eu sei — respondeu Miss Marple. — Mas o senhor acredita que seja verdade, não é?

Houve uma pausa, então o coronel disse, quase relutante:

— Sim, acredito. Que diabos, é a única maneira de a coisa ter acontecido. Mas não há provas... nem mesmo o menor indício.

Miss Marple tossiu.

— Foi por isso que pensei que talvez, dadas as circunstâncias...

— Sim?

— Uma pequena armadilha seria aceitável.

Capítulo 31

O Coronel Melchett e eu a encaramos.

— Uma armadilha? Que tipo de armadilha?

Miss Marple estava um pouco hesitante, mas estava nítido que ela tinha um plano já completamente traçado.

— Vamos supor que Mr. Redding recebesse um telefonema e fosse alertado.

O Coronel Melchett sorriu.

— "Descobriram tudo. Fuja!" Essa é batida, Miss Marple. Não que não funcione com frequência! Mas acho que, neste caso, o jovem Redding é muito esperto para ser pego dessa forma.

— Teria que ser algo específico. Sei muito bem disso — falou Miss Marple. — Eu sugeriria... é apenas uma mera sugestão... que o aviso viesse de alguém que seja conhecido por ter opiniões bastante incomuns sobre esses assuntos. As conversas do Dr. Haydock levariam qualquer um a supor que ele pode ver algo como um assassinato de um ângulo incomum. Se ele insinuasse que alguém... Mrs. Sadler, ou um de seus filhos... tivesse realmente visto a troca das cápsulas... bem, é claro, se Mr. Redding for um homem inocente, essa declaração não significará nada para ele, mas, se não for...

— Bem, é possível que ele faça alguma tolice.

— E se entregará em nossas mãos. É possível. Muito engenhoso, Miss Marple. Mas será que Haydock vai aceitar isso? Como a senhora disse, as opiniões dele...

Miss Marple o interrompeu, muito animada.

— Ah, mas isso é na teoria! É tão diferente da prática, não é? Mas, enfim, aqui está ele, então podemos perguntar.

Haydock ficou, acho, bastante surpreso ao encontrar Miss Marple conosco. Ele parecia cansado e abatido.

— Foi por pouco — disse ele. — Por muito pouco. Mas ele vai se recuperar. É dever do médico salvar seu paciente, e eu o salvei, mas teria ficado igualmente feliz se não tivesse conseguido.

— Você talvez pense diferente — disse Melchett — quando ouvir o que temos a lhe contar.

E, de forma breve e sucinta, ele expôs ao médico a teoria de Miss Marple sobre o crime, terminando com sua sugestão final.

Tivemos então o privilégio de ver exatamente o que Miss Marple quis dizer com a diferença entre teoria e prática.

A opinião de Haydock pareceu sofrer uma transformação completa. Creio que que ele teria gostado de ver a cabeça de Lawrence Redding em uma bandeja. Imagino que não foi o assassinato do Coronel Protheroe que tanto despertou seu rancor, mas o ataque ao infeliz Hawes.

— Canalha maldito — disse Haydock. — Canalha maldito! Aquele pobre coitado do Hawes. Ele também tem mãe e irmã. Elas teriam carregado para o resto da vida o estigma de ser mãe e irmã de um assassino, e imaginem a angústia mental delas. Que truque covarde e traiçoeiro!

Se quiserem ver uma pura fúria primitiva, recomendo que vejam um humanitário radical quando provocado.

— Se isso for verdade — falou ele —, podem contar comigo. O sujeito não merece viver. Um rapaz indefeso como Hawes!

Qualquer cachorro manco sempre pode contar com a simpatia de Haydock.

Ele combinava ansiosamente os detalhes com Melchett quando Miss Marple se levantou e eu insisti em levá-la para casa.

— É muita gentileza sua, Mr. Clement — disse Miss Marple, enquanto caminhávamos pela rua deserta. — Meu Deus, já passa da meia-noite. Espero que Raymond tenha ido dormir e não tenha me esperado acordado.

— Ele deveria tê-la acompanhado — falei.

— Não o avisei que estava vindo — informou Miss Marple.

Sorri de repente ao me lembrar da sutil análise psicológica de Raymond West sobre o crime.

— Se a teoria dele se revelar verdadeira, o que eu, particularmente, não duvido nem por um minuto — falei —, a senhora irá ganhar muitos pontos contra seu sobrinho.

Miss Marple também sorriu, um sorriso indulgente.

— Lembro-me de um ditado de minha tia-avó Fanny. Eu tinha 16 anos na época e o achava particularmente tolo.

— Sim? — perguntei.

— Ela costumava dizer: "Os jovens acham que os velhos são tolos; mas os velhos *sabem* que tolos são os jovens!"

Capítulo 32

Há pouca coisa ainda a ser contada. O plano de Miss Marple funcionou. Lawrence Redding não era um homem inocente, e a sugestão de uma testemunha da troca das cápsulas realmente o levou a fazer "alguma tolice". Tal é o poder de uma consciência culpada.

Ele estava, é claro, em uma posição peculiar. Imagino que seu primeiro impulso deve ter sido o de fugir correndo, mas havia sua cúmplice a considerar. Ele não podia ir embora sem avisá-la, e não ousava esperar até de manhã. Então, foi até o Casarão naquela noite — e dois dos oficiais mais eficientes do Coronel Melchett o seguiram. Ele jogou cascalho na janela de Anne Protheroe, a acordou, e um sussurro urgente a fez descer para falar com ele. Sem dúvida, se sentiam mais seguros lá fora do que dentro de casa, com a possibilidade de Lettice acordar. Mas, por acaso, os dois policiais conseguiram ouvir a conversa na íntegra. Isso não deixou dúvidas sobre o assunto. Miss Marple estava certa em todos os aspectos.

O julgamento de Lawrence Redding e Anne Protheroe é de conhecimento público. Não pretendo entrar em detalhes. Mencionarei apenas que muito crédito foi dado ao Inspetor Slack, cujo zelo e inteligência levaram os criminosos à justiça. Naturalmente, nada foi dito sobre a participação de

Miss Marple. Ela própria teria ficado horrorizada só de pensar em tal coisa.

Lettice veio me ver pouco antes do julgamento. Ela entrou pela porta de vidro de meu escritório, fantasmagórica como sempre. Disse-me então que estivera o tempo todo convencida da cumplicidade da madrasta. A perda da boina amarela havia sido apenas uma desculpa para revistar o escritório. Esperava conseguir encontrar algo que a polícia tivesse deixado passar.

— Veja bem — disse ela, com sua voz sonhadora —, eles não a odiavam como eu. E o ódio facilita as coisas para a gente.

Decepcionada com o resultado da busca, ela deixou cair deliberadamente o brinco de Anne perto da escrivaninha.

— Já que eu *sabia* que ela fizera aquilo, que importância tinha? Não faria diferença uma coisa ou outra. Ela *havia* matado o homem.

Suspirei um pouco. Sempre há coisas que Lettice nunca verá. Em certos aspectos, ela é moralmente daltônica.

— O que você vai fazer, Lettice? — perguntei.

— Quando... quando tudo acabar, vou viajar para o exterior. — Ela hesitou e então continuou: — Vou viajar com minha mãe.

Olhei para cima, espantado.

Ela assentiu.

— O senhor nunca imaginou? Mrs. Lestrange é minha mãe. Ela está... está morrendo, sabe? Queria me ver e veio para cá usando um nome falso. O Dr. Haydock a ajudou. Ele é um amigo muito antigo dela... e já foi apaixonado por ela... dá para notar! De certa forma, ele ainda é. Os homens sempre enlouqueciam pela minha mãe, acho. Ela é incrivelmente atraente até hoje. Enfim, o Dr. Haydock fez tudo o que pôde para ajudá-la. Ela não veio para cá usando o próprio nome por causa do jeito repugnante como as pessoas falam e fofocam. Foi ver meu pai naquela noite e disse a ele que estava morrendo e que tinha muita vontade de me ver. Meu pai era um monstro. Ele disse que ela havia perdido qualquer direito em relação a mim e que eu pensava que ela estava morta... como se eu tivesse engolido essa história! Homens como meu pai nunca enxergam nada além do próprio nariz! Mas minha mãe não é do tipo que dá o braço a torcer. Ela achou que seria correto ir falar com meu pai primeiro, mas quando ele recusou de modo tão brutal, ela me mandou um bilhete, e combinei de sair mais cedo da partida de tênis e encontrá-la no final da trilha às 18h15. Tivemos apenas um encontro rápido e combinamos de nos encontrar novamente. Nós nos despedimos antes das 18h30. Depois, fiquei apavorada que suspeitassem que ela tivesse matado meu pai. Afinal, ela guardava rancor dele. Foi por isso que peguei aquela pintura antiga dela no sótão e a rasguei. Tive medo de que a polícia fosse bisbilhotar, a encontrasse e a reconhecesse. O Dr. Haydock também estava assustado. Às vezes, acho, ele realmente pensava que minha mãe tivesse cometido o crime! Ela é uma pessoa meio... precipitada. Não leva em conta as consequências.

Lettice fez uma pausa.

— É estranho. Ela e eu temos muito em comum. Papai e eu, não. Mas mamãe... bem, enfim, vou para o exterior com ela. Devo ficar com ela até... até o fim...

Ela se levantou e eu peguei sua mão.

— Que Deus as abençoe — falei. — Algum dia, espero, você encontrará muita felicidade, Lettice.

— Espero que sim — disse ela, tentando sorrir. — Não houve muita até agora... houve? Ah, bem, acho que não importa. Adeus, Mr. Clement. O senhor sempre foi muito amável comigo... o senhor e Griselda.

Griselda!

Precisei confessar a ela o quanto a carta anônima me aborreceu, e primeiro ela riu e depois me deu um sermão solene.

— Porém — acrescentou ela —, no futuro serei muito sóbria e temente a Deus, tal qual os peregrinos puritanos.

Não imagino Griselda no papel de peregrina puritana. Ela continuou:

— Perceba, Len, tenho uma influência estável entrando em minha vida. Está entrando na sua também, mas em seu caso será uma espécie de... de rejuvenescimento... ao menos espero! Você não poderá mais me chamar tanto de jeitos infantis quando tivermos uma criança de verdade. E, Len, decidi que agora que vou ser uma "esposa e mãe" de verdade (como dizem nos livros), preciso ser dona de casa também. Comprei dois livros sobre administração doméstica e um sobre amor materno, e se isso não fizer de mim uma esposa exemplar, não sei o que fará! São todos simplesmente hilários... não intencionalmente, sabe. Principalmente aquele sobre criar filhos.

— Você não comprou um livro sobre como tratar um marido, comprou? — perguntei, com súbita apreensão enquanto a puxava para perto de mim.

— Não preciso — disse Griselda. — Sou uma ótima esposa. Amo você profundamente. O que mais você quer?

— Nada.

— Você poderia dizer, só uma vez, que me ama loucamente?

— Griselda — falei —, eu a adoro! Eu a venero! Sou loucamente, irremediavelmente e completamente louco por você!

Minha esposa deu um suspiro profundo e satisfeito. Então, afastou-se de repente.

— Droga! Miss Marple está chegando. Não deixe que ela desconfie, está bem? Não quero que todos me ofereçam almofadas e me incitem a levantar os pés. Diga a ela que fui ao campo de golfe. Isso a despistará... e é bem verdade, porque deixei meu suéter amarelo lá e o quero de volta.

Miss Marple veio até a porta de vidro, parou, desculpando-se, e perguntou por Griselda.

— Griselda foi ao campo de golfe — falei.

Uma expressão de preocupação surgiu nos olhos de Miss Marple.

— Ah, mas certamente — disse ela — isso não é muito aconselhável... agora.

E então, de um jeito gentil, antiquado e feminino, ela corou.

Para encobrir a confusão do momento, conversamos apressadamente sobre o caso Protheroe e sobre o "Dr. Stone", que se revelou um conhecido arrombador com vários pseudônimos diferentes. Miss Cram, por sinal, fora inocentada de qualquer cumplicidade. Ela havia enfim admitido ter levado a mala para a floresta, mas que teria feito isso de boa-fé, pois o Dr. Stone havia lhe dito que temia a rivalidade de outros arqueólogos, que não se limitariam a arrombamentos para atingir seu objetivo de desacreditar suas teorias. A moça aparentemente engoliu essa história não muito plausível. Ela está agora, segundo o vilarejo, procurando por um artigo mais genuíno, no gênero de velhos solteiros que precisem de uma secretária.

Enquanto conversávamos, eu me perguntava como Miss Marple havia descoberto nosso último segredo. Mas logo, de forma discreta, a própria Miss Marple me forneceu uma pista.

— Espero que a querida Griselda não esteja se excedendo — murmurou ela. Após uma pausa discreta, falou: — Eu estava na livraria em Much Benham ontem...

Pobre Griselda... aquele livro sobre amor materno foi a sua ruína!

— Eu me pergunto, Miss Marple — falei de repente —, se a senhora algum dia seria descoberta se cometesse um assassinato.

— Que ideia horrível — disse Miss Marple, chocada. — Espero nunca conseguir fazer uma coisa tão perversa.

— Mas sendo a natureza humana como é... — murmurei.

Miss Marple reconheceu o golpe com uma bela risada de velhinha.

— Que maldade a sua, Mr. Clement. — Ela se levantou. — Mas, naturalmente, o senhor está de bom humor.

Ela parou perto da janela.

— Meus cumprimentos à querida Griselda... e diga a ela... que qualquer segredinho está bem seguro comigo.

Realmente, Miss Marple é uma querida...

Notas sobre
Assassinato na casa do pastor

***Assassinato na casa do pastor* foi o primeiro livro** a apresentar a personagem Miss Marple e o vilarejo St. Mary Mead.

Dorothy L. Sayers, autora de *Um corpo na banheira*, apreciava muito este livro em particular. "Solteironas queridas", escreveu ela, "são o único tipo certo de mulheres detetives. Miss M. é adorável... Acho que esta é (quase) a sua melhor obra."

No Capítulo 1, a Igreja Alta, ou "High Church" em inglês, é como são chamados, no cristianismo anglicano, aqueles que dão grande ênfase aos rituais cristãos e à autoridade do clero, e geralmente são considerados como anglo-católicos, em oposição à Igreja Baixa, ou "Low Church", que é como são chamados aqueles que dão pouca importância a rituais e sacramentos, denotando uma ênfase mais protestante.

SPG, instituição citada por Griselda no Capítulo 1, em inglês, *Society for the Propagation of the Gospel*, refere-se à Sociedade para a Propagação do Evangelho, uma organização missionária da Igreja da Inglaterra.

A sigla C.E.M.S. usada pelo pastor no primeiro capítulo significa *Community of European Management Schools*, uma cooperativa formada pela união de diversas faculdades de Administração e universidades junto de multinacionais e ONGs.

O reverendo Canon Frederick Joseph John Shirley (1890--1967), citado no primeiro capítulo, foi um pastor anglicano que logo depois se tornaria o diretor do colégio King's School, de Canterbury.

A expressão "esposa de César", usada no Capítulo 3, faz referência à frase "À mulher de César não basta ser honesta, é preciso parecer honesta", usada por Júlio César como argumento para seu divórcio da primeira esposa, Pompeia Sula.

No Capítulo 5, o pastor fala sobre o sobrenome do Inspetor Slack, palavra que pode ser traduzida como "folgado", "frouxo" e "sem energia".

O caso Crippen, citado no Capítulo 10, ocorreu em 1910 com o desaparecimento da cantora Cora Turner, levantando suspeitas sobre seu marido, o médico norte-americano Hawley Harvey Crippen, que acabou fugindo do país com sua amante. Uma busca em seu apartamento revelou um torso humano enterrado embaixo da casa, identificado como sendo de Cora. Crippen foi acusado de matar e esquartejar a esposa, sendo um dos primeiros fugitivos presos com o auxílio do telégrafo. O caso se tornou notório e movimentou a imprensa da época. O homem foi considerado culpado e enforcado. Mais de um século depois, cientistas questionam se o corpo encontrado em sua casa era realmente o de sua esposa Cora.

O livro foi adaptado para o rádio em 2003 pela BBC Radio 4 e para as telas em 1986 e em 2004, com Joan Hickson e Geraldine McEwan respectivamente no papel de Miss Marple.

Em 2005, uma edição em *graphic novel* foi publicada na França sob o título *L'Affaire Protheroe*.